گھونگھٹ

(منتخب افسانے)

مصنفہ:

عصمت چغتائی

Ghoonghat (Short Stories)
by: Ismat Chughtai
Edition: January '2024
Publisher & Printer:
Taemeer Publications LLC (Michigan, USA / Hyderabad, India)

ISBN 978-93-5872-612-1

کتاب	:	**گھونگھٹ** (منتخب افسانے)
مصنفہ	:	**عصمت چغتائی**
صنف	:	فکشن
ناشر	:	تعمیر پبلی کیشنز (حیدرآباد، انڈیا)
سالِ اشاعت	:	۲۰۲۴ء
صفحات	:	۱۹۶
سرورق ڈیزائن	:	تعمیر ویب ڈیزائن

فہرست

تعارف

عصمت چغتائی (پیدائش: ۲۱/اگست ۱۹۱۵ء، وفات: ۲۴/اکتوبر ۱۹۹۱ء)

کو سعادت حسن منٹو، راجندر سنگھ بیدی اور کرشن چند کے ساتھ جدید اردو فکشن کا چوتھا ستون مانا جاتا ہے۔ ان کی شخصیت اور ان کی تحریر ایک دوسرے کا تکملہ ہے اور جو بغاوت، سرکشی، دردمندی بے ساختگی، بے تکلفی، الھڑپن اور شگفتہ اکھڑپن سے عبارت ہے۔ انہوں نے اپنے چونکا دینے والے موضوعات، حقیقت پسندانہ طرز نگارش اور اپنے منفرد اسلوب کی بنا پر اردو افسانہ اور ناول نگاری کی تاریخ میں اپنے لئے امتیازی جگہ بنائی۔ انسانی زندگی کے چھوٹے چھوٹے واقعات ان کے افسانوں کا موضوع ہیں لیکن وہ ان واقعات کو اس چابکدستی اور فنکاری سے پیش کرتی ہیں کہ روزمرّہ کی زندگی کی مکمل اور جیتی جاگی تصویر نگاہوں کے سامنے آجاتی ہے۔ انہوں نے اپنے کرداروں کے ذریعہ زندگی کی برائیوں کو باہر نکال پھینکنے اور اسے حسن، مسرت اور سکون کا پیکر بنانے کی کوشش کی۔ انہوں نے اپنی کہانیوں میں مرد اور عورت کی برابری کا سوال اٹھایا جو محض گھریلو زندگی میں برابری نہ ہو کر جذبہ اور فکر کی برابری ہو۔ ان کے افسانوں میں متوسط طبقہ کے مسلم گھرانوں کی فضا ہے۔

پطرس بخاری بجا طور پر کہتے ہیں کہ: "ہمیں اس بات کو تسلیم کرنے میں ذرا بھی تامل نہیں ہونا چاہئے کہ عصمت کی شخصیت اردو ادب کے لئے باعث فخر ہے۔ انہوں نے بعض ایسی پرانی فصیلوں میں رخنے ڈال دئے ہیں کہ جب تک وہ کھڑی تھیں کئی رستے نظروں سے اوجھل تھے۔ اس کارنامے کے لئے اردو خوانوں کو ہی نہیں بلکہ اردو کے ادیبوں کو بھی ان کا ممنون ہونا چاہیے۔"

عصمت چغتائی کا یہ مجموعہ ان کے تیرہ (۱۳) منتخب افسانوں پر مشتمل ہے۔

(۱) امر بیل

بڑی ممانی کا کفن بھی میلا نہیں ہوا تھا کہ سارے خاندان کو شجاعت ماموں کی دوسری شادی کی فکر ڈسنے لگی۔ اٹھتے بیٹھتے دلہن تلاش کی جانے لگی۔ جب کبھی کھانے پینے سے نمٹ کر بیویاں بیٹیوں کی بری یا بیٹیوں کا جہیز ٹانکنے بیٹھتیں تو ماموں کے لیے دلہن تجویز کی جانے لگتی۔

"ارے اپنی کنیز فاطمہ کیسی رہیں گی؟"

"اے ہے بی، گھاس تو نہیں کھا گئی ہو، کنیز فاطمہ کی ساس نے سن لیا تو ناک چوٹی کاٹ کر ہتھیلی پر رکھ دیں گی۔ جوان بیٹے کی میت اٹھتے ہی وہ بہو کے گرد کنڈل ڈال کر بیٹھ گئیں۔ وہ دن اور آج کا دن دہلیز سے قدم نہ اتارنے دیا۔ نگوڑی کا میکے میں کوئی مرا جیتا ہوتا تو شاید کبھی آنا جانا ہو جاتا۔"

"اور بھئی شجن بھیا کو کیا کنواری نہیں ملے گی جو جھوٹ پتل چاٹیں گے۔ لوگ بیٹیاں تھال میں سجا کے دینے کو تیار ہیں۔ چالیس کے تو لگتے بھی نہیں"، اصغری خانم بولیں۔

"اوئی خدا خیر کرے! بوا پورے دس سال نگل رہی ہو۔ اللہ رکھے خالی کے مہینے میں پورے پچاس بھر کے۔۔۔"

اللہ! بے چاری امتیاز پھپو بول کے پچھتائیں۔ شجاعت ماموں کی پانچ بہنیں ایک طرف اور وہ نگوڑی ایک طرف۔ اور ماشاء اللہ پانچوں بہنوں کی زبانیں بس کندھوں پر

پڑی تھیں، یہ گز گز بھر کی۔ کوئی مجیٹا ہو جاتا بس پانچوں ایک دم مورچہ باندھ کے ڈٹ جاتیں۔ پھر مجال ہے جو کوئی مغلانی، پٹھانی تک میدان میں ٹک جائے۔ بے چاری شیخانیوں سیدانیوں کی تو بات ہی نہ پوچھیے۔۔۔ بڑی بڑی دل کردے والیوں کے چھکے چھوٹ جاتے۔

مگر امتیازی پھپو بھی ان پانچ پانڈوں پر سو کوروؤں سے بھاری پڑتیں۔ ان کا سب سے خطرناک حربہ ان کی چنچناتی ہوئی برمے کی نوک جیسی آواز تھی۔ بولنا جو شروع کرتیں تو ایسا لگتا جیسے مشین گن کی گولیاں ایک کان سے گھستی ہیں اور دوسرے کان سے زن سے نکل جاتی ہیں۔ جیسے ہی ان کی کسی سے تکرار شروع ہوتی سارے محلے میں ترنت خبر دوڑ جاتی کہ بھائی امتیازی بوا کسی سے چل پڑی، اور بیویاں کوٹھے لانگتی، چھجے پھلانگتی دنگل کی جانب ہلہ بول دیتیں۔

امتیازی پھپو کی پانچوں بہنوں نے وہ ٹانگ لی کہ غریب نکوبن گئیں، ان کی سنجھلی بیٹی گوری خانم اب تک کنواری دھری تھیں۔ چھتیسواں سال چھاتی پر سوار تھا مگر کہیں نصیب بننے کے آثار نظر نہیں آرہے تھے۔ کنوارے ملتے نہیں، بیاہے رنڈوے نہیں ہوتے۔ پہلے زمانے میں تو ہر مرد تین چار کو ٹھکانے لگا دیتا تھا۔ مگر جب سے یہ ہسپتال اور ڈاکٹر پیدا ہوئے ہیں، بیویوں نے مرنے کی قسم کھالی ہے، جیسے دیکھو عاقبت کے بوریے پر تلی ہوئی ہے۔ بڑی ممانی کی بیماری کے دنوں میں ہی امتیازی پھپو نے حساب لگالیا تھا۔ لیکن ان کے فرشتوں کو بھی پتہ نہ تھا کہ دوہاجو کے لیے بھی کنویں میں بانس ڈالنے پڑیں گے۔

شجاعت ماموں کی عمر کا مسئلہ بڑی نازک صورت اختیار کر گیا۔ قمر آراء اور نور خالہ کے لیے تو وہ ابھی لڑکا ہی تھے۔ اس لیے وہ تو مارے ہول کے برسوں کی گنتی میں بار بار گھپلا ڈال دیتیں۔ کیوں کہ ان کی عمر کا حساب لگ جانے سے خود خالاؤں کی عمر پر شہ پڑتی

تھی، لہٰذا پانچوں بہنیں بالکل مختلف سمت سے حملہ آور ہوئیں۔ انہوں نے فوراً امتیازی پھپو کے نواس داماد کا ذکر چھیڑ دیا۔ جس کا تذکرہ پھپو کی دکھتی رگ تھا، کیونکہ وہ ان کی نواسی پر سوت لے آیا تھا۔

مگر ہماری پھپو بھی کھری مغلانی تھیں، جن کے والد شاہی فوج میں برق انداز تھے۔ وہ کہاں مار کھانے والیوں میں سے تھے۔ جھٹ پینترا بدل کر وار خالی دیا اور شہزادی بیگم کی پوتی پر ٹوٹ پڑیں جو کھلے بندوں خاندان کی ناک کٹوا رہی تھی، کیونکہ وہ روز ڈولی میں بیٹھ کر دھنکوٹ کے اسکول میں پڑھنے جایا کرتی تھی۔ اس زمانے میں اسکول جانا اتنا ہی بھیانک سمجھا جاتا تھا جتنا آج کل کوئی فلموں میں ناچنے گانے لگے۔

شجاعت ماموں بڑے معقول آدمی تھے۔ نہایت ستھرا نقشہ، چھریرا بدن، درمیانہ قد، امتیازی پھپو سارے میں کہتی پھرتی تھیں کہ خضاب لگاتے ہیں، مگر آج تک کسی نے کوئی سفید بال ان کے سر میں نہیں دیکھا، اس لیے یہ اندازہ لگانا مشکل تھا کہ خضاب لگانا کب شروع کیا۔۔۔ یوں دیکھنے میں بالکل جوان لگتے تھے، واقعی چالیس کے نہیں جچتے تھے۔ جب ان پر پیغاموں کی بہت زور کی بارش ہوئی تو بوکھلا کر انہوں نے معاملہ بہنوں کے سپرد کر دیا، اتنا کہہ دیا، لونڈیا اتنی چھچھوری نہ ہو کہ بیٹی لگے، اور ایسی کھوسٹ بھی نہ ہو کہ ان کی اماں لگے۔

"اوئی، کیا خوفیاتا ہوا نام!" امتیازی پھپو کو کچھ نہ سوجھا تو نام ہی میں کیڑے نکالنے لگیں، مگر بہنوں نے ایسا مورچہ کسا کہ ان کی کسی نے نہ سنی۔

"لونڈیا سولہ سے ایک دن زیادہ کی ہو تو سوجوتے صبح، سوجوتے شام، اوپر سے حقہ کا پانی۔" مگر ان کی کسی نے نہ سنی۔ وہ اپنی گوری بیگم کی ناؤ پار لگانے کے لیے خواہی نہ خواہی دند مچاتی تھیں۔

رخسانہ بیگم تھیں کہ بس کوئی دیکھے تو دیکھتا ہی رہ جائے۔ جیسے پہلی کا نازک شرمایا ہوا چاند کسی نے اتار لیا ہو۔ شکل دیکھتے جاؤ پر جی نہ بھرے۔ تولو تو پانچویں کے بعد چھٹا پھول نہ چڑھے۔ رنگت ایسی جیسے دمکتا کندن۔۔۔ جسم میں ہڈی کا نام نہیں جیسے سخت میدے کی لوئی پر گائے کا مکھن چپڑ دیا ہو۔ نسوانیت اس غضب کی جیسے درجن بھر عورتوں کا ست نچوڑ کر بھر دیا ہو۔ گرم گرم لپٹیں سی نکلتی تھیں، شاید بقول پھپو سولہ برس کی ہوں گی، مگر انیس بیس کی اٹھان تھی، بہنوں نے ماموں کو پچیسواں سال بتایا تھا۔ انہیں ذرا سا تکلف تو ہوا مگر پھر ٹال گئے، کمسنی تو کوئی بڑا جرم نہیں۔

سب سے بڑی بات تو یہ تھی کہ بے انتہا مفلس گھر کا بوجھ تھیں۔ دونوں طرف کا خرچہ ماموں کے سر رہا۔ جب رخسانہ ممانی بیاہ کر آئیں تو انہیں غور سے دیکھ کے ماموں کے پسینے چھوٹ گئے۔

"باجی، یہ تو بالکل بچی ہے!" انہوں نے بوکھلا کر کہا۔

"اوئی خدا خیر کرے! اے میاں تیل دیکھو، تیل کی دھار دیکھو۔"

"مرد ساٹھا اور پاٹھا۔ بیوی بیسی اور کھیسی۔ دو چار بچے ہوئے نہیں کہ ساری قلعی اتر جائے گی۔ گو موت میں نہ سولہ سنگھار رہیں گے، نہ یہ رنگ و روغن نہ یہ چھلا سی کمر رہے گی۔ نہ بازوؤں کا لوچ۔ برابر کی نہ لگنے لگے تو چور کا حال سو میرا۔ میں تو کہوں دس سال میں بڑی بھابی جان کی طرح ہو جائے گی۔"

"پھر ہم اپنے بیرن کے لیے ساڑھے بارہ برس کی لائیں گے"، خالہ چہکیں۔

"ہشت!" ماموں شرما گئے۔

"دوسری بیوی نیں جیتی، اس لیے تیسری"، شمسہ بیگم بولیں۔

"کیا بک رہی ہو؟"

"ہاں میاں بڑے بوڑھوں سے سنتے آئے ہیں۔ دوسری تو تیسری کا صدقہ ہوتی ہے، اسی لیے پرانے زمانے میں لوگ دوسری شادی گڑیا سے کر دیا کرتے تھے۔ تاکہ پھر جو دلہن آئے وہ تیسری ہو۔"

بہنوں نے سمجھایا اور ماموں سمجھ گئے۔ پھر جلد ہی رخسانہ بیگم نے بھی سمجھا دیا۔ دو تین سال میں اچھے کھانے کپڑے اور عاشقِ زار میاں نے وہ جادو پھیرا کہ پہلی کا چاند چودھویں کا ماہتاب ہو گیا، وہ چاندنی چٹکی کہ دیکھنے والوں کی آنکھیں جھپک گئیں۔ پور پور سے شعاعیں پھوٹ نکلیں۔۔۔ شجاعت ماموں پر ایسا نشہ سوار ہوا کہ بالکل دھت ہو گئے۔ شکر ہے جلد ہی پینشن ہونے والی تھی، ورنہ آئے دن کے دفتر سے غوطے ضرور رنگ لاتے۔

بہنوں کے لے دے کے ایک بھیا تھے۔ بڑی ممانی تو دولہا لے ہی میں جی سے اتر گئی تھیں۔ ان کی کمان کبھی چڑھی ہی نہیں۔ جب تک زندہ رہیں صورت کو ترستی رہیں۔ آل اولاد خدا نے دی ہی نہیں کہ ادھر جی بہل جاتا۔ میاں بہنوں کے چہیتے بھائی۔ صورت نہ دیکھیں تو کھانا نہ پچے۔ دفتر سے سیدھے کسی بہن کے یہاں پہنچتے، رات کا کھانا وہیں سے کھا کر آتے۔ پھر بھی روزانہ خوان سجائے رات تک بیٹھی راہ تکا کرتیں، کسی دن اتفاق سے کھا لیتے تو ان کی زندگی کا مقصد پورا ہو جاتا۔ آئے دن بہنوں کے ہاں ہنگامے رہتے۔ چھوٹوں کو کبھی بھاوج کو بھی بلا لیتیں مگر یہ بے چاری وہاں غریب الوطن سی لگتیں۔ سب نے بلانا چھوڑ دیا۔ شجاعت ماموں کو کبھی یار دوستوں کی دعوت کرنی ہوتی یا قوالی اور مجرے کی محفلیں جمتیں تو بیوی کو پتہ بھی نہ چلتا، بہنیں سب انتظام کر دیتیں، یہ ان ہی کے ہاتھ میں روپیہ دے دیتے۔

کسی نے ممانی کو رائے دی کہ میاں کو قابو کرنے کا بس ایک گر ہے اسے ایسے

کھانے کھلاؤ کہ کسی کے گھر کا نوالہ منہ کو نہ لگے۔ بس جی، ممانی نے کھانا پکانے کی کتابیں منگائیں، لہسن کی کھیر اور بادام کے گلگلے، دم کا مرغ اور مچھلی کے کباب پکائے جنہیں کھا کر ماموں نے فیصلہ کیا کہ وہ انہیں زہر دے کر مارنا چاہتی ہیں۔

ممانی خون تھوک کر مر گئی۔

مگر نئی نویلی کا جادو تو آتے ہی سر چڑھ کر بولنے لگا۔ نہ کہیں آنے کے رہے نہ جانے کے، نہ کسی کا آنا بھائے۔ بس میاں ہیں اور بیوی۔ کیا باغ و بہار سا بھائی چٹکی بجاتے میں کھرے کی طرح بے رحم اور بے مروت ہو گیا! دنیا اجاڑ ہو گئی۔ اپنے پاؤں آپ کلہاڑی ماری۔ گوری بیگم سے شادی کرادی ہوتی تو یوں بھیا صاحب القطنہ ہو جاتے۔

"اے بھابی بھیا کو آنچل میں کب تک باندھے رکھو گی؟ مرد ذات ہے کوئی جھنڈلنا نہیں کہ ہر دم کولہے سے لگائے بیٹھی ہیں۔"

لاکھ طعنے دیے جاتے، دلہن بیگم ہیں کہ کھی کھی ہنس رہی ہیں اور میاں کاٹھ کے الو گھگھیائے جاتے ہیں۔ اپنی جورو ہے کوئی پڑوسی کی نہیں کہ بس تکے جا رہے ہیں بجر بٹو کی طرح۔

ماموں وہ ماموں ہی نہ رہے۔ اجی کیسی قوالیاں اور کیسے مجرے بس بیوی تگنی کا ناچ نچا رہی ہے، آپ ناچ رہے ہیں۔

"اے بس، اور تھوڑے دن کے چونچلے ہیں، پیر بھاری ہوا نہیں کہ سارا دلہناپا ختم۔ ایک نہ ایک دن تو بھائی کا جی بھرے گا؟" دلوں کو تسلی دی گئی۔۔۔

اللہ اللہ کر کے رخسانہ ممانی کا پیر بھاری ہوا تو اللہ توبہ! نہ الٹیاں نہ طبیعت ماندی۔ چہرے پہ اور چار چاند کھل اٹھے، کیا مجال جو ذرا سی آلکس آجائے۔ وہی شوخیاں، وہی اندازِ معشوقانہ جو نئی دلہنوں کے ہوا کرتے ہیں۔ اور ماموں کا تو بس نہیں چلتا انہیں اٹھا کر

پلکوں میں چھپالیں۔ دل نکال کے قدموں میں ڈالے دیتے ہیں۔ جی سے اترنے کے بجائے وہ تو دماغ پر بھی چھاگئیں۔

پورے دنوں میں بھی رخسانہ ممانی کے حسن کو گہن نہ لگا۔ جسم پھیل گیا مگر چاند دمکتا رہا۔ نہ پیروں پر سوجن، نہ آنکھوں کے گرد حلقے، نہ چلنے پھرنے میں کوئی تکلیف۔ جاپے کے بعد چٹ سے کھڑی ہوگئیں۔ کیا مجال جو کمر برابر بھی موٹی ہوئی، وہی کنواریوں جیسا لچک دار جسم، بھلی بیوی کے جاپے میں بال جھڑ جاتے ہیں، ان کے وہ ادبدا کے بڑھے کہ خود سر دھونا دشوار ہو گیا۔

ہاں بیوی کے بدلے ذرا ماموں جھٹک گئے، جیسے بچہ انہوں نے ہی پیدا کیا ہو۔ تھوڑی سی توند ڈھلک آئی۔ گالوں میں لمبی لمبی قاشیں گہری ہوگئیں، بال پہلے سے زیادہ سفید ہوگئے۔ اگر داڑھی نہ بنی ہوتی تو گالوں پر چیونٹی کے سفید سفید انڈے پھوٹ آتے۔

جب دو سال بعد بیٹی ہوئی تو ماموں کی توند اور آگے کھسک آئی۔ آنکھوں کے نیچے کھال لٹکنے لگی۔ نچلی ڈاڑھ کا درد قابو سے باہر ہو گیا تو مجبوراً نکلوانا پڑی۔ ایک اینٹ کھسکی تو ساری عمارت کی چولیں ڈھیلی ہوگئیں۔ ان دنوں ممانی کی عقل داڑھ نکل رہی تھی۔ شجاعت مموں کی بتیسی اصلی دانتوں سے زیادہ حسین تھی۔ عمر کا الزام نزلہ کے سر گیا۔

امتیازی پھپو کے حساب سے رخسانہ ممانی چھبیس برس کی تھیں۔ گو اب وہ کبھی بچوں کے ساتھ دھماچوکڑی مچانے کے موڈ میں آجاتی تو سولہ برس کی لگنے لگتیں۔ کئی سال سے عمر کا بڑھنا رک گیا تھا۔ ایسا معلوم ہوتا تھا ان کی عمر اڑیل ٹٹو کی طرح ایک جگہ جم گئی ہے اور آگے کھسکنے کا نام ہی نہیں لیتی۔ نندوں کے دل پر آرے چلتے۔ ویسے بھی جب اپنے

ہاتھ پیر تھکنے لگیں تو نوجوانوں کی شوخیاں، منہ زور گھورے کی دولتی کی طرح کلیجے میں لگتی ہیں۔ اور ممانی تو صاف امانت میں خیانت کر رہی تھیں۔ شرافت اور بھل ملنساہٹ کا تو یہ تقاضا تھا کہ وہ شوہر کو اپنا خدائے مجازی سمجھتیں۔ اچھے برے میں ان کا ساتھ دیتیں۔ یہ نہیں کہ وہ تھکے ماندے بیٹھے ہیں اور بیگم بے تحاشا مرغیوں کے پیچھے دوڑ رہی ہیں۔

"ارے بھابی، تم پر خدا کی سور، نہ سر کی خبر ہے نہ پیر کی، ہڑونگی بنی مرغیاں کھدیڑ رہی ہو!"

"اے تو کیا کروں خالہ، موئی بلی۔۔۔"

"اوئی، لو اور سنو اے بی میں تمہاری خالہ کب سے ہو گئی؟ شجن بھائی مجھ سے چار سال بڑے ہیں ماشاء اللہ۔۔۔ بڑا بھائی باپ برابر۔۔۔ تم بھی میری بڑی ہو، خبردار جو تم نے پھر مجھے خالہ کہا۔"

"جی بہت اچھا۔۔۔" شادی سے پہلے رخسانہ ممانی کی اماں ان کی دوپٹہ بدل بہن کہلاتی تھیں۔

وہی حسن اور کم سنی، جس نے ایک دن شجاعت ماموں کو غلام بنالیا تھا، اب ان کی آنکھوں میں کھٹکنے لگی۔ لنگڑا بچہ جب دوسرے بچوں کے ساتھ نہیں دوڑ پاتا تو چڑھ کر مچل جاتا ہے کہ تم بے ایمانی کر رہے ہو۔ ممانی ان کے ساتھ دغا کر رہی تھیں۔ کبھی کبھی تو انہیں لڑکیوں بالیوں کی طرح ہنستا یا دوڑتے بھاگتے دیکھ کر ان کے دل میں ٹیسیں اٹھنے لگتیں، وہ جل کر کوئلہ ہو جاتے۔

"لونڈوں کو لبھانے کے لیے کیا تن تن کے چلتی ہو"، وہ زہر اگلنے لگے۔ "ہاں اب کوئی جوان پٹھا ڈھونڈ لو۔"

ممانی پہلے تو ہنس کر ٹال دیتیں، پھر جھینپ کر گلنار ہو جاتیں۔ اس پر ماموں اور بھی

چراغ پا ہوتے اور بھاری بھاری الزام لگاتے۔

"فلاں سے آنکھیں لڑا رہی تھیں، ڈھماکے سے تمہارا تعلق ہے؟"

تب ممانی سناٹے میں رہ جاتیں۔ موٹے موٹے آنسو چھلک اٹھتے الگی سے دوپٹہ گھسیٹ کر وہ اپنا جسم ڈھک کر سر جھکائے کمرے میں چلی جاتیں۔ ماموں کا کلیجہ کٹ جاتا، ان کے پیروں تلے سے زمین کھسک جاتی وہ ان کے تلوے چومتے، ان کے قدموں میں سر پھوڑتے، ان کے آگے ناک رگڑتے، رونے لگتے۔ "میں کمینہ ہوں، حرام زادہ ہوں، جوتی لے کر جتنے چاہو مارو۔ میری جان، میری رخی، میری ملکہ، شہزادی۔"

اور رخسانہ ممانی اپنی روپہلی بانہیں ان کے گلے میں ڈال کر بھوں بھوں روتیں۔

"تمہارا عاشقِ زار ہوں میری جان۔ رشک و حسد سے جل جل کر خاک ہوا جاتا ہوں۔ تم تو ننھے کو گود میں لیتی ہو تو میرا خون کھولنے لگتا ہے، جی چاہتا ہے سالے کا گلا گھونٹ دوں، مجھے معاف کر دو میری جان۔" وہ چھٹ معاف کر دیتیں۔ اتنا معاف کرتیں کہ شجاعت ماموں کی آنکھوں کے حلقے اور اودے ہو جاتے، اور وہ بڑی دیر تک تھکے ہوئے خچر کی طرح ہانپا کرتے۔

پھر ایسے بھی دن آ گئے کہ وہ معافی بھی نہ مانگ سکے۔ کئی کئی دن وہ روٹھے پڑے رہتے۔ بہنوں کی امیدیں بندھ جاتیں۔

"بھیا جان بھابی کو کڑھا کڑھا کر مار رہے ہیں۔ اب کوئی دن جاتا ہے کہ یہ آئے دن کی دانتا کل کل رنگ لائے گی۔"

ممانی چھپ چھپ کر گھنٹوں روتیں۔ آنسو بھری آنکھوں میں لال لال ڈورے اور بھی ستم ڈھانے لگتے۔ ستا ہوا زرد چہرہ جیسے سونے کی گنی میں کسی بے ایمان سنار نے چاندی کی ملاوٹ بڑھا دی ہو۔ پھیکے پھیکے ہونٹ ماتھے پر الجھی سی ایک وارفتہ لٹ۔ دیکھنے والے

کلیجہ تھام کر رہ جاتے۔ حسنِ سوگوار کو دیکھ کر ماموں کے کندھے اور جھک جاتے، آنکھوں کی ویرانی بڑھ جاتی۔

ایک بیل ہوتی ہے۔۔۔ امر بیل۔ ہرے ہرے سنپولیے جیسے ڈنٹھل۔۔۔ جڑ نہیں ہوتی۔۔۔ یہ ہرے ڈنٹھل کسی بھی سرسبز پیڑ پر ڈال دیے جائیں تو بیل اس کا رس چوس کر پھلتی پھولتی ہے۔ جتنی یہ بیل پھیلتی ہے اتنا ہی وہ پیڑ سوکھتا جاتا ہے۔

جوں جوں رخسانہ بیگم کے چمن کھلتے جاتے تھے ماموں سوکھتے جاتے تھے۔ بہنیں سر جوڑ کر کھسر پھسر کرتیں۔ بھائی کی دن بدن گرتی ہوئی صحت کو دیکھ کر ان کا کلیجہ منہ کو آتا تھا۔ بالکل جھرکٹ ہو گئے تھے۔ گٹھیا کی شکایت تو تھی ہی، نزلہ الگ عذاب جان ہو گیا۔ ڈاکٹروں نے کہا خضاب قطعی موافق نہیں۔ مجبوراً مہندی لگانے لگے۔

بے چاری رخسانہ ایک ایک سے بال سفید کرنے کے نسخے پوچھتی پھرتی تھیں۔ کسی نے کہا اگر خوش بودار تیل ڈالو تو بال جلدی سفید ہو جائیں گے۔ دکھیا نے عطر سر میں جھونک لیا۔ ماموں کی ناک میں جو شمامت العنبر کی مدہوش کن خوشبو کی لپٹیں پہنچیں تو وہ غلیظ عیب انہوں نے ممانی پر لگائے کہ اگر بچوں کا خیال نہ ہوتا تو ممانی کنویں میں کود جاتیں، ان کے بال سفید ہونے کی بجائے اور ملائم اور چمکدار ہو کر ڈسنے لگے۔

ممانی کی جوانی کے توڑ کے لیے ماموں نے طب یونانی کی تمام معجونیں، مقویات، کشتے اور تیل استعمال کر ڈالے۔ تھوڑے دن کے لیے ان کی بھاگتی ہوئی جوانی تھم گئی۔ بانکپن لوٹ آیا۔ ممانی نے کچھ دنیاداری کے داؤ پیچ تو سیکھے نہ تھے، خودرو پودا تھیں۔۔۔ کبھی کسی نے باریکیاں نہ سمجھائیں۔ اٹھائیس سال کی تھیں مگر اٹھارہ برس جیسی ناتجربہ کار اور الھڑپن تھا۔

موٹر بہت چلاؤ تو انجن جل جاتا ہے دواؤں کا ردعمل جو شروع ہوا تو شجاعت ماموں

ڈھے گئے۔ ایک دم بڑھاپا ٹوٹ پڑا۔ اگر وہ جسم اور دماغ کو اتنا نہ تکتکاتے تو باسٹھ برس میں یوں لٹیا نہ ڈوب جاتی۔ اب وہ اپنی عمر سے زیادہ لگنے لگے۔

بہنیں زار و قطار روئیں، حکیم ڈاکٹر جواب دے چکے تھے لوگوں نے جوان بننے کے تو لاکھوں نسخے ایجاد کیے قبل از وقت بوڑھا ہونے کی کوئی دوا نہیں، جو ممانی کو کھلا دی جاتی۔ ضرور ان پر کوئی سدا بہار قسم کا جن یا پیر مرد عاشق تھا کہ کسی طور سے ان کی جوانی ڈھلنے کا نام ہی نہ لیتی تھی۔ تعویذ گنڈے ہار گئے، ٹونے ٹوٹکے چت ہو گئے۔

امر بیل پھیلتی رہی۔

برگد کا پیڑ سوکھتا رہا۔

تصویر ہو تو کوئی پھاڑ دے، مجسمہ ہو تو پٹخ کر چکنا چور کر دے۔ اللہ کے ہاتھوں کا بنایا مٹی کا پتلا، اگر حسین بھی ہو اور زندہ بھی، اس کی ہر سانس میں جوانی کی گرمی مہک رہی ہو تو پھر کچھ بس نہیں چلتا۔ اس کے چڑھے ہوئے سورج کو اتارنے کی ایک ہی ترکیب ہو سکتی ہے کہ کھانے کی مار دی جائے۔ گھی، گوشت، انڈے، دودھ قطعی بند۔ جب سے شجاعت ماموں کا ہاضمہ جواب دے گیا تھا، ممانی صرف بچوں کے لیے گوشت وغیرہ منگاتی تھیں۔ کبھی کبھار ایک نوالہ خود چکھ لیتی تھیں، اب اس سے بھی پرہیز کر لیا۔ سب کو امید بندھ گئی کہ اب انشاءاللہ ضرور بڑھاپا تشریف لے آئے گا۔

"اے بھابی یہ کیا اچھال چھکا لونڈیوں کی طرح موئی شلوار قمیض پہنتی ہو، اور بھی ننھی بنی جاتی ہو"، نند کہتیں۔۔۔ "بھاری بھر کم کپڑے پہنو کہ اپنی عمر کی لگو۔"

ممانی نے ٹکا ہوا دوپٹہ اور غرارہ پہن لیا۔

"کسی یار کی بغل میں جانے کی تیاری ہے"، ماموں نے کچوکے دیے، ممانی کپڑوں سے بھی خوف کھانے لگیں۔

"اے بھی یہ کیا ایک آدھ وقت کی نماز پڑھتی ہو، پنج وقتہ کی عادت ڈالو۔"

ممانی پنج وقتہ نماز پڑھنے لگیں۔ جب سے ماموں کی نیند بوڑھی اور نخریلی ہوئی تھی، تہجد کے وقت سے جاگنا پڑتا تھا۔

"میرے مرنے کے نفل پڑھ رہی ہو"، ماموں بسورے۔

دبلی تو تھیں، دن رات کی دانتا کل کل سے اور بھی دھان پان ہو گئیں۔ گھی گوشت سے پرہیز ہوا تو رنگ اور بھی نکھر آیا، جلد ایسی شفاف ہو گئی کہ جیسے کوئی دم میں بلور کی طرح آر پار نظر آنے لگے گا۔ چہرے پر عجب نور سا اتر آیا۔ پہلے دیکھنے والوں کی رال ٹپکتی تھی، اب ان کے قدموں پر سر پٹخنے کی تمنا جاگنے لگی۔ جب صبح سویرے نماز فجر کے بعد قرآن کی تلاوت کرتیں تو ان کے چہرے پر حضرت مریم کا تقدس اور فاطمہ زہرہ کی پاکیزگی طاری ہو جاتی۔ وہ اور بھی کم سن اور کنواری لگنے لگتیں۔

ماموں کی قبر اور پاس کھسک آتی، اور وہ انہیں منہ بھر بھر کے کوستے اور گالیاں دیتے کہ بھانجوں بھتیجوں کے بعد وہ جنوں اور فرشتوں کو ورغلا رہی ہیں، چلے کھینچ کھینچ کر جن قابو میں کر لیے ہیں، ان سے جادو کی بوٹیاں منگا کر کھاتی ہیں۔

خضاب کے بعد اب مہندی بھی ماموں کو آنکھیں دکھانے لگی تھی مہندی لگاتے تو چھینکیں آکر نزلہ ہو جاتا۔ ویسے بھی انہیں مہندی سے گھن آنے لگتی تھی۔ رخسانہ ممانی ان کے بالوں میں مہندی لگاتیں تو باوجود احتیاط کے ان ہاتھوں میں بھی شمعیں لو دینے لگتیں۔ ان کے ہاتھ دیکھ کر شجاعت ماموں کو ایسا معلوم ہوتا جیسے مہندی میں نہیں ممانی نے ان کے خون دل میں ہاتھ ڈبو لیے ہیں۔ وہی ہاتھ جنہیں وہ کبھی چنبیلی کی منہ بند کلیاں کہہ کر چوما کرتے تھے، آنکھوں سے لگاتے تھے، اب شکرے کے خوں خوار پنجوں کی طرح ان کی آنکھوں میں گھسے جاتے تھے۔

جتنا جتان وہ ان کی منڈیا زمین پر گھستے، ممانی صندل کی طرح مہکتیں۔

بہنیں گھر سے تر مال تیار کر کے بھائی کو کھلانے لاتیں کہ کہیں بھاوج زہر نہ کھلا رہی ہو۔ اپنے ہاتھ سے سامنے کھلاتیں۔ مگر ان کھانوں سے ماموں کا حال اور پتلا ہو جاتا۔ بواسیر کی پرانی شکایت نے وہ زور پکڑا کہ رہا سہا خون بھی نچوڑ لیا۔ ابھی تک اس نامراد کشتے کا اثر باقی تھی، جو انہوں نے پچھلے جاڑوں میں مرادآباد کے ایک نامی گرامی حکیم صاحب کا نسخہٗ لے کر کئی سو کی لاگت سے تیار کرایا تھا۔ نسخہ بے حد شاہی قسم کا تھا جسے مردہ کھالیتا تو تنتنا کر کھڑا ہو جاتا۔ مگر ماموں گوندنی کی طرح پھوڑوں سے لد گئے۔

دکھیا ممانی گھی کو سینکڑوں بار پانی سے دھوتیں۔ اس میں گندھک اور بہت سی دوائیں کوٹ چھان کر ملاتیں۔ دھڑیوں مرہم تھوپا جاتا، پتیلیوں میں نیم کے پتوں کا پانی اوٹاتیں اور صبح شام پیپ، خون دھوتیں، ان میں سے چند پھوڑے مستقل ناسور بن گئے تھے اور ماموں کو نگل رہے تھے۔

پھر ایک تو اندھیر ہی ہو گیا۔ ماموں بہت کمزور ہو گئے تھے۔ بہنیں بیٹھی بھاوج کا دکھڑا رو رہی تھیں کہ نجی بڑھیا خدا جانے کہاں سے آن مری۔ پہلے تو وہ شجاعت ماموں کو نانا جان سمجھ کر ان سے فلرٹ کرنے لگی۔ کسی زمانے میں نانا جان اس پر بہت مہربان رہ چکے تھے۔ بڑھیا نامراد کی مت ماری گئی تھی۔ نانا جان کو مرے بیس برس ہو چکے تھے۔ اور وہ اپنی چیپڑ بھری آنکھوں میں پرانے خواب جگانے پر مصر تھی، بڑی لے دے کے بعد وہ ماموں کا اصلی مقام سمجھی تو مرحومہ ممانی کا ماتم لے بیٹھے۔

"ہے ہے۔ کیا بڑھاپے میں دغا دے گئیں۔" اچانک اس کی نظر ممانی پر جا پڑی۔ ممانی صحن میں کبوتروں کو دانہ ڈال رہی تھیں۔ عجب پیارے انداز میں وہ گردن نیوڑھائے بیٹھی تھیں، جیسے تصویر کھنچوا رہی ہوں۔ کبوتر ان کی بلوریں دمکتی ہوئی ہتھیلی کو گدگدا

رہے تھے۔ اور وہ بے اختیار ہنس رہی تھیں۔

"ہائے میں مرگئی!" بڑھیا نے اپنا چپاتی جیسا سینہ کوٹ کر رخسانہ ممانی کی طرف ہوا میں بلائیں لے کر کنپٹیوں پر دسوں انگلیاں چڑ چڑ چٹخائیں، "اللہ پاک نظر بد سے بچائے۔ بیٹا تو چاند کا ٹکڑا ہے! میں جانوں میٹھا برس لگا ہے۔" اے میاں، وہ رازداری کے انداز میں ماموں کے قریب کھسکی، "سوداگروں کا منجھلا بیٹا ولایت پاس کر کے آیا ہے۔ اللہ قسم بس چاند اور سورج کی جوڑی رہے گی۔"

کسی زمانے میں بڑھیا بڑے معرکے کی مشاطہ تھی، اب اس کا بازار بند ہو چکا تھا۔ چونڈا سفید ہوا، ہاتھ پیر سے معذور ہوئی تو ٹکڑے مانگ کر گزر اوقات کرنے لگی تھی۔

تھوڑی دیر تک تو کسی کی سمجھ ہی میں نہ آیا کہ بڑھیا مردار کیا بک رہی ہے۔ سوداگروں کا منجھلا بیٹا جو ولایت پاس تھا سب کی نگاہوں میں تھا۔ کسی کو شبہ بھی نہ ہوا کہ ناشدنی قطامہ رخسانہ ممانی کا رشتہ لگانے کی تاک میں ہے۔

"امام حسین کی قسم، میاں میں تو کنگنوں کی جوڑی لوں گی۔ بات چھیڑوں؟"

بات جو واضح ہوئی اور پانی مرا تو بھڑوں کا چھتہ چھڑ گیا۔ چاروں طرف سے توپیں دغنے لگیں۔

"ہے ہے مجھ جنم پیٹی کو کیا خبر؟" بڑھیا سلیپر پہنتی رپٹی، باہر کی طرف چلتے چلتے اس نے ماموں کی پٹی ہوئی صورت پر ایک مشتبہ نظر ڈالی، "منہ پر تو صاف کنوار پنا برس رہا ہے۔"

اس دن شجاعت ماموں نے قرآن اٹھا کر سب کے سامنے کہہ دیا کہ یہ دونوں بچے ان کے نہیں، اڑوس پڑوس کی مہربانیوں کا پھل ہیں جن سے رخسانہ بیگم تاک جھانک کیا کرتی ہیں۔

اس رات وہ روتے رہے، کراہتے رہے، انگاروں پر لوٹتے رہے اس رات انہیں بڑی ممانی بہت یاد آئیں، ان کے بال قبل از وقت پک گئے تھے، ان کی جوانی، انکا دلہنا پا آنسوؤں میں بہہ گیا۔ میں اور پارسائی کا مجسمہ، وفا کی پتلی۔۔۔ ان کے حصے کا بڑھاپا بھی انہوں نے اپنے وجود میں سمیٹ لیا، اور شریف بیویوں کی طرح جنت کو سدھاریں۔ آج وہ ہوتیں تو یہ درد، یہ سوزش یہ سفید جڑوں والے مہندی لگے بال یہ رستے ناسور، یہ تنہائی بٹ جاتی۔ پھر بڑھاپا یوں نہ دہلاتا۔ دونوں ساتھ بڑھوے ہوتے، ایک دوسرے کے دکھ کو سمجھتے، سہارا دیتے۔

امر بیل دن دونی رات چوگنی پھیلتی گئی۔ بڑ کے پیڑ کا تنا کھوکھلا ہو گیا، ٹہنیاں جھول گئیں، پتے جھڑ گئے۔۔۔ بیل پاس کے دوسرے ہرے بھرے پیڑ پر رینگ گئی۔

کیسا جاں سوز سماں تھا۔ شجاعت ماموں کی میت صحن میں بنی سنوری رکھی ہوئی تھی، بہنیں کھڑی پڑی پچھاڑیں کھا رہی تھیں۔ ماموں نے اپنی ساری جائیداد بہنوں کے نام ہبہ کر دی تھی۔

رخسانہ ممانی سب سے الگ تھلک در سے لگی بیٹھی تھیں۔ کہنے والے کہتے ہیں کہ اتنی حسین اور سوگوار بیوہ زندگی میں کبھی نہیں دیکھی۔ سفید کپڑوں میں وہ عجیب پراسرار خواب لگ رہی تھیں۔ رو رو کر آنکھیں مخمور اور بوجھل ہو رہی تھیں۔ زرد چہرہ پکھراج کے نگینے کی طرح دمک رہا تھا۔ پرسے کو آنے والے سب کچھ بھول کر بس انہیں تکتے رہ جاتے۔ انہیں مرحوم کی خوش نصیبی پر رشک آ رہا تھا۔

ممانی پر بے پناہ بے بسی اور افسردگی چھائی ہوئی تھی۔ خوف اور سراسیمگی سے ان کا چہرہ اور بھی بھولا لگ رہا تھا۔ دونوں بچے ان کے پہلو سے لگے بیٹھے تھے۔ وہ ان کی بڑی بہن لگ رہی تھیں۔

وہ گم صم بیٹھی تھیں، جیسے قدرت کے سب سے مشاق فنکار نے اپنے بے مثل قلم سے کوئی شاہکار بنا کر سجا دیا ہو۔

(۲) جڑیں

سب کے چہرے فق تھے گھر میں کھانا بھی نہ پکا تھا۔ آج چھٹا روز تھا۔ بچے اسکول چھوڑے گھروں میں بیٹھے اپنی اور سارے گھر والوں کی زندگی وبال کیے دے رہے تھے۔ وہی مار کٹائی، دھول دھپا، وہی اودھم اور قلابازیاں جیسے ۱۵ اگست آیا ہی نہ ہو۔ کمبختوں کو یہ بھی خیال نہیں کہ انگریز چلے گیے اور چلتے چلتے ایسا گہرا گھاؤ مار گیے جو برسوں رسے گا۔

ہندوستان پر عمل جراحی کچھ ایسے لنجے ہاتھوں اور گھٹل نشتروں سے ہوا ہے کہ ہزاروں شریانیں کٹ گئی ہیں۔ خون کی ندیاں بہہ رہی ہیں۔ کسی میں اتنی سکت نہیں کہ ٹانکہ لگا سکے۔

کوئی اور معمولی دن ہوتا تو کمبختوں سے کہا جاتا باہر کالا منہ کر کے غدر مچاؤ لیکن چند روز سے شہر کی فضا ایسی غلیظ ہو رہی تھی کہ شہر کے سارے مسلمان ایک طرح سے نظر بند بیٹھے تھے۔ گھروں میں تالے پڑے تھے اور باہر پولیس کا پہرا تھا۔ لہٰذا کلیجے کے ٹکڑوں کو سینے پر کودوں دلنے کے لیے چھوڑ دیا گیا۔ ویسے سول لائنس میں امن ہی تھا جیسا کہ عام طور پر رہتا ہے یہ تو گندگی وہیں زیادہ اچھلتی ہے جہاں چھ بچے ہوتے ہیں، جہاں غربت ہوتی ہے، وہیں جہالت کے گھورے پر نام نہاد مذہب کے ڈھیر بجباتے ہیں اور یہ ڈھیر کریدے جا چکے تھے۔

اوپر سے پنجاب سے آنے والوں کی دن بدن بڑھتی ہوئی تعداد اقلیت کے دل میں دہشت بٹھا رہی تھی۔ غلاظت کے ڈھیر تیزی سے کریدے جا رہے تھے۔ عفونت رینگتی

رینگتی صاف ستھری سڑکوں پر پہنچ چکی تھی۔ دو چار جگہ تو کھلم کھلا مظاہرے بھی ہوئے لیکن مارواڑ کی ریاستوں کے ہندو مسلمان کی اس قدر ملتی جلتی معاشرت ہے کہ انھیں نام ،صورت یا لباس سے بھی باہر والے مشکل سے پہچان سکتے ہیں۔ باہر والے اقلیت کے لوگ جو آسانی سے پہچانے جاسکتے تھے وہ تو پندرہ اگست کی بو پا کر ہی پاکستان کی حدود میں کھسک گیے تھے۔ رہے ریاست کے قدیم باشندے تو نہ ہی ان میں اتنی سمجھ اور نہ ہی ان کی اتنی حیثیت کہ پاکستان اور ہندوستان کا دقیق مسئلہ انھیں کوئی بیٹھ کر سمجھاتا۔ جنھیں سمجھنا تھا وہ سمجھ چکے تھے اور وہ محفوظ ہو چکے تھے، باقی جو یہ سن کر گیے تھے کہ چار سیر کا گیہوں اور چار آنے کی ہاتھ بھر لمبی نان پاؤ ملتی ہے وہ لوٹ رہے تھے۔ کیوں کہ وہاں جا کر انھیں یہ بھی پتہ چلا کہ چار سیر کا گیہوں خریدنے کے لیے ایک روپیہ کی بھی ضرورت ہوتی ہے اور ہاتھ بھر لمبی نان پاؤ کے لیے پوری چونی دینا پڑتی ہے اور یہ روپیہ اٹھنیاں نہ ہی کسی دوکان پر ملیں اور نہ کھیتوں میں اگیں۔ انھیں حاصل کرنا اتنا ہی مشکل ہے جتنا زندہ رہنے کی تگ ودو۔

لہٰذا جب کھلم کھلا علاقوں سے اقلیت کو نکالنے کی رائے ہوئی تو بڑی مشکل آن پڑی۔ ٹھاکروں نے صاف کہہ دیا کہ صاحب رعایا ایسی گتھی ملی رہتی ہے۔ مسلمانوں کو بین کر نکالنے کے لیے باقاعدہ اسٹاف کی ضرورت ہے جو کہ بیکار زائد خرچ ہے ویسے آپ اگر کوئی ٹکڑے زمین کے شرنارتھیوں کے لیے خریدنا چاہیں تو وہ خالی کرائے جاسکتے ہیں۔ جانور تو رہتے ہی ہیں۔ جب کہیے جنگل خالی کر دیا جائے۔

اب باقی رہ گیے چند گنے چنے خاندان۔ جو یا تو مہاراجہ کے چہیلے چانٹوں میں سے تھے اور جن کے جانے کا سوال نہ تھا یا وہ جو جانے کو تلے بیٹھے تھے۔ بس بستر بندھ رہے تھے۔ ہمارا خاندان بھی اسی فہرست میں آتا تھا۔ جب تک بڑے بھائی اجمیر سے نہ آئے تھے کچھ

ایسی جلدی نہ تھی مگر انھوں نے تو آکر بوکھلا ہی دیا۔ پھر بھی کسی نے زیادہ اہمیت نہیں دی۔ وہ تو شاید کسی کے کان پر جوں نہ رینگتی اور برسوں اسباب نہ بندھ چکتا جو اللہ بھلا کرے چھبا میاں کا وہ پینترا نہ چلتے۔ بڑے بھائی تو جانے ہی والے تھے کہہ کہہ کر ہار گیے تھے۔ تو میاں چھبا نے کیا کیا کہ ایک دم اسکول کی دیوار پر "پاکستان زندہ باد" لکھنے کا فیصلہ کرلیا۔ روپ چند جی کے بچوں نے اس کی مخالفت کی اور فوراً بگاڑ کر "اکھنڈ ہندوستان" لکھ دیا۔ نتیجہ یہ کہ چل گیا جوتا اور ایک دوسرے ہی کو صفحۂ ہستی سے مٹانے کی سعی فرمائی گئی، بات بڑھ گئی۔ حتی کہ پولیس بلائی گئی اور جو چند گنتی کے مسلمان بچے تھے۔ انھیں لاری میں بھر کر گھروں کو بھجوادیا گیا۔

اب سنیے کہ جوں ہی بچے گھر میں آئے ہمیشہ ہیضہ طاعون کے سپرد کرنے والی مائیں مامتا سے بے قرار ہو کر دوڑیں، اور انھیں کلیجے سے لگالیا گیا۔ اور کوئی دن ہوتا اور روپ چند جی کے بچوں سے چھبا لڑ کر آتا تو دلھن بھابی اس کی وہ جوتیوں سے مرہم پٹی کرتیں کہ توبہ بھلی، اور اٹھا کر انھیں روپ چند جی کے پاس بھیج دیا جاتا کہ پلائے اسے انڈی کا تیل اور کونین کا مکچر۔ کیوں کہ روپ چند جی ہمارے خاندانی ڈاکٹر ہی نہیں ابا کے پرانے دوست تھے۔

ڈاکٹر صاحب کی دوستی ابا سے، ان کے بیٹیوں کی بھائیوں سے، بہوؤں کی ہماری بھاوجوں سے اور نئی پود کی نئی پود سے آپس میں دانت کاٹی روٹی کی تھی۔ دونوں خاندانوں کی موجودہ تین پیڑھیاں ایک دوسرے سے ایسی گھلی ملی تھیں کہ شبہ بھی نہ تھا کہ ہندوستان کی تقسیم کے بعد اس محبت میں پھوٹ پڑ جائے گی۔ حالانکہ دونوں خاندانوں میں مسلم لیگی کانگریسی اور مہا سبھائی موجود تھے اور مذہبی اور سیاسی بحثیں بھی جم جم کر ہوتیں مگر ایسے ہی جیسے فٹ بال یا کرکٹ میچ ہوتے ہیں۔ ادھر ابا کانگریسی تھے تو ادھر

ڈاکٹر صاحب اور بڑے بھائی لیگی تھے، تو ادھر گیان چند مہا سبھائی، ادھر منجھلے بھائی کمیونسٹ تھے تو ادھر گلاب چند سوشلسٹ۔ اور پھر اسی حساب سے مردوں کی بیویاں اور بچے بھی اسی پارٹی کے تھے۔ عام طور پر جب مچیٹا ہوتا تو کانگریس کا پلہ بھاری پڑتا۔

کمیونسٹ سوشلسٹ بھی گالیاں کھاتے، مگر کانگریس میں ہی گھس پڑتے۔ رہ جاتے مہاسبھائی اور لیگی یہ دونوں ہمیشہ ساتھ دیتے۔ گو وہ ایک دوسرے کے دشمن ہوتے۔ پھر بھی دونوں مل کر کانگریس پر حملہ کرتے۔

لیکن ادھر کچھ سال سے مسلم لیگ کا زور بڑھتا گیا اور ادھر مہاسبھا کا۔ کانگریس کا تو بالکل پڑا ہو گیا۔ بڑے بھائی کی سپاہ سالاری میں گھر کی ساری نئی پود سوائے دو ایک غیر جانب دار قسم کے کانگریسیوں کو چھوڑ کر نیشنل گارڈ کی طرح ڈٹ گئی۔ ادھر گیان چند کی سرداری میں سیوک سنگھ کا چھوٹا سا دل ڈٹ گیا۔ مگر دوستی اور محبت میں فتور نہ آیا۔

"اپنے للو کی شادی تو منی ہی سے کروں گا" مہاسبھائی گیان چند منی کے لیگی باپ سے کہتے "سونے کی پازیب لاؤں گا۔"

"یار ملمع کی نہ ٹھوک دینا۔" یعنی بڑے بھائی گیان چند کی ساہو کاری پر حملہ کرتے ہیں۔

اور ادھر نیشنل گارڈ دیواروں پر پاکستان زندہ باد لکھ دیتے اور سیوا سنگھ کا دل اسے بگاڑ کر "اکھنڈ ہندستان" لکھ دیتا۔ یہ اس وقت کا ذکر ہے جب پاکستان کا لین دین ایک ہنسنے ہنسانے کا مشغلہ تھا۔

ابا اور روپ چند جی یہ سب کچھ سنتے اور مسکراتے اور سارے ایشیا کو ایک بنانے کے منصوبے باندھنے لگتے۔

اماں اور چاچی سیاست سے دور دھنیے ہلدی اور بیٹیوں کے جہیزوں کی باتیں کیا

کرتیں اور بہوئیں ایک دوسرے کے فیشن چرانے کی تاک میں لگی رہتیں۔ نمک مرچ کے ساتھ ساتھ ڈاکٹر صاحب کے یہاں سے دوائیں بھی منگوائی جاتیں روز۔ کسی کو چھینک آئی اور دوڑا ڈاکٹر صاحب کے پاس یا جہاں کوئی بیمار ہوا اور اماں نے دال بھری روٹی یا دہی بڑے بنوانے شروع کیے اور ڈاکٹر صاحب سے کہلوا دیا کہ کھانا ہو تو آجائیے۔ اب ڈاکٹر صاحب اپنے پوتوں کا ہاتھ پکڑے آن پہونچے۔

چلتے وقت بیوی کہتیں "کھانا نہ کھانا سنا!"

"ہوں تو پھر فیس کیسے وصول کروں۔ دیکھو جی لالہ اور چنی کو بھیج دینا"

"ہائے رام تمھیں تو لاج بھی نہیں آتی۔" چاچی بڑبڑاتیں۔ مزہ تو جب آتا جب کبھی اماں کی طبیعت خراب ہو جاتی۔ اماں کانپ جاتیں۔

"نا بھئی میں اس مسخرے سے علاج نہیں کراؤں گی۔" مگر پھر گھر کے ڈاکٹر کو چھوڑ کر کون شہر سے بلانے جاتا۔ لہذا سنتے ہی ڈاکٹر صاحب دوڑے آتے۔

"اکیلی اکیلی پلاؤ زردے اڑاؤ گی تو آپ بیمار پڑو گی۔" وہ جلاتے۔

"جیسے تم کھاؤ ہو ویسے ہی اوروں کو سمجھتے ہو۔" اماں پردے کے پیچھے سے بھناتیں۔

"ارے یہ بیماری کا تو بہانہ ہے۔ بھابی تم ویسے ہی کہلوا دیا کرو۔ میں آجایا کروں گا۔ یہ ڈھونگ کاہے کو رچاتی ہو۔" وہ آنکھوں میں شرارت جمع کر کے مسکراتے اور اماں جل کر ہاتھ کھینچ لیتیں اور صلواتیں سناتیں۔ ابا مسکرا کر رہ جاتے۔

ایک مریض کو دیکھنے آتے تو سارے گھر کے مرض اٹھ کھڑے ہوتے، کوئی اپنا پیٹ لیے چلا آرہا ہے تو کسی کی پھنسی چھل گئی۔ کسی کا کان پک رہا ہے تو کسی کی ناک سوجی ہوئی ہے۔

"کیا مصیبت ہے ڈپٹی صاحب! ایک آدھ کو زہر دے دوں گا۔ کیا مجھے سلوتری سمجھا

ہے کہ دنیا بھر کے جانور ٹوٹ پڑے۔" وہ مریضوں کو دیکھتے جاتے اور بڑبڑاتے جاتے۔

اور جہاں کوئی نیے بچے کی آمد کی اطلاع ہوئی۔ وہ جملہ سامان تخلیق کو گالیاں دینے لگتے۔

"ہنہ مفت کا ڈاکٹر ہے۔ پیدا کیے جاؤ کمبخت کے سینے پر کودوں دلنے کے لیے۔"

مگر جوں ہی درد شروع ہوتا وہ اپنے برآمدے سے ہمارے برآمدے کے چکر کاٹنے لگتے۔ چیخ چنگھاڑ سے سب کو بوکھلا دیتے۔ محلے ٹولے والیوں کا آنا دشوار، بننے والے باپ کے آتے جاتے تڑاتڑ چپتیں اور جرأت احمقانہ پر پھٹکاریں۔

پر جوں ہی بچے کی پہلی آواز ان کے کان میں پہونچتی وہ برآمدے سے دروازے پر اور دروازے سے کمرے کے اندر آجاتے اور ان کے ساتھ ساتھ ابا بھی باولے ہو کر آجاتے۔ عورتیں کوستی پیٹتی پردے میں ہو جاتیں، زچہ کی نبض دیکھ کر وہ اس کی پیٹھ ٹھونکتے "واہ میری شیرنی!" اور بچے کا نال کاٹ کر نہلانا شروع کر دیتے۔ والد صاحب گھبرا گھبرا کر پھوہڑ نرس کا کام انجام دیتے پھر اماں چلانا شروع کر دیتیں۔

"لو غضب خدا کا۔ یہ مردوئے ہیں کہ زچا خانے میں پلے پڑتے ہیں۔"

اور معاملہ کی نزاکت کو محسوس کر کے دونوں ڈانٹ کھائے ہوئے بچوں کی طرح بھاگتے باہر۔

اور پھر جب ابا کے اوپر فالج کا حملہ ہوا تو روپ چند جی ہاسپٹل سے ریٹائرڈ ہو چکے تھے اور ان کی ساری پریکٹس، ان کے اور ہمارے گھر تک محدود رہ گئی تھی۔ علاج تو اور بھی کئی ڈاکٹر کر رہے تھے مگر نرس کے اور اماں کے ساتھ ڈاکٹر صاحب ہی جاگتے اور جس وقت سے وہ ابا کو دفنا کر آئے خاندانی محبت کے علاوہ انھیں ذمہ داری کا بھی احساس ہو گیا۔ بچوں کی فیس معاف کرانے اسکول دوڑے جاتے۔ لڑکیوں بالیوں کے جہیز کے لیے گیان

چند کا ناطقہ بند رکھتے۔ گھر کا کوئی خاص کام بغیر ڈاکٹر صاحب کی رائے کے نہ ہوتا۔ پچھمی بازو کو تڑواکر جب دو کمرے بڑھانے کا سوال اٹھا تو ڈاکٹر صاحب ہی کی رائے سے دبا دیا گیا۔

"اس سے تو اوپر دو کمرے بڑھوالو" انھوں نے رائے دی۔ اور اس پر عمل ہوا۔ مجن ایف۔ اے میں سائنس لینے کو تیار نہ تھا۔ ڈاکٹر صاحب جوتا لے کر پل پڑے، معاملہ طے ہو گیا۔ فریدہ میاں سے لڑ کر گھر آن بیٹھی۔ ڈاکٹر صاحب کے پاس اس کا میاں پہنچا اور دوسرے دن اس کی منجھلی بہو شیلا جب بیاہ کر آئی تو دائی کا جھگڑا بھی ختم ہو گیا۔ بیچاری ہسپتال سے بھاگی آتی۔ فیس تو دور کی چیز ہے اوپر سے چھٹے دن کرتا ٹوپی لے کر آتی۔

پر آج جب چھبا لڑ کر آئے تو ان کی ایسی آؤ بھگت ہوئی جیسے مرد غازی میدان مار کر آیا ہے۔ سب نے ہی اس کی بہادری کی تفصیل پوچھی اور بہت سی زبانوں کے آگے صرف اماں کی زبان گنگ رہی۔ آج سے نہیں وہ پندرہ اگست سے جب ڈاکٹر صاحب کے گھر پر ترنگا جھنڈا اور اپنے گھر پر لیگ کا جھنڈا لگا تھا۔ اسی دن سے ان کی زبان کو چپ لگ گئی تھی۔ ان دو جھنڈوں کے درمیان میلوں لمبی چوڑی خلیج حائل ہو گئی۔ جس کی بھیانک گہرائی کو وہ اپنی غمگین آنکھوں سے دیکھ دیکھ کر لرزا کرتیں۔ پھر شرنارتھیوں کا غلبہ ہوا۔ بڑی بہو کے میکے والے بھاول پور سے مال لٹا کر اور بہ مشکل جان بچا کر جب آئے تو خلیج کا دہانہ چوڑا ہو گیا۔ پھر راول پنڈی سے جب نرملا کے سسرال والے نیم مردہ حالت میں آئے تو اس خلیج میں اژدھے پھنکاریں مارنے لگے۔ جب چھوٹی بھابی نے اپنے بچے کا پیٹ دکھانے کو بھیجا تو شیلا بھابی نے جلدی سے نوکر کو بھگا دیا۔

اور کسی نے بھی اس معاملے پر بحث مباحثہ نہیں کیا۔ سارے گھر کے مرض ایک دم رک گئے۔ بڑی بھابی تو اپنے ہسٹریا کے دورے بھول کر لپا جھپ اسباب باندھنے لگیں۔

"میرے ٹرنک کو ہاتھ نہ لگانا" اماں کی زبان آخر کو کھلی اور سب ہکابکا رہ گیے۔

"کیا آپ نہیں جائیں گی۔" بڑے بھیا ترشی سے بولے۔

"نوج موئی میں سندھنوں میں مرنے جاؤں۔ اللہ ماریاں۔ بر کے پاجامے پھڑکاتی پھریں ہیں۔"

"تو سنجلے کے پاس ڈھاکہ چلی جایئے۔"

"اے وہ ڈھاکہ کاہے کو جائیں گی۔ کہیں کی مونڈی کاٹے بنگالی تو چاول ہاتھوں سے لسیٹر لسیٹر کے کھاویں ہیں۔" سنجھلے کی ساس ممانی بی نے طعنہ دیا۔

"تو راولپنڈی چلو فریدہ کے یہاں" خالہ بولیں۔

"توبہ میری، اللہ پاک پنجابیوں کے ہاتھوں کسی کی مٹی پلید نہ کرائے۔ مٹ گئی دوزخیوں کی تو زبان بولے ہیں" آج تو میری کم سخن اماں پٹاپٹ بولیں چلیں۔

"اے بوا تمہاری تو وہی مثل ہوگئی کہ اونچے کہ نیچے بھیریئے کے پیڑ تلے، بٹی تیرا گھر نہ جانو۔ اے بی یہ کٹو گلہری کی طرح غمزہ مستیاں کہ بادشاہ نے بلایا۔ لو بھئی جھم جھم کرتا۔۔ ہاتھی بھیجا کہ چک چک یہ تو کالا کالا کہ گھوڑا بھیجا چک چک یہ تو لاتیں جھاڑے کہ۔۔۔

باوجود کہ فضا مکدر سی تھی پھر بھی قہقہہ پڑ گیا۔ میری اماں کا منہ اور پھول گیا۔

"کیا بچوں کی سی باتیں ہو رہی ہیں" نیشنل گارڈ کے سردار اعلی بولے "جن کا سر نہ پیر۔ کیا ارادہ ہے۔ یہاں رہ کر کٹ مریں؟"

"تم لوگ جاؤ، اب میں کہاں جاؤں گی۔ میرا آخری وقت۔"

"تو آخری وقت میں کافروں سے گت بنواؤ گی؟" خالہ بی پوٹلیاں گنتی جاتی ہیں اور پوٹلیوں میں سے سونے چاندی کے زیور سے لے کر ہڈیوں کا منجن، سوکھی میتھی اور ملتانی

مٹی تک تھی۔ ان چیزوں کو وہ ایسے کلیجے سے لگا کر لے جارہی تھیں گویا پاکستان کا اسٹر لنگ بیلینس کم ہو جائے گا۔ تین دفعہ بڑے بھائی نے جل کر ان کی پرانے روہڑ کی پوٹلیاں پھینکیں پر وہ ایسی چنگھاڑیں گویا یہ دولت نہ گئی تو پاکستان غریب رہ جائے گا۔ اور مجبوراً بچوں کے موت میں ڈوبی ہوئی گدیلوں کی روئی کے پلندے باندھنے پڑے۔ برتن بوروں میں بھرے گیے۔ پلنگوں کی پائے پٹیا کھول کر جھلنگوں میں باندھی گئیں اور دیکھتے ہی دیکھتے جما جمایا گھر ٹیڑھی میڑھی گٹھریوں اور بقچوں میں تبدیل ہو گیا۔

تو سامان کے پیر لگ گیے ہیں اور قلانچیں بھرتا پھرتا ہے۔ ذرا ستانے کو بیٹھا ہے اور پھر اٹھ کر ناچنے لگے گا۔

پر اماں کا ٹرنک جوں کا توں رکھا رہا۔

"آپ کا ارادہ یہاں مرنے کا ہے تو کون روک سکتا ہے۔" بھائی صاحب نے آخر میں کہا۔

اور میری معصوم صورت کی بھولی سی اماں بھٹکتی آنکھوں سے گدلے آسمان کو تکتی رہیں، جیسے وہ خود اپنے آپ سے پوچھتی ہوں کون مار ڈالے گا؟ اور کب؟

"اماں تو سٹھیا گئی ہیں۔ اس عمر میں عقل ٹھکانے نہیں" منجھلے بھائی کان میں کھسپسائے۔

"کیا معلوم انھیں کہ کافروں نے معصوموں پر تو اور ظلم ڈھائے ہیں۔ اپنا وطن ہو گا تو جان ومال کا تو اطمینان رہے گا۔"

اگر میری کم سخن اماں کی زبان تیز ہوتی تو وہ ضرور کہتیں "اپنا وطن ہے کس چڑیا کا نام؟ لوگو! بتاؤ تو وہ ہے کہاں اپنا وطن، جس مٹی میں جنم لیا جس میں لوٹ پوٹ کر بڑھے پلے، وہی اپنا وطن نہ ہوا تو پھر جہاں چار دن کو جا کر بس جاؤ وہ کیسے اپنا وطن ہو جایے گا۔

اور پھر کون جانے وہاں سے بھی کوئی نکال دے، کہے جاؤ نیا وطن بساؤ۔ اب یہاں چراغ سحری بنی بیٹھی ہوں، ایک ننھا سا جھونکا آیا اور وطن کا جھگڑا ختم۔ اور یہ وطن اجاڑنے اور بسانے کا کھیل کچھ دلچسپ بھی تو نہیں۔ ایک دن تھا مغل اپنا وطن چھوڑ کر نیا وطن بسانے آئے تھے۔ آج پھر چلو وطن بسانے، وطن نہ ہوا پیر کی جوتی ہو گئی، ذرا تنگ پڑی اتار پھینکی، دوسری پہن لی۔ مگر وہ خاموش رہیں اور ان کا چہرہ پہلے سے زیادہ تھکا ہوا معلوم ہونے لگا۔ جیسے وہ صدیوں سے وطن کی کھوج میں خاک چھاننے کے بعد تھک کر آن بیٹھی ہوں اور اس تلاش میں خود کو بھی کھو چکی ہوں۔

سر آئے پیر گئے۔ مگر اماں اپنی جگہ پر ایسے جمی رہیں جیسے بڑ کے پیڑ کی جڑ آندھی طوفان میں کھڑی رہتی ہے۔

پر جب بیٹے بیٹیاں بہوئیں، داماد، پوتے، پوتیاں، نواسے، نواسیاں پورا کا پورا قافلہ بڑے پھاٹک سے نکل کر پولیس کی نگرانی میں لاریوں میں سوار ہونے لگا تو ان کے کلیجے کے ٹکڑے اڑنے لگے۔ بے چین نظروں سے انھوں نے خلیج کے اس پار بیکسی سے دیکھا۔ سڑک بیچ کا گھر اتنا دور لگا جیسے دور افق پر کوئی سر گرداں بادل کا لکہ۔ روپ چند جی کا بر آمدہ سنسان پڑا تھا۔ دو ایک بار بچے باہر نکلے مگر ہاتھ پکڑ کر واپس گھسیٹ لیے گئے۔ پر اماں کی آنسو بھری آنکھوں نے ان آنکھوں کو دیکھ لیا جو دروازوں کی جھریوں اور چقوں کے پیچھے نمناک ہو رہی تھیں۔ جب لاریاں دھول اڑا کر قافلے کو لے سدھاریں تو ایک بائیں طرف کی مردہ حس نے سانس لی، دروازہ کھلا اور بوجھل قدموں سے روپ چند جی چوروں کی طرح سامنے کے خالی ڈھنڈھار گھر کو تاکتے نکلے اور تھوڑی دیر تک غبار کے بگولے میں بچھڑی ہوئی صورتوں کو ڈھونڈھتے رہے اور پھر ان کی ناکام نگاہیں مجرمانہ انداز میں، اجڑے دیار میں بھٹکتی ہوئی واپس زمین میں دھنس گئیں۔

جب ساری عمر کی پونجی کو خدا کے رحم و کرم کے حوالے کر کے اماں دھنڈھار صحن میں آ کر کھڑی ہوئیں تو ان کا بوڑھا دل ننھے بچے کی طرح سہم کر کمھلا گیا جیسے چاروں طرف سے بھوت آن کر انھیں دبوچ لیں گے۔ چکرا کر انھوں نے کھمبے کا سہارا لیا۔ سامنے نظر اٹھی تو کلیجہ اچھل کر منہ کو آیا۔ یہی تو وہ کمرہ تھا جسے دولھا کی پیار بھری گود میں لانگ کر آئی تھیں۔ یہیں تو کمسن خوفزدہ آنکھوں والی بھولی سی دلھن کے چاند سے چہرے پر سے گھونگھٹ اٹھا۔ زندگی بھر کی غلامی لکھ دی تھی۔ وہ سامنے بازو کے کمرے میں پہلوٹھی کی بیٹی پیدا ہوئی تھی اور بڑی بیٹی کی یاد ایک دم سے ہوک بن کر کلیجے میں کوند گئی، وہ کونے میں اس کا نال گڑا تھا۔ ایک نہیں دس نال گڑے تھے اور دس روحوں نے یہیں پہلی سانس لی تھی۔ دس گوشت و پوست کی مورتیوں نے، دس انسانوں نے اسی مقدس کمرے میں جنم لیا تھا۔ اس مقدس کوکھ سے جسے آج وہ چھوڑ کر چلے گیے تھے۔ جیسے وہ پرانی کیچلی تھی جسے کانٹوں میں الجھا کر وہ سب سٹاسٹ نکلے چلے گیے۔

امن اور سکون کی تلاش میں۔ روپیہ کے ۴ سیر گیہوں کے پیچھے اور وہ ننھی ننھی ہستیوں کی پیاری آغوں آغوں سے کمرہ اب تک گونج رہا تھا۔ لپک کر وہ کمرے میں گود پھیلا کر دوڑ گئیں، پھر ان کی گود خالی تھی وہ گود جسے سہاگنیں تقدس سے چھو کر ہاتھ کوکھ کو لگاتی تھیں، آج خالی تھی۔ کمرہ بڑا بھائیں بھائیں کر رہا تھا۔ دہشت زدہ ہو کر وہ لوٹ پڑیں مگر چھوٹے ہوئے تخیل کے قدم نہ لوٹا سکیں۔ وہ دوسرے کمرے میں لڑکھڑا گیے۔ یہیں تو زندگی کے ساتھی نے پچاس برس کے نباہ کے بعد منہ موڑا تھا۔ یہیں دروازے کے سامنے کفنائی ہوئی لاش رکھی تھی۔ سارا کنبہ گھیرے کھڑا تھا۔ خوش نصیب تھے وہ جو اپنے پیاروں کی گود میں سدھارے پر زندگی کی ساتھی کو چھوڑ گیے جو آج بے کفنائی ہوئی لاش کی طرح لاوارث پڑی رہ گئی۔ پیروں نے جواب دے دیا اور وہیں بیٹھ گئیں جہاں

میت کے سرھانے دس برس ان کپکپاتے ہاتھوں نے چراغ جلایا تھا۔ پر آج چراغ میں تیل نہ تھا اور بتی بھی ختم ہو چکی تھی۔

اور سامنے روپ چند اپنے بر آمدے میں زور زور سے ٹہل رہے تھے گالیاں دے رہے تھے۔ اپنے بیوی بچوں کو، نوکروں کو۔ سرکار کو اور سامنے پھیلی ہوئی بے زبان سڑک کو، اینٹ پتھر کو اور چاقو چھری کو۔ حتی کہ پوری کائنات ان کی گالیوں کی بمباری کے آگے سہمی دبکی بیٹھی تھی۔ اور خاص طور پر اس خالی گھر کو جو سڑک کے اس پار کھڑا ان کا منھ چڑا رہا تھا۔ جیسے خود انھوں نے اپنے ہاتھوں سے اس کی اینٹ سے اینٹ ٹکرا دی ہو، وہ کوئی چیز اپنے دماغ میں سے جھٹک دینا چاہتے تھے۔ ساری قوتوں کی مدد سے نوچ کر پھینک دینا چاہتے تھے مگر ناکامی سے جھنجلا اٹھتے تھے۔ کینہ کی جڑوں کی طرح جو چیز ان کے وجود میں جم چکی تھی وہ اسے پوری طاقت سے کھینچ رہے تھے۔ مگر ساتھ ساتھ جیسے ان کا گوشت کھنچتا چلا آتا ہو، وہ کراہ کر چھوڑ دیتے تھے۔ پھر ایک دم ان کی گالیاں بند ہو گئیں، ٹہل تھم گئی اور وہ موٹر میں بیٹھ کر چل دیے۔

رات کو جب گلی کے نکڑ پر سناٹا چھا گیا تو پچھلے دروازے سے روپ چند کی بیوی دو تھالیاں اوپر نیچے دھرے چوروں کی طرح داخل ہوئیں۔ دونوں بوڑھی عورتیں خاموش ایک دوسرے کے آمنے سامنے بیٹھ گئیں۔ زبانیں بند رہیں پر آنکھیں اب کچھ کہہ سن رہی تھیں۔ دونوں تھالیوں کا کھانا جوں کا توں رکھا تھا۔ عورتیں جب کسی کی غیبت کرتی ہیں تو ان کی زبانیں کترنی کی طرح چل نکلتی ہیں۔ پر جہاں جذبات نے حملہ کیا اور منھ میں تالے پڑ گیے۔

رات بھر نہ جانے کتنی دیر پریشانیاں اکیلا پا کر شب خون مارتی ہیں۔ نہ جانے راستے ہی میں تو سب نہ ختم ہو جائیں گے۔ آج کل تو اکا دکا نہیں پوری پوری ریلیں کٹ رہی ہیں۔

پچاس برس خون سے سینچ کر کھیتی تیار کی اور آج وہ دیس نکالا لے کر نئی زمین کی تلاش میں افتاں و خیزاں چل پڑی تھی۔ کون جانے نئی زمین ان پودوں کو راس آئے نہ آئے۔ کملا تو نہ جائیں گے۔ یہ غریب الوطن پودے! چھوٹی بہو تو اللہ رکھے ان گنا مہینہ ہے۔ نہ جانے کس جنگل میں زچہ خانہ بنے۔ گھر بار، نوکری، بیوپار سب کچھ چھوڑ کر چل پڑے ہیں۔ نیے وطن میں چیل کوؤں نے کچھ چھوڑا بھی ہو گا۔ یا یہ منہ تکتے ہی لوٹ آئیں گے اور جو لوٹ کر آئیں گے اور جو لوٹ کر آئے تو پھر سے جڑیں پکڑنے کا بھی موقع ملے گا یا نہیں۔ کون جانے یہ بوڑھا ٹھونٹ بہار کے لوٹ آنے تک زندہ بھی رہے گا کہ نہیں۔

گھنٹوں سڑن باولیوں کی طرح دیوار پاکھوں سے لپٹ لپٹ کر نہ جانے کیا بکتی رہیں پھر شل ہو کر پڑ گئیں۔ نیند کہاں؟ ساری رات بوڑھا جسم جوان بیٹیوں کی کٹی پھٹی لاشیں، نوعمر بہوؤں کے برہنہ جلوس اور پوتوں نواسوں کے چیتھڑے اڑتے دیکھ دیکھ کر تھراتا رہا۔ نہ جانے کب غفلت نے حملہ کر دیا۔

کہ ایک دم ایسا معلوم ہوا کہ دروازے پر دنیا بھر کا غدر ڈھے پڑا ہے۔ جان پیاری نہ سہی پر بنا تیل کا دیا بھی بجھتے وقت کانپ تو اٹھتا ہی ہے اور پھر سیدھی سادی موت ہی کیا بے رحم ہوتی ہے جو اوپر سے وہ انسان کا بھوت بن کر آئے۔ سنا ہے بڑھیوں تک کو بال پکڑ کر سڑکوں پر گھسیٹتے ہیں۔ یہاں تک کہ کھال چھل کر ہڈیاں جھلک آتی ہیں اور پھر وہیں دنیا کے وہ عذاب نازل ہوتے ہیں جن کے خیال سے دوزخ کے فرشتے بھی زرد پڑ جائیں۔

دستک کی گھن گرج بڑھتی جا رہی تھی۔ ملک الموت کو جلدی پڑی تھی نا! اور پھر آپ سے آپ ساری چٹخنیاں کھل گئیں۔ بتیاں جل اٹھیں جیسے دور کنوئیں کی تہ سے کسی کی آواز آئی۔ شاید بڑا لڑکا پکار رہا تھا۔۔۔ نہیں یہ تو چھوٹے اور سنجھلے کی آواز تھی۔ دوسری دنیا کے معدوم سے کونے سے۔

تو مل گیا سب کو وطن؟ اتنی جلدی؟ سنبھلا، اس کے پیچھے چھوٹا۔ صاف تو کھڑے تھے، گودوں میں بچوں کو اٹھائے بہوئیں۔ پھر ایک دم سے سارا گھر جی اٹھا۔۔ ساری روحیں جاگ اٹھیں اور دکھیاری ماں کے گرد جمع ہو گئیں چھوٹے بڑے ہاتھ پیار سے چھونے لگے۔ ایک دم سے خشک ہونٹھ میں ننھی ننھی کونپلیں پھوٹ نکلیں، وفور مسرت سے سارے حواس تتر بتر ہو کر تاریکی میں بھنور ڈالتے ڈوب گئے۔

جب آنکھ کھلی تو نبض پر جانی پہچانی انگلیاں رینگ رہی تھیں۔

"ارے بھابھی مجھے ویسے ہی بلا لیا کرو چلا آؤں گا۔ یہ ڈھونگ کاہے کو رچاتی ہو۔" روپ چند جی پردے کے پیچھے سے کہہ رہے تھے۔

"اور بھابی آج تو فیس دلوادو، دیکھو تمہارے نالائق لڑکوں کو لونی جنکشن سے پکڑ کر لایا ہوں۔ بھاگے جاتے تھے بدمعاش کہیں کے۔ پولس
سپرنٹنڈنٹ کا بھی اعتبار نہیں کرتے تھے۔"

پھر بوڑھے، ہونٹ میں کونپلیں پھوٹ نکلیں۔ وہ اٹھ کر بیٹھ گئیں۔ تھوڑی دیر خاموشی رہی۔ پھر دو گرم گرم موتی لڑھک کر روپ چند جی کے جھریوں دار ہاتھ پر گر پڑے۔

(۳) ہندوستان چھوڑ دو

"صاحب مر گیا"، جینت رام نے بازار سے سودے کے ساتھ یہ خبر لا کر دی۔۔۔

"صاحب! کون صاحب؟"

"وہ کانڑیا صاحب تھانا۔"

"او کانا صاحب۔ جیکسن۔۔۔ چہ، بے چارا۔" میں نے کھڑکی میں سے جھانک کر دیکھا۔ کائی لگی پرانی جگہ جگہ سے کھونڈی بتیسی کی طرح منہدم ہوتی ہوئی دیوار کے اس پار ادھڑے ہوئے سیمنٹ کے چبوترے پر سکھوبائی پیر پسارے بیٹھی مراہٹی زبان میں بین کر رہی تھی۔ اس کے پاس پٹوا کڑوں بیٹھا ہچکیوں سے رو رہا تھا۔ پٹو یعنی پیٹر، کالے گورے میل کا نادر نمونہ، اس کی آنکھیں جیکسن صاحب کی طرح نیلی اور بال بھورے تھے۔ رنگ گندمی تھا جو دھوپ میں جل کر بالکل تانبے جیسا ہو گیا تھا۔

اسی کھڑکی میں سے میں برسوں سے ایک عجیب و غریب خاندان کو دیکھتی آئی ہوں۔ یہیں بیٹھ کر میری جیکسن سے پہلی مرتبہ بات چیت ہوئی تھی۔ سن بیالیس کا "ہندوستان چھوڑ دو" کا ہنگامہ زوروں پر تھا۔ گرانٹ روڈ سے دادر تک کا سفر ملک کی بے چینی کا ایک مختصر مگر جاندار نمونہ ثابت ہوا تھا۔ منگٹن روڈ کے نالے پر ایک بڑا الاؤ جل رہی تھا۔ جس میں راہ چلتوں کی ٹائیاں ہیٹ اور کبھی موڑ آ جاتا تو پتلونیں اتار کر چلائی جا رہی تھیں۔ سین کچھ بچگانہ سہی مگر دلچسپ تھا۔ لچھے دار ٹائیاں نئے طرح دار ہیٹ، استری کی ہوئی پتلونیں بڑی بے دردی سے آگ میں جھونکی جا رہی تھیں۔ پھٹے چھیتڑے

پہنے آتش باز نئے نئے کپڑوں کی نہایت بے تکلفی سے آگ میں جھونک رہے تھے۔ ایک لمحے کو بھی تو کسی کے دل میں یہ خیال نہیں آرہا تھا کہ نئی گیبرڈین کی پتلون کو آگ کے منہ میں جھونکنے کے بجائے اپنی ننگی سیاہ ٹانگوں پر ہی چڑھالے۔

اتنے میں ملٹری ٹرک آگئی تھی جس میں سے لال بھبوکا تھوتھنیوں والے گورے ہاتھوں میں مشین گنیں سنبھالے دھادھم کودنے لگے۔ مجمع ایک دم پھر سے نہ جانے کہاں اڑ گیا تھا۔ میں نے یہ تماشا میونسپل دفتر کے محفوظ احاطے سے دیکھا تھا اور مشین گنیں دیکھ کر میں جلدی سے اپنے دفتر میں گھس گئی تھی۔

ریل کے ڈبوں میں بھی افراتفری مچی ہوئی تھی۔ بمبئی سنٹرل سے جب ریل چلی تھی تو ڈبہ کی آٹھ سیٹوں میں سے صرف تین سلامت تھیں۔ لوئر پریل تک وہ تینوں بھی اکھیڑ کر کھڑکیوں سے باہر پھینک دی گئیں۔ اور میں راستہ بھر کھڑی دادر آئی۔ مجھے ان چھوکروں پر قطعی کوئی غصہ نہیں آرہا تھا۔ ایسا معلوم ہو رہا تھا یہ ساری ریلیں، یہ ٹائیاں، پتلونیں ہماری نہیں دشمن کی ہیں۔ ان کے ساتھ ہم دشمن کو بھی بھون رہے ہیں۔ اٹھا کر پھینک رہے ہیں۔ میرے گھر کے قریب ہی سڑک کے بیچوں بیچ ٹریفک روکنے کے لیے ایک پیڑ کا لمبا سا گڈھا سڑک پر لمبا لمبا ڈال کر اس پر کوڑے کرکٹ کی اچھی خاصی دیوار کھڑی کر دی گئی تھی۔ میں بمشکل اسے پھلانگ کر اپنے فلیٹ کے دروازے تک پہنچی ہی تھی کہ ملٹری ٹرک آگئی۔ اور جو پہلا گورا مشین گن لیے دھم سے کودا تھا۔ وہ جیکسن صاحب ہی تھا۔ ٹرک کی آمد کی خبر سنتے ہی سڑک پر روک باندھنے والا ادھر ادھر بلڈنگوں پر سٹک گیا تھا۔

میرا فلیٹ چونکہ سب سے نچلی منزل پر تھا لہذا بہت سے چھوکرے ایک دم ریلا کر کے گھس آئے۔ کچھ باورچی خانہ میں گھس گئے۔ کچھ غسل خانہ میں اور سنڈاس میں دبک

گئے۔

چونکہ میرا دروازہ کھلا تھا اس لیے جیکسن معہ دو مسلح گوروں کے مجھ سے جواب طلب کرنے آگے آیا۔

"تمہارے گھر میں بدمعاش چھپے ہیں انہیں ہمارے سپرد کر دو۔"

"میرے گھر میں تو کوئی نہیں۔ صرف میرے نوکر ہیں"، میں نے بڑی لاپرواہی سے کہا۔

"کون ہیں تمہارے نوکر؟"

"یہ تینوں۔۔۔" میں نے تین آدمیوں کی طرف اشارہ کیا جو برتن کھڑپڑ کر رہے تھے۔

"غسل خانہ میں کون ہے؟"

"میری ساس نہا رہی ہے"، میری ساس نہ جانے اس وقت کہاں ہوں گی۔

"اور پاخانہ میں"، اس کے چہرے پر کچھ شرارت کی جھپکی آئی۔

"میری ماں ہوں گی یا شاید بہن ہو۔ مجھے کیا پتہ میں تو ابھی باہر سے آئی ہوں۔"

"پھر تمہیں کیسے معلوم ہوا غسل خانہ میں تمہاری ساس ہے؟"

"میں داخل ہوئی تو انہوں نے آواز دے کر تولیہ مانگا تھا۔"

"ہوں۔۔۔ اچھا اپنی ساس سے کہہ دو سڑک روکنا جرم ہے"، اس نے دبی آواز میں کہا اور اپنے ساتھیوں کو جنہیں وہ باہر کھڑا کر آیا تھا واپس ٹرک میں جانے کو کہا۔

"ہوں۔۔۔ ہوں ہوں۔" وہ گردن ہلا کر مسکراتا ہوا چلا گیا۔ اس کی آنکھوں میں پر معنی جگنو چمک رہے تھے۔

جیکسن کا بنگلہ میرے احاطے سے ملحقہ زمین پر تھا۔ مغربی رخ پر سمندر تھا۔ اس کی

میم صاحب مع دو بچوں کے ان دنوں ہندوستان آئی ہوئی تھی۔ بڑی لڑکی جوان تھی اور چھوٹی بارہ تیرہ برس کی۔ میم صاحب صرف چھٹیوں میں تھوڑے دنوں کے لیے ہندوستان آجاتی تھی۔ اس کے آتے ہی بنگلہ کا حلیہ بدل جایا کرتا تھا۔ نوکر چاق وچوبند ہو جاتے۔ اندر باہر پتائی جاتی۔ باغ میں نئے گملے مہیا کیے جاتے۔ جو میم صاحب کے جاتے ہی پاس پڑوس کے لوگ چرانا شروع کر دیتے۔ کچھ مالی بیچ ڈالتا اور دوبارہ جب میم صاحب کی آمد کا غلغلہ مچتا تو صاحب پھر وکٹوریہ گارڈن سے گملے اٹھوالاتا۔ جتنے دن میم صاحب رہتی نوکر باوردی نظر آتے، صاحب بھی یونیوارم ڈالے رہتا یا نہایت عمدہ ڈریسنگ گاؤن پہنے صاف ستھرے کتوں کے ساتھ پھولوں کا بالکل اس طرح معائنہ کرتا پھرتا گویا وہ سوفی صد صاحب لوگوں میں سے ہے۔ مگر میم صاحب کے جاتے ہی وہ اطمینان کی سانس لے کر دفتر جاتا ڈیوٹی کے بعد نیکر اور بنیان پہنے چبوترے پر کرسی ڈالے بیئر پیا کرتا اور شاید اس کا ڈریسنگ گاؤن اس کا بیرا چرالے جاتا۔ کتے تو میم صاحب کے ساتھ ہی چلے جاتے۔ دو چار ٹیری کتے بنگلے کو یتیم سمجھ کر احاطے میں ڈیرہ ڈال دیتے۔

میم صاحب جتنے دن رہتی ڈنر پارٹیوں کا زور رہتا۔ اور وہ صبح ہی صبح پنچم سروں میں اپنی آیا کو آواز دیتی۔۔۔ "آیو۔ ودو!"

"جی میم صاحب"، آیا اس کی آواز پر تڑپ کر دوڑتی۔ مگر جب میم صاحب چلی جاتی تو لوگوں کا کہنا تھا بیگم بن بیٹھی تھی۔ وہ اس کی غیر حاضری میں غیوضی بھگتایا کرتی تھی۔ فلوینا اور پٹو اسی عارضی راج کے مستقل ثبوت تھے۔

"کچھ ہندوستان چھوڑ دو"، کا ہنگامہ اور کچھ میم صاحب اکتا گئی تھی۔ اس گندے پچپچاتے ملک اور اس کے باسیوں سے۔ اس لیے وہ جلد ہی وطن سدھار گئی۔ انہیں دنوں پھر میری ملاقات جیکسن سے اسی کھڑکی کے ذریعہ ہوئی۔ تمہارا ساس نہا چکا۔۔۔ اسن نے

بمبئی کی زبان میں بدذاتی سے مسکرا کر پوچھا۔

"ہاں صاحب۔۔۔ نہا چکا۔۔۔ خون کا غسل کیا اس نے"، میں نے تلخی سے کہا۔ چودہ چودہ برس کے چند بچے کچھ ہی دن پہلے ہری نواس پر جو گولی چلی تھی۔ اس میں مارے گئے تھے۔ مجھے یقین تھا کہ ان میں کچھ وہی بچے ہوں گے جو اس دن جب ٹرک آ گئی تھی تو میرے گھر میں چھپ گئے تھے۔ مجھے صاحب سے گھن آنے لگی تھی۔ برٹش سامراج کا جیتا جاگتا ہتھیار میرے سامنے کھڑا ان بے گناہوں کے خون کا مذاق اڑا رہا تھا جو اس کے ہاتھ سے مارے گئے تھے۔ میرا جی چاہا اس کا منہ نوچ لوں اس کی کونسی آنکھ شیشے کی تھی۔ یہ اندازہ لگانا میرے لیے مشکل تھا کیونکہ وہ شیشے والی آنکھ ولائتی فنکاری کا اعلیٰ نمونہ تھی۔ اس میں ساری جیکسن کی سفید قوم کی چالبازی بھری ہوئی تھی۔ احساس برتری کا زہر دونوں ہی آنکھوں میں برابر رچا ہوا تھا۔ میں نے دھڑ سے کھڑکی کے پٹ بند کر دیے۔

مجھے سکھو بائی پر غصہ آتا تھا۔ سور کی بچی سفید قوم کے ذلیل کتے کا تر نوالہ بنی ہوئی تھی۔ کیا خود اس ملک کے کوڑھیوں اور حرامزادوں کی کمی تھی۔ جو وہ ملک کی غیرت کے نیلام پر تل گئی تھی۔ ہر روز جیکسن شراب پی کر اس کی ٹھکائی کرتا۔ ملک میں بڑے بڑے معرکے سر کیے جا رہے تھے۔ سفید حاکم بس چار دنوں کے مہمان تھے۔

"بس اب چل چلاؤ ہے ان کی حکومت کا"، کچھ لوگ کہتے۔

"اجی یہ شیخ چلی کے خواب ہیں۔ انہیں نکلنا مذاق نہیں"، دوسرے لوگ کہتے اور ملک کے نیتاؤں کی لمبی چوری تقریریں سن کر سوچتی۔ "کوئی جیکسن کانے صاحب کا ذکر ہی نہیں کرتا۔ وہ مزے سے سکھو بائی کے جھونٹے پکڑ کر پیٹتا ہے۔ فلومینا اور ریٹو کو مارتا ہے۔ جے ہند کے نعرے لگانے والے اس کم بخت کا کچھ فیصلہ کیوں نہیں کرتے۔"

مگر میری سمجھ میں نہیں آ رہا تھا کہ کیا کروں۔ پچھواڑے شراب بنتی تھی۔ مجھے

معلوم تھا۔ سب کچھ مگر میں کیا کر سکتی تھی۔ سنا تھا کہ اگر ان غنڈوں کی رپورٹ کر دو۔ تو یہ جان کے لاگو ہو جاتے ہیں۔ ویسے مجھے یہ بھی تو نہیں معلوم تھا کہ کس سے رپورٹ کروں۔ ساری بلڈنگ کے نل دن رات ٹپکتے تھے۔ موریاں سڑ رہی تھیں۔ مگر مجھے قطعی نہیں معلوم تھا کہ کہاں اور کس سے رپورٹ کی جاتی ہے۔ آس پاس رہنے والوں میں بھی کسی کو نہیں معلوم تھا کہ اگر کوئی بدذات عورت اوپر سے سر پر کوڑے کا ٹین الٹ دے تو اس کی کس سے شکایت کرو۔ ایسے موقعوں پر عموماً جس کے سر پر کوڑا گرتا وہ منہ اونچا کر کے کھڑکیوں کو گالیاں دیتا کپڑے جھاڑتا اپنی راہ لیتا۔

میں نے موقع پا کر ایک دن سکھو بائی کو پکڑا۔

"کیوں کم بخت! یہ پاجی تمہیں روز پیٹتا ہے تجھے شرم بھی نہیں آتی۔"

"روج کبھی مارتا بائی؟" وہ بحث کرنے لگی۔

"خیر وہ مہینے میں چار پانچ دفعہ تو مارتا ہے نا!"

"ہاں مارتا ہے بائی۔۔۔ سو ہم بھی سالے کو مارتا ہے"، وہ ہنسی۔

"چل جھوٹی۔"

"ارے پٹو کا سوگند۔۔۔ ہم تھوڑا مار دیا سالا کو پرسوں؟"

"مگر تجھے شرم نہیں آتی، یہ سفید چمڑی والے کی جوتیاں سہتی ہے؟" میں نے ایک سچے وطن پرست کی طرح جوش میں آ کر لیکچر دے ڈالا۔ "ان لٹیروں نے ہمارے ملک کو کتنا لوٹا ہے"، وغیرہ وغیرہ۔

"ارے بائی کیا بات کرتا تم۔ صاحب سالا کوئی کو نہیں لوٹا۔ یہ جو موالی لوگ ہے نا یہ بیچارا کو دن رات لوٹا۔ میم صاحب گیا۔ پیچھے سب کٹلری پھٹلری بیرا لوگ پار کر دیا۔ اکھا پاٹلون، کوٹ ہیٹ، اتنا فسٹ کلاس جوتا۔۔۔ سب کھتم۔۔۔ دیکھو چل کے بنگلے میں

کوچھ بھی نئیں چھوڑا۔ تم کہتا ہے چور ہے صاحب، ہم بولتا ہم نئیں ہووے تو سالا اس کا بوٹی کاٹ کے جاوے اے لوگ۔"

"مگر تمہیں کیوں اس کا اتنا درد ہے؟"

"کائیکو نئیں ہووے درد وہ ہمارا مرد ہے نابائی۔۔۔" سکھو بائی مسکرائی۔

"اور میم صاحب؟"

"میم صاحب سالی پکی چھنال ہاں۔۔۔" سکھو بائی نے فیصلہ کیا۔ "ہم اس کو اچھی طرح جانتا۔۔۔ہاں۔۔۔لندین میں اس بوت تار ہے۔" یہاں سکھو بائی نے موٹی سی گالی دے کر کہا۔ وہیں مری رہتی ہے۔ آتی بھی نئیں، پن آتی تو اکھا دن صاحب سے کھٹ کھٹ۔ نوکر لوگ سے کھٹ کھٹ۔"

میں نے اسے سمجھانے کی کوشش کی کہ اب انگریز ہندوستان سے جا رہے ہیں۔ صاحب بھی چلا جائے گا۔ مگر وہ قطعی نہیں سمجھی۔ یہی کہتی رہی، "صاحب ہم کو چھوڑ کے کیا جائے گا۔۔۔بائی اس کو ہلایت ایک دم پسند نہیں۔"

کچھ سال کے لیے مجھے پونا رہنا پڑا۔ اس عرصے میں دنیا بدل گئی۔ پھر واقعی انگریز چلے گئے۔ ملک کا بٹوارہ ہوا۔ سفید حاکم پٹی ہوئی چال چل گیا اور ملک خون کی لہروں میں نہا گیا۔

جب بمبئی واپس آئی تو بنگلہ کا حلیہ بدلا ہوا تھا۔ صاحب نہ جانے کہاں چلا گیا تھا۔ بنگلے میں ایک ریفوجی خاندان آبسا تھا۔ باہر نوکروں کے کوارٹروں میں سے ایک کوٹھڑی میں سکھو بائی رہنے لگی تھی۔ فلومینا خاصی لمبی ہوگئی تھی۔ پٹو اور وہ ماہم کے قریب ایک یتیم خانے میں پڑھنے جاتے تھے۔

جیسے ہی سکھو بائی کو میرے آنے کی خبر ملی فوراً ہاتھ میں دو چار مونگنے کی پھلیاں لیے

آن دھمکی۔

"کیسا ہے بائی؟" اس نے رسماً میرے گھٹنے دبا کر پوچھا۔

"تم کیسا ہے۔۔۔ صاحب کہاں ہے تمہارا؟ چلا گیا نالندہن۔"

"نئیں بائی"، سکھو بائی کا منہ سوکھ گیا۔ "ہم بولا بھی جانے کو پر نئیں گیا۔" اس کا نوکری بھی کھلاس ہو گیا تھا۔ آرڈر بھی آیا پر نئیں گیا۔" پھر وہ گیا کہاں؟"

"ہسپتال میں!"

"کیوں کیا ہو گیا؟"

"ڈاکٹر لوگ بولتا۔۔۔ کہ دارو بہت پیا۔ اس کے کارن مستک پھر گیا۔ ادھر پاگل صاحب کا ہسپتل ہے۔ اچا، ایک دم فرسٹ کلاس ادھر اس کو ڈالا۔

"مگر وہ تو واپس جانے والا تھا۔"

"کتنا سب لوگ بولا، ہم بھی بولا۔۔۔ بابا چلا جاؤ"، سکھو بائی رو پڑیں۔ "پن نہیں۔ ہم کو بولا سکھو ڈالنگ تیرے کو چھوڑ کر نہیں جائے گا۔"

نہ جانے سکھو بائی کو روتے دیکھ کر مجھے کیا ہو گیا۔ میں بالکل بھول گئی کہ صاحب ایک غاصب قوم کا فرد ہے جس نے فوج میں بھرتی ہو کر میرے ملک کی غلامی کی زنجیروں کو چوہیرا کر دیا تھا۔ جس نے میرے ہموطن بچوں پر گولیا چلائی تھیں۔ نہتے لوگوں پر مشین گنوں سے آگ برسائی تھی۔ برٹش سامراج کے ان گھناؤنے کل پرزوں میں سے تھا جس نے میرے دیس کے جانبازوں کا خون سڑکوں پر بہایا تھا۔ صرف اس قصور میں کہ وہ اپنا حق مانگتے تھے۔ مگر مجھے اس وقت کچھ یاد نہ رہا۔ سوائے اس کے کہ سکھو بائی کا 'مرد' پاگل خانہ میں تھا۔ مجھے اپنے جذباتی ہونے پر بہت دکھ تھا کیونکہ ایک قوم پرست کو جابر قوم کے ایک فرد سے قطعی کسی قسم کی ہمدردی یا لگاؤ نہ محسوس کرنا چاہیے۔

میں ہی نہیں سب بھول چکے تھے۔ محلے کے سارے لونڈے نیلی آنکھوں والی فلومینا پر بغیر یہ سوچے سمجھے فدا تھے کہ وہ کیڑا جس سے اس کی ہستی وجود میں آئی سفید تھا یا کالا۔ جب وہ اسکول سے لوٹتی تو کتنی ہی ٹھنڈی سانسیں اس کے جلو میں ہوتیں۔ کتنی ہی نگاہیں اس کے پاؤں تلے بچھائی جاتیں۔ کسی لونڈے کو اس کے عشق میں سر دھنتے وقت قطعی یہ یاد نہ رہتا تھا کہ یہ اسی سفید درندے کی لڑکی ہے جس نے ہری نو اس کے ناکے پر چودہ برس کے بچے کو خون میں ڈبو مارا تھا۔ جس نے باہم چرچ کے سامنے نہتی عورتوں پر گولیاں چلائی تھیں۔ کیونکہ وہ نعرے لگا رہی تھیں، "ہندوستان چھوڑ دو۔"

جس نے چوپاٹی کی ریت میں جوانوں کا خون نچوڑا تھا اور سکریٹریٹ کے سامنے سوکھے مارے ننگے بھوکے لڑکوں کے جلوس کو مشین گنوں سے درہم برہم کیا تھا۔ وہ سب بھول چکے تھے۔ بس اتنا یاد تھا کہ کندنی گالوں اور نیلی آنکھوں والی چھوکری کی کمر میں غضب کی لچک ہے موٹے موٹے گدرائے ہوئے ہونٹوں کی جنبش میں موتی رلتے ہیں۔

ایک دن سکھو بائی جھولی میں پرساد لیے بھاگی بھاگی آئی۔

"ہمارا صاحب آگیا"، ان کی آواز لرز رہی تھی۔ آنکھوں میں موتی چمک رہے تھے۔ کتنا پیار تھا۔ اس لفظ 'ہمارا' میں۔ زندگی میں ایک بار کسی کو یوں جی جان کا دم نچوڑ کر اپنا کہنے کا موقعہ مل جائے تو پھر جنم لینے کا مقصد پورا ہو جاتا ہے۔

"اچھا ہو گیا؟"

"ارے بائی پاگل کبھی تھا؟ ایسا تج صاحب لوگ پکڑ کر لے گیا تھا۔ بھاگ آیا۔۔۔" وہ رازداری کے لہجے میں بولیں۔

میں ڈر گئی کہ لو بھئی ایک تو ہارا ہوا انگریز اوپر سے پاگل خانہ سے بھاگا ہو۔ کس کو رپورٹ کروں۔ بمبئی کی پولیس کے لفڑے میں کون پڑتا پھرے۔ ہوا کرے پاگل میری

بلا سے۔ کون مجھے اس سے میل جول بڑھانا ہے۔

لیکن میرا خیال غلط نکلا۔ مجھے میل جول بڑھانا پڑا۔ میرے دل میں بھی کھد بد ہو رہی تھی کہ کسی طرح پوچھوں جیکسن انگلستان اپنے بیوی کے پاس کیوں نہیں جاتا۔ بھلا ایسا بھی کوئی انسان ہو گا جو فردوس کو چھوڑ کر یوں ایک کھولی میں پڑا رہے اور ایک دن مجھے موقع مل ہی گیا۔ کچھ دن تک تو وہ کوٹھڑی سے باہر ہی نہ نکلا۔ پھر آہستہ آہستہ نکل کر چوکھٹ پر بیٹھنے لگا۔ وہ سوکھ کر چرخ ہو گیا تھا۔ اس کا رنگ جو پہلے بندر کی طرح لال چقندر تھا جھلس کر کتھی ہو گیا تھا۔ بال سفید ہو گئے تھے۔ چار خانہ کی لنگی باندھے میلا بنیان چڑھائے وہ بالکل ہندوستان کی گلیوں میں گھومتے پرانے گورکھوں جیسا لگتا تھا۔ اس کی نقلی اور اصلی آنکھ میں فرق معلوم ہونے لگا تھا۔ شیشہ تو اب بھی ویسا ہی چمکدار، شفاف اور 'انگریز' تھا۔ مگر اصلی آنکھ گدلی بے رونق ہو کر ذرا دب گئی۔ عموماً وہ شیشے والی آنکھ کے بغیر ہی گھوما کرتا تھا۔ ایک دن میں نے کھڑکی میں سے دیکھا تو وہ جامن کے پیڑ کے نیچے کھڑا کھوئے کھوئے انداز میں کبھی زمین سے کوئی کنکر اٹھاتا، اسے بچوں کی طرح دیکھ کر مسکراتا پھر پوری طاقت سے اسے دور پھینک دیتا۔ مجھے دیکھ کر وہ مسکرانے اور سرہلانے لگا۔

"کیسے طبیعت ہے صاحب؟" تجسس نے اکسایا تو میں نے پوچھا۔

"اچھا ہے۔ اچھا ہے"، وہ مسکرا کر شکریہ ادا کرنے لگا۔

میں نے باہر جا کر ادھر ادھر کی باتیں کرنا شروع کیں۔ جلد ہی وہ مجھ سے باتیں کرنے میں بے تکلفی سی محسوس کرنے لگا۔ پھر ایک دن میں نے موقع پا کر کریدنا شروع کیا۔ کئی دن کی جانفشانی کے بعد مجھے معلوم ہوا کہ وہ ایک شریف زادی کا ناجائز بیٹا تھا۔ اس کے نانا نے ایک کسان کو کچھ روپیہ دے دلا کر پالنے پر راضی کر لیا۔ مگر یہ معاملہ اس

صفائی سے کیا گیا کہ اس کسان کو بھی پتہ نہ چل سکا کہ وہ کس خاندان کا ہے۔ کسان بڑا جابر تھا۔ اس کے کئی بیٹے تھے جو جیکسن کو طرح طرح سے زک پہنچایا کرتے تھے۔ روز پٹائی ہوتی تھی۔ مگر کھانے کو اچھا ملتا تھا۔ اس نے بارہ تیرہ برس کی عمر سے بھاگنے کی کوشش کرنا شروع کی۔ تین چار سال کی مستقل کوششوں کے بعد وہ لڑھکتا پڑھکتا دھکے کھاتا لندن پہنچا۔ وہاں اس نے دنیا بھر کے پیشے باری باری اختیار کیے۔ مگر اس عرصہ میں وہ اتنا ڈھیت مکار اور خودسر ہو گیا تھا کہ دو دن سے زیادہ کوئی نوکری نہ رہتی۔

وہ شکل وصورت کا وجیہہ تھا۔ اس لیے لڑکیوں میں کافی ہردلعزیز تھا۔ ڈارتھی اس کی بیوی بڑے نک چڑھے خاندان کی لڑکی تھی۔ کم رو اور کم ظرف بھی تھی۔ اس کا باپ بارسوخ آدمی تھا۔ جیکسن نے سوچا اس خانہ بدوشی کی زندگی میں بڑے جھنجھٹ ہیں۔ آئے دن پولیس اور کچہری سے واسطہ پڑتا ہے۔ کیوں نہ ڈارتھی سے شادی کر کے عاقبت سنوار لی جائے۔

ڈارتھی اس کے باپ کی بیٹی اس کی دسترس سے باہر تھی وہ اونچی سوسائٹی میں اٹھنے بیٹھنے کی عادی تھی مگر جیکسن کی اس وقت دونوں آنکھیں کھری اصلی تھیں یہ تو جب ڈارتھی سے لڑ کر وہ شراب خانوں کا ہو رہا، وہاں کسی سے مار پیٹ میں آنکھ جاتی رہی۔ جب تک اس کی صرف بڑی بیٹی پیدا ہوئی تھی۔

"ہاں تم نے ڈارتھی کو کیسے گھیر کر پھانسا۔۔۔؟" میں نے اور کریدا۔

"جب میری دونوں آنکھیں سلامت تھیں"، جیکسن مسکرایا۔

کسی نہ کسی طرح ڈارتھی ہتھے چڑھ گئی۔ کم بخت کنواری بھی نہیں تھی مگر ایسے فیل مچائے کہ باپ کی مخالفت کے باوجود شادی کر لی۔ شاید وہ اپنی شادی سے ناامید ہو چکی تھی اور خود اسکی گھات میں تھی۔

باپ نے بھی لڑکی کی مجبوریوں کو سمجھ لیا۔ نیز بیوی کے روز روز کے تقاضوں سے مجبور ہو کر اسے ہندوستان بھجوا دیا۔ یہ وہ زمانہ تھا جب ہر انگریز ہندوستان کے سر منڈھ دیا جاتا تھا۔ خواہ وہاں وہ جوتے گانٹھتا ہو یہاں آتے ہی صاحب بن بیٹھتا تھا۔

جیکسن نے حد کر دی۔ وہ ہندوستان میں بھی ویسا ہی نکما اور لاابالی ثابت ہوا۔ سب سے بڑی خرابی جو اس میں تھی وہ اس کا چھچھورا پن تھا۔ بجائے صاحب بہادروں کی طرح رعب داب سے رہنے کے وہ نہایت بھونڈے پن سے نیٹو لوگوں میں گھل مل جاتا تھا۔ جب وہ بستی کے علاقے میں جنگلات کے محکمہ میں تعینات ہوا تو وہ کلب کے بجائے نہ جانے کن چنڈو خانوں میں گھومتا پھرتا تھا۔

آس پاس صرف چند انگریزوں کے بنگلے تھے۔ بد قسمتی سے زیادہ تر لوگ معمر اور بردبار تھے۔ سنسان کلب میں جہاں ہندوستانیوں اور کتوں کو آنے کی اجازت نہ تھی۔ زیادہ تر الو بولا کرتا تھا۔ سب ہی افسروں کی بیویاں اپنے وطن میں رہتی تھیں۔ جب کبھی کسی افسر کی بیوی آتی تو وہ اسے بجائے جنگل میں لانے کے خود چھٹی لے کر شملہ یا نینی تال چلا جاتا۔ پھر بیوی ہندوستان کی غلاظت سے عاجز آکر واپس چلی جاتی۔ اور اس کا صاحب ٹھنڈی آہیں بھرتا بیوی کی حسین یاد لیے لوٹ آتا۔ صاحب لوگ ویسے اپنا کام نیٹو عورتوں سے چلا لیا کرتے تھے۔ اس قسم کے تعلقات سے کسی کا بھی نقصان نہیں ہوتا تھا۔ حساب بھی سستا رہتا تھا۔ ہندوستان کا بھی فائدہ تھا۔ اس میں ایک تو ان سے پیدا ہونے والی اولاد بادامی اور کبھی خاصی گوری پیدا ہوتی تھی، اور پھر ان کے بارسوخ باپ ان کے لیے یتیم خانے اور اسکول بھی کھول دیتے تھے۔ سرکاری خرچہ پر ان کی دوسرے ہندوستان سے بہتر تعلیم و تربیت ہوتی تھی۔ یہ اینگلو انڈین خوش شکل طبقہ انگریزوں سے بس دوسرے نمبر پر تھا۔ لڑکے ریلوے، جنگلات اور نیوی میں بڑی آسانی سے کھپ جاتے

تھے۔ جو معمولی شکل کی لڑکیاں ہوتیں انہیں ہندوستانی لڑکیوں کے مقابلے میں بہتر نوکریاں مل جاتیں اور وہ اسکولوں، دفتروں اور ہسپتالوں کی رونق بڑھاتیں۔ جو زیادہ حسین ہوتیں وہ بڑے بڑے شہروں کے مغرب زدہ بازار حسن میں بڑی کامیاب ثابت ہوتی تھیں۔

جیکسن صاحب جب ہندوستان آیا تو اس میں کانے شخص کے تمام عیب بڑی افراط سے موجود تھے۔ شراب اس کی عادت ثانی بن چکی تھی۔ ہر جگہ اس کی کسی نہ کسی سے چخ چل جاتی اور اس کا تبادلہ ہو جاتا۔ جنگلات سے ہٹا کر اسے پولیس میں بھیج دیا گیا۔ اس کا اسے بہت ملال تھا۔ کیونکہ وہاں ایک پہاڑن پر اس کا بے طرح دل آگیا تھا۔ جبل پور پہنچ کر وہ اسے ضرور بلوا لیتا مگر وہاں سے ایک نٹنی سے عشق ہو گیا۔ ایسا شدید عشق کہ اس کی بیوی ساری چھٹیاں نینی تال میں گزار کر واپس چلی گئی اور وہ نہ گیا۔ کام کی زیادتی کا بہانہ کرتا رہا۔ چھٹی نہ ملنے کا عذر کیا۔ مگر ڈارتھی کے ڈیڈی کے کتنے ہی دوست تھے جن کی رسوخ کی وجہ سے اسے زبردستی چھٹی دلوائی گئی۔ جب وہ نینی تال پہنچا تو اس کا دل وہاں قطعی نہ لگا۔ ایک تو ڈارتھی اس کی جدائی میں اس پر بے طرح عاشق ہو گئی تھی اور چاہتی تھی دوبارہ ہنی مون منایا جائے۔ دوسری طرف اسے جیکسن کے طریقہ عشق سے بڑی وحشت ہوتی تھی۔ وہ اتنے دن ہندوستان میں رہ کر بالکل ہی اجنبی ہو چکا تھا۔ پہاڑن اور نٹنی دونوں نے اس کی ہندوستانی پتی ورتا استریوں کی طرح خدمت کرکے اس کا دماغ خراب کر دیا تھا۔

سال میں صرف دو مہینہ کے لیے آنے والی بیوی بالکل اجنبی ہو گئی تھی۔ پھر اس کے سامنے جیکسن کو تکلفات برتنا پڑتے تھے۔

ایک دن نشہ میں اس نے کچھ پہاڑن اور نٹنی کے اندازِ محبت کا اپنی بیوی سے بھی

مطالبہ کر دیا۔ وہ ایسی چراغ پا ہوئی کہ جیکسن کے چھکے چھوٹ گئے۔ اس نے بہت جرح کی بہت کرید اکہ "کہیں تم بھی دوسرے بے غیرت اور پنچ انگریزوں کی طرح لوکل عورتوں سے میل جول تو نہیں بڑھانے لگے ہو۔" جیکسن نے قسمیں کھائیں اور ڈارتھی کے اتنے پیار لیے کہ وہ اس کی پارسائی کی قائل ہو گئی۔ اسے بڑا ترس آیا اور بڑے اصرار سے وہ اسے جبلپور لے آیا۔ مگر وہ وہاں کی مکھیوں اور گرمی سے بوکھلا کر نیم پاگل ہو گئی۔ اور تو سب جھیل جاتی مگر جب اس کے غسل خانے میں دو موئی نکلی تو وہ اسی وقت سامان باندھنے لگی۔ جیکسن نے بہت سمجھایا کہ یہ سانپ نہیں اور کاٹتا بھی نہیں مگر اس نے ایک نہ سنی اور دوسرے دن دہلی چلی گئی۔

وہاں سے اس نے زور لگا کر اس کا تبادلہ بمبئی کروا دیا۔ یہ اس زمانہ کی بات ہے جب دوسری جنگ شروع ہو چکی تھی۔ نٹی کی جدائی اور ڈارتھی کا بمبئی میں مستقل قیام سوہان روح بن گیا۔ سکھوبائی بچوں کی آیا کا ہاتھ بٹانے کے لیے رکھی گئی تھی۔ مگر جب بارش سے جی چھوڑ کر ڈارتھی مع بچوں کے وطن گئی تو جیکسن کی نظر عنایت اس پر پڑی۔ اف کس قدر الجھی ہوئی داستان تھی صاحب کی۔ کیونکہ سکھوبائی اصل میں گنپت ہیڈ بیرے کی رکھیلی عورت تھی وہ اسے پون پل سے پھسلا لایا تھا۔ ویسے بیوی بچوں والا آدمی تھا۔ سکھوبائی اپنی اس نوکری سے جس میں زمین پونچھنے، برتن دھونے کے علاوہ گنپت کے ناز اٹھانا بھی شامل تھا۔ کافی مطمئن تھی۔

گنپت اسے کبھی اپنے کسی دوست کو بھی ازراہِ کرم یا قرضہ کے عوض میں دے دیا کرتا تھا۔ مگر بڑی چالاکی سے کہ بہت دن تک سکھوبائی کو بھی پتہ نہ چلا۔ وہ پینے سے تو پہلے ہی کچھ واقف تھی۔ گنپت کی صحبت میں پابندی سے شام کو ٹھرا چڑھانے لگی۔ گنپت گاہک کو اپنی کوٹھڑی میں لے آتا۔ جیکسن کا ڈر تو کسی کو تھا نہیں۔ سب کام کاج چھوڑ کر

نوکر مزے سے جوا کھیلتے، ٹھرا پیتے بلکہ سارے شیوا جی پارک کے غنڈے ڈار تھی کے جاتے ہی صاحب کے بنگلے پر ٹوٹ پڑتے اور رات گئے تک ہلڑ مچا رہتا۔

شراب جب خوب چڑھ جاتی ہے تو وہ سکھو بائی کو اس آدمی کے پاس چھوڑ کر کسی بہانے سے چلا جاتا۔ سکھو بائی سمجھتی کہ وہ گنپت کو الو بنا رہی ہے اور آہستہ آہستہ وہ صاحب کی خدمت کرتے کرتے بیوی کی عوضی بھی بھگتنے لگی۔ اسی طرح گنپت کے چکر سے چھٹی ملی۔ وہ کم بخت الٹا اس کی ساری تنخواہ اینٹھ لیا کرتا تھا۔ ان ہی دنوں گنپت فوج میں سے بیرے کی حیثیت سے مڈل ایسٹ چلا گیا اور سکھو بائی مستقل میم صاحب کی جگہ جم گئی۔ بس جب چھٹیوں میں میم صاحب آتی تو وہ اپنی کھولی میں منتقل ہو جاتی۔ اور جب وہ اپنی پتلی کوک دار آواز میں۔۔۔ "آیو۔ دود۔۔۔" پکارتیں تو وہ فوراً سب کام چھوڑ چھاڑ کے "یس میم صاحب"، کہہ کر لپکتی۔ یوں تو میم صاحب سے سیکھ کر وہ اپنے آپ کو بڑی انگریزی دان سمجھنے لگی تھی۔ انگریزی زبان میں یس۔ نو۔ ڈیم فول، سو آین کے سوا اور ہے ہی کیا؟"

حاکموں کا ان چند الفاظ میں ہی کام نکل جاتا ہے۔ لمبے چوڑے ادبی جملوں کی ضرورت نہیں پڑتی۔ تانگہ کے گھوڑے کو ٹخ ٹخ اور چابک کی زبان ہی کافی ہوتی ہے۔ مگر سکھو بائی کا یہ نہیں معلوم تھا کہ انگریزی کی گاڑی میں جتا ہوا مریل گھوڑا الف ہو کر گاڑی لوٹ چکا تھا اور اب اس کی لگامیں دوسرے ہاتھوں میں تھیں اس کی دنیا بڑی محدود تھی وہ خود اس کے دو بچے اور اس کا 'مرد'۔

جب میم صاحب ہندوستان آیا کرتی تھی۔ جب بھی سکھو بائی بری فراخدلی سے عیوضی چھوڑ کر پھر نینی کے ساتھ نیچے کام کرنے لگتی۔ اسے میم صاحب سے قطعی کوئی حسد نہیں تھا۔ میم صاحب مغربی حسن کا نمونہ ہو تو ہو۔ ہندوستانی معیار حسن کے ترازو میں

اسے تولا جاتا تو جواب صفر ملتا۔ اس کی جلد کھرچے ہوئے شلغم کی طرح کچی کچی تھی۔ جیسے اسے پوری طرح پکنے سے پہلے ڈال سے توڑ لیا گیا ہو۔ یا ٹھنڈی بے جان اندھیری قبر میں برسوں دفن رکھنے کے بعد نکالا ہو۔ اس کے چھدرے میلی چاندی کے رنگ کے بال بالکل بوڑھیوں کے بالوں کی طرح لگتے تھے۔ اس لیے سکھوبائی کے درجے کے لوگ اسے بڑھیا سمجھتے تھے یا پھر سورج مکھی جسے ہندوستان میں بڑا قابل رحم سمجھا جاتا ہے۔ جب وہ منھ دھوئے ہوتی تو اس کی پنسل سے بنائی ہوئی بھنویں غائب ہوتیں۔ چہرہ ایسا معلوم ہوتا گویا کسی نے تصویر کو سستے ربڑ سے بگاڑ دیا ہو۔

پھر ڈار تھی سرد تھی، اجنبی تھی۔ جیکسن کا وجود اس کے لیے ایک گھناؤنی گالی تھا۔ وہ اپنے کو نہایت بدنصیب اور مظلوم سمجھتی تھی۔ اور شادی کا ناکامیاب بنانے میں حق بجانب تھی۔ خواہ جیکسن کتنے ہی بلند عہدے پر پہنچ جاتا وہ اس پر فخر نہیں کرسکتی تھی، کیونکہ اسے معلوم تھا کہ یہ سارے عہدے خود ڈار تھی کے باپ کے دلائے ہوئے ہیں جو کسی بھی احمق کو دلا دیے جاتے تو وہ آسمانوں کو چھولیتا۔

اس کے برخلاف لکھوبائی اپنی تھی۔۔۔ گرما گرم تھی۔ اس نے پون پل پر الاؤ کی طرح بھڑک کر ہزاروں کے ہاتھ تاپنے کا سامان مہیا کیا تھا۔ وہ گنپت کی رکھیلی تھی جو اسے پرانی قمیض کی طرح دوستوں کو ادھار دے دیا کرتا تھا۔ اس کے لیے جیکسن صاحب دیوتا تھا۔ شرافت کا اوتار تھا۔ اس کے اور گنپت کے پیار کے طریقے میں کتنا فرق تھا، گنپت تو اسے منہ کا مزہ بدلنے کے لیے چبا چبا کر تھوکتا۔ اور صاحب ایک مجبور ضرورت مند کی طرح اسے امرت سمجھتا۔ اس کے پیار میں ایک بچے جیسی لاچاری تھی۔

جب انگریز اپنا ٹاٹ پلان لے کر چلے گئے تو وہ نہیں گیا۔ ڈار تھی نے اسے بلانے کے سارے جتن کر ڈالے۔ دھمکیاں دیں مگر اس نے استعفی دے دیا اور نہیں گیا۔

"صاحب تمہیں اپنے بچے بھی یاد نہیں آتے؟" میں نے ایک دن اس سے پوچھا۔

"بہت یاد آتے ہیں۔ فلو شام کو دیر سے آتی ہے اور پٹو لونڈوں کے ساتھ کھیلنے چلا جاتا ہے۔ میں چاہتا ہوں وہ کبھی میرے پاس بھی بیٹھیں"، وہ اڑن گھائیاں بنانے لگا۔

"پٹو اور فلو مینا نہیں۔ استھر اور لزا"، میں نے بھی ڈھٹائی لادلی۔

"نہیں۔۔۔ نہیں۔۔۔" وہ ہنس کر سر ہلانے لگا۔ "پلے صرف کتیا سے مانوس ہوتے ہیں اس کتے کو نہیں پہچانتے جو ان کے وجود میں ساجھے دار ہوتا ہے"، اس نے اپنی اصلی آنکھ مار کر کہا۔

"یہ جاتا کیوں نہیں یہاں پڑا سڑ رہا ہے۔" یہ میں ہی نہیں آس پاس کے سب ہی لوگوں کو بے چینی سی ہوتی تھی۔

"جاسوس ہے، اسے جان بوجھ کر یہاں رکھا گیا ہے تاکہ یہ ملک میں دوبارہ برطانوی راج کو لانے میں مدد دے" کچھ لوگ یوں بھی سوچتے۔ گلی کے لونڈے جب وہ دکھائی دیتا، یہی پوچھتے۔

"صاحب ولایت کب جائے گا؟"

"صاحب کوئٹ انڈیا ہے کو نئیں کرتا؟"

"ہندوستان چھوڑ دو صاحب!"

"انگریزی چھورا چلا گیا۔"

"وہ گورا گورا چلا گیا۔"

"پھر تم کائے کو نہیں جاتا؟ سڑک پر آوارہ گھومنے والے لونڈے اس کے پیچھے دھیری لگاتے آواز کستے۔"

"ہوں۔۔۔ ہو نہوں۔۔۔ جائے گا۔۔۔ جائے گا بابا"، وہ سر ہلا کر مسکراتا اور اپنی

کھولی میں چلا جاتا۔

تب مجھے اس کے اوپر بڑا ترس آتا۔ کہاں ہیں دنیا کے رکھوالے جو ہر کمزور ملک کو تہذیب سکھاتے پھرتے ہیں۔ ننگوں کو پتلون اور فراکیں پہناتے پھرتے ہیں۔ اپنے سفید خون کی برتری کا ڈھول پیٹتے ہیں۔ ان کا ہی خون ہے جو جیکسن کے روپ میں کتنا ننگا ہو چکا ہے۔ مگر اسے کوئی مشنری ڈھانکنے نہیں آتا۔

اور جب گلی کے لفنگے تھک ہار کر چلے جاتے تو وہ اپنی کھولی کے سامنے بیٹھ کر بیڑی پیا کرتا۔ اس کی اکلوتی آنکھ دور افق پر اس ملک کی سرحدوں کو تلاش کرتی جہاں نہ کوئی گورا ہے۔ نہ کالا نہ کوئی زبردستی جا سکتا ہے۔ نہ آسکتا ہے اور نہ وہاں بدکارمائیں اپنے ناجائز بچوں کو تیری میری چوکھٹ پر جن کو خود اپنی باوقار دنیا بسا لیتی ہیں۔

سکھو بائی آس پاس کے گھروں میں کمائین کا کام کرتی۔۔۔ اچھا خاصا کما لیتی۔ اس کے علاوہ وہ بانس کی ڈلیاں، میز کرسی وغیرہ بنا لیتی تھی۔ اس ذریعہ سے کچھ آمدنی ہو جاتی۔ جیکسن بھی اگر نشے میں نہ ہوتا تو الٹی سیدھی بے پیندے کی ٹوکریاں بنایا کرتا۔ شام کو سکھو بائی اس کے لیے ایک ٹھرے کا ادھالا دیتی جو وہ فوراً چڑھا جاتا اور پھر اس سے لڑنے لگتا۔ ایک رات اس نے نہ جانے کہاں سے ٹھرے کی پوری بوتل حاصل کرلی اور ساری رات پیتا رہا۔ صبح دم وہیں کھولی کے آگے پڑ کر سو گیا۔ فلومینا اور پٹو اس کے اوپر سے پھلانگ کر اسکول چلے گئے۔ سکھو بائی بھی تھوڑی دیر اسے گالیاں دے کر چلی گئی۔ دوپہر تک وہ وہیں پڑا رہا۔ شام کو جب بچے آئے تو وہ دیوار سے پیٹھ لگائے بیٹھا تھا۔ اسے شدید بخار تھا جو دوسرے دن بڑھ کر سرسام کی صورت اختیار کر گیا۔

ساری رات وہ نہ جانے کیا بڑبڑاتا رہا۔ نہ جانے کسے کسے یاد کرتا رہا، شاید اپنی ماں کو جسے اس نے کبھی نہیں دیکھا تھا۔ جو اس وقت کسی شاندان ضیافت میں شریک 'اخلاق

اصلاح بندی' پر کر رہی ہوگی۔ یا وہ باپ یاد آرہا ہو جس نے نسل چلانے والے سانڈ کی خدمت ادا کرنے کے بعد اسے اپنے جسم سے بہی ہوئی غلاظت سے زیادہ اہمیت نہ دی۔ اور جو اس وقت کسی دوسرے محکوم ملک میں بیٹھا قومی اقتدار قائم کرنے کے منصوبے بنا رہا ہوگا۔ یا ڈارتھی کے طعنوں بھرے احسان یاد آرہے تھے۔ جو بے رحم کسان کے ہنٹروں کی طرح ساری عمر اس کے احساسات پر برستے رہے یا شاید وہ گولیاں جو اس کی مشین گن سے نکل کر بے گناہوں کے سینوں کے پار ہوئیں اور آج پلٹ کر اسی کی روح کو ڈس رہی تھیں۔ وہ رات بھر چلاتا رہا سر پٹختا رہا۔ سینے کی دھوکنی چلتی رہی۔ درودیوار نے پکار پکار کر کہا، "تیرا کوئی ملک نہیں۔۔۔ کوئی نسل نہیں۔۔۔ کوئی رنگ نہیں۔"

"تیرا ملک اور نسل سکھوبائی ہے جس نے تجھے بے پناہ پیار دیا کیونکہ وہ بھی اپنے دیس میں غریب الوطن ہے۔ بالکل تیری طرح۔ ان کروڑوں انسانوں کی طرح جو دنیا کے ہر کونے میں پیدا ہو جاتے ہیں۔ نہ ان کی ولادت پر شادیانے بجتے ہیں نہ موت پر ماتم ہوتے ہیں!"

"پو پھٹ رہی تھی۔ ملوں کی چمنیاں دھواں اگل رہی تھیں اور مزدوروں کی قطاروں کو نگل رہی تھیں۔ تھکی ہاری رنڈیاں اپنے رات بھر کے خریداروں کے چنگل سے پنڈا چھڑا کر انہیں رخصت کر رہی تھیں۔

"ہندوستان چھوڑ۔"

"کوئٹ انڈیا۔"

طعن اور نفرت میں ڈوبی آوازیں اس کے ذہن پر ہتھوڑوں کی طرح پڑ رہی تھیں۔ اس نے ایک بار حسرت سے اپنی عورت کی طرف دیکھا جو وہیں پٹی پر سر رکھ کر سو گئی تھی۔ فلو منا رسوئی کے دروازے میں ٹاٹ کے ٹکڑے پر سو رہی تھی۔ پٹو اس کی کمر میں

منہ گھسائے پڑا تھا۔ کلیجے میں ایک ہوک سی اٹھی اور اس کی اصلی آنکھ سے ایک آنسو ٹپک کر میلی دری میں جذب ہو گیا۔

برطانوی راج کی مٹتی ہوئی نشانی ایرک ولیم جیکسن نے ہندوستان چھوڑ دیا۔

(۴) ایک شوہر کی خاطر

اور یہ سب کچھ بس ذرا سی بات پر ہوا۔۔۔ مصیبت آتی ہے تو کہہ کر نہیں آتی۔۔۔ پتہ نہیں وہ کون سی گھڑی تھی کہ ریل میں قدم رکھا اچھی بھلی زندگی مصیبت ہوگئی۔

بات یہ ہوئی کہ اگلے نومبر میں جودھ پور سے بمبئی آرہی تھی سب نے کہا۔۔۔ "دیکھو پچھتاؤ گی مت جاؤ۔۔۔" مگر جب چیونٹی کے پر نکلتے ہیں تو موت ہی آتی ہے۔

سفر لمبا اور ریل زیادہ ہلنے والی، نیند دور اور ریت میں جھپاکے، اوپر سے تنہائی، سارا کا سارا ڈبہ خالی پڑا تھا۔ جیسے قبرستان میں لمبی لمبی قبریں ہوں۔۔۔ دل گھبرانے لگا۔

اخبار پڑھتے پڑھتے تنگ آگئی۔ دوسرا لیا۔۔۔ اس میں بھی وہی خبریں، دل ٹوٹ گیا۔

کاش میں قبرستان میں ہوتی۔ بلا سے مردے ہی نکل پڑتے۔ بچوں کو دیکھ دیکھ کر جی ہول رہا تھا۔۔۔ کاش کوئی آجائے۔۔۔ کاش کاش۔۔۔ میں نے دعا مانگنی شروع کی۔

ایک دم سے ریل جو رکی۔۔۔ تو ایک دم سے جیسے پٹڑیاں ٹوٹ پڑیں۔ انسان تم کو آئے، بچے اور بچیاں زیادہ۔ بچے ایسے جو قحط زدہ گاؤں سے آرہے تھے۔ کہ آتے ہی خوراک پر پل پڑے۔۔۔ دودھ پینے والوں کو تو خیر سارا معاملہ مل گیا اور وہ جٹ گئے۔ باقی کے تلملانے اور تڑپنے لگے۔

پوٹلیاں اس قدر بے ہنگم اور فضول جگہ گھیرنے والی وضع سے بندھی تھیں کہ کسی کل بیٹھتی ہی نہ تھیں۔ ایک سنبھالی تو دوسری تیار۔

میں علیحدہ پٹڑی پر اس زاویے سے بیٹھی تھی کہ گٹھڑی گرے تو میری ریڑھ کی ہڈی بچ جائے۔ مجھے اپنے جسم میں ریڑھ کی ہڈی سب سے زیادہ عزیز ہے۔۔ کہتے ہیں ریڑھ کی ہڈی ٹوٹ جائے تو آدمی لوتھڑا ہو جاتا ہے۔

"کہاں جارہی ہو۔۔۔"

بیچاری ہمسفر نے گٹھڑیوں کی طرف سے غیر مطمئن ہوتے ہوئے بھی نہایت فکر مند ہو کر پوچھا۔

"میں نے جلدی سے بتایا اور پھر ان کی توجہ اس وزنی گٹھڑی کی طرف مفطفر کی جو شائد برتنوں کی تھی اور ذراسی ٹھیس سے گرنے کو تیار تھی۔ اگر اتفاقیہ ذراہاتھ لگ جاتا تو برتن اس تیزی سے آپس میں ٹکراتے کہ جی گھبرا اٹھتا۔۔۔

"کہاں سے آرہی ہو۔۔۔"

میں نے ذراکم مستعدی سے بتایا،

"میکے جارہی ہو۔۔۔" جب تک شادی نہ ہوئی ہو تب تک جگت میں ہی ہے۔ اور کہیں بھی نہیں۔ یعنی میکہ اور سسرال کا سوال ہی نہیں، لہٰذا میں چکراتی۔۔۔

سوچا اندازاً کس صوبہ میں شادی ہونے کا خطرہ ہے۔

"میاں کے پاس جارہی ہو۔۔۔"

"نہیں۔۔۔" میں نے چاہا موضوع بدل جاتا تو اچھا ہوتا خواہ مخواہ کون ہمدردی وصول کرے۔۔۔"

"تو پھر سسرال جارہی ہو گی۔۔۔؟"

کیوں۔۔۔ ذراان سوالوں کے جواب بہت فلسفیانہ ہوتے ہیں۔

"نہیں تو۔۔۔ میں بمبئی جارہی ہوں۔۔۔ شادی۔۔۔ شادی تو نہیں ہوئی۔۔۔"

میں نے ذرا دل میں کچھ حقیر ہو کر کہا۔

حالانکہ شادی کے خلاف کالج کے مباحثہ میں مجھے اول انعام ملا تھا۔ اور اب بھی۔۔۔ خیر اب تو۔۔۔ ہاں تو میں نے کہا۔ وہ متحیر ہو کر اتنی زور سے اچھلیں کہ بچے کے منہ سے دودھ چھوٹ گیا۔

اور وہ مذبوحہ بکری کی طرح چیخا۔۔۔ میں نے دھیان بٹانے کو ان کی توجہ بچے کی طرف کرنا چاہی۔ مگر وہ ٹٹول ٹٹول کر بچے کی ناک میں دودھ ٹھونسنے لگی۔ اور میں یہاں لکھنا نہیں چاہتی کہ مجھے انہوں نے کس رحم اور مہربان سی نظروں سے دیکھا۔

انہیں مجھ پر محبت سی آنے لگی۔۔۔ اور میں ڈری۔۔۔ کہ کہیں وہ مجھے چمٹا کر رو نہ پڑیں۔۔۔ ان کا دل بہلانے کے لیے میں نے چنے والے کو بلوایا۔ مگر وہ ایسی ہی اداس رہیں۔

انہوں نے مجھے دو ایک داؤں پیچ ایک اچھا سا شوہر پھانسنے کے بتائے۔ جو بعد میں تجربہ سے قطعی بے کار ثابت ہوئے۔

میری دعا شائد ضرورت سے زیادہ قبول ہوگئی۔۔۔ یا شائد مری خدا کے حضور میں کاتبین کی غلطی سے دوبارہ عرضی پیش ہوگئی۔۔۔ کہ ایک فوج انسانوں کی پھر آئی اس فوج میں بڑے بڑے ریشمی برقعے اور چھتریاں زائد تعداد میں تھیں۔

ان کے ساتھ گنے بھی تھے جن کے ٹکڑے ناپ ناپ کر اتنے بڑے کاٹے گئے تھے کہ ریل کے کسی کونے میں ٹھیک سے نہ رکھے جاسکیں۔

ان کے بستر اور صندوق بھی کچھ ایسے تھے۔ جو کسی پٹری کے اوپر یا نیچے کسی انداز سے بھی نہ ہو۔

ان بیویوں نے آتے ہی ریل میں ہلچل مچادی، صندوق اور پلندے گھسیٹ کر تباہ

کر دیے۔ پہلے والی مسافرہ کی ضدی پوٹلیاں جو شائد تاک میں تھیں بچوں اور عورتوں پر گریں۔ اور وہ سب ایک دوسرے پر گرے۔

"کہاں جارہی ہو۔۔۔"

وہ بھی کچھ پریشان تھیں۔۔۔

بتایا۔۔۔

"کہاں سے آرہی ہو۔۔؟"

"بولیں۔ حالانکہ ابھی ٹھیک سے جمی بھی نہ تھیں۔"

"برقعہ پھانسی لگارہا تھا۔ مگر بتایا۔"

"میکے جارہی ہو یا سسرال۔۔۔"

کاش مجھے معلوم ہوتا۔ مگر چوکنے کا موقعہ نہ تھا۔ "سسرال۔۔۔"

"ایسے کہا کہ وہ ہم سفر جو پہلے جرح کر چکی تھیں نہ سن پائیں۔"

"کیا کرتے ہیں میاں۔۔۔"

اب میں نے سوچا کچھ تو کرتے ہی ہوں گے۔۔۔ بیکار تو کاہے کو پھرتے ہوں گے۔۔۔

مگر کاش وہ مجھے بھی یہ بتادیتے تو اچھا ہی تھا۔۔۔ بہر حال نکھٹو تو نہ ہوں گے پر۔۔۔

وہ خود ہی بولیں،

"ریلوے میں ہیں۔۔۔"

"ہاں۔۔۔ ہاں۔۔۔" میں نے پر شوق لہجے سے انہیں یقین دلایا۔ یہ ٹھیک رہا۔ میں نے سوچا ریلوے کا آدمی خوب رہے گا۔ مزے سے مفت کے ٹکٹ تو ملیں گے۔۔۔ ہندوستان بھر میں گھوم لو۔۔۔ اور مجھے تو وردی بھی ان کمبختوں کی پسند ہے۔ خصوصاً وہ

ٹوپی اور سلیٹی لال ہری جھنڈی۔۔۔ اچھا ہی ہوا جو یہ بے چاری مل گئیں۔۔ ورنہ اپنے کو تو کبھی گارڈ۔۔۔ بابو وغیرہ کا خیال بھی نہ آیا۔

"اے ہاں سچ تو ہے۔"

"کون کام پہ ہیں۔ وہ ریل میں۔"

"کسی ٹھیک ہی کام پر ہوں گے۔۔۔ اور کیا۔۔" مجھے خیال ہی نہ آیا کہ گارڈ بابو کی بیوی بننا آسان ہے۔۔۔ مگر یہ تفصیل تو ذرا بھاری خوراک ہے۔

"پھر بھی۔۔۔ کیا کام کرتے ہیں۔۔۔ "ریل میں تو ہزار سے زائد کام ہیں۔۔۔"

اے۔۔۔ سیٹی۔۔۔ قلی۔۔۔ میں ایسی بولائی کہ کچھ بن نہ پڑا۔ سامنے ایک قلی بڑا سا بنڈل ایک بستر ہ آدھی درجن صراحیوں کی سیڑھی اور دو لوٹے لیے چلا آرہا تھا۔ اور ایسے بن رہا تھا جیسے بہت بھاری ہیں۔

"قلی۔۔۔ تمہارا میاں قلی ہے۔۔۔"

حیرت کا دورہ ان پر بھی پڑا۔

میں چاہتی تھی ذرا ہم آہستہ آہستہ گفتگو کریں ورنہ کہیں پہلی ہم سفر نہ سن لیں۔۔۔ ان کا بچہ سکون سے دودھ پی رہا تھا۔ مگر ایک دفعہ بات منہ سے نکل جائے تو پھر میں بھی اس پر ہی جم جاتی ہوں اور یہاں تو جینے کے لالے پڑے تھے۔

"ہاں۔۔۔ آں قلی ہی سہی پھر تمہیں کیا۔۔۔ "میں نے ذرا برا مان کر کہا۔

"تمہارا۔۔۔ میں۔۔۔ میاں قلی۔۔۔"

"ہاں پھر۔۔۔ تم کیوں جلو۔۔۔ تمہارا جی چاہے تم بھی قلی سے کر لو۔۔۔"

"دس قلیوں سے کرو۔۔۔ کون روکتا ہے۔۔۔ اتنے سستے میں قلی۔۔۔ " مگر میں ذرا چپ رہی۔ اور مظلوم سی صورت بنالی۔۔۔

"بولیں۔۔۔"

"کیسے ہوگئی تمہاری شادی قلی سے۔۔۔"

پھر سوچنے لگی قلیوں سے کس طرح شادیاں ہوتی ہیں میں نے چاہا دل سے کچھ گڑھوں کسی قلی کی شادی کا حال۔۔۔ مگر وہ اس قدر غیر دلچسپ معلوم ہوا۔ پھر میں نے کہا، "ایک قلی تھا۔۔۔"

"انہوں نے توجہ سے سنا۔۔۔"

"وہ رہا کرتا تھا۔۔۔" میں چاہتی تھی وہ میری ہر بات پر ہوں کریں یا کم از کم سر ہلائیں۔۔۔

"پھر کیا ہوا کہ ایک دن۔۔۔ کہ۔۔۔" کاش مجھے معلوم ہوتا اس وقت کوئی بھی قصہ تو یاد نہ آیا۔

"وہ لے جارہا تھا سامان۔۔۔" میں نے چاہا وہ پوچھیں۔

"کس کا۔۔۔"

اور انہوں نے پوچھا،

"ایک نہایت ہی خوبصورت لڑکی کا۔۔۔ پھر وہ لڑکی۔۔۔ وہ لڑکی عاشق ہوگئی۔"

"کون لڑکی۔۔۔" ارے یہ تو معلوم ہی نہیں پڑا۔۔۔ خیر کیا مضائقہ ہے کوئی بات نہیں۔۔۔"

"یقیناً ہوگی ہی کوئی نہ کوئی لڑکی۔۔۔ کوئی خوبصورت سی ہی لڑکی ہوگی۔"

"تو وہ قلی پہ کیوں عاشق ہوگی۔۔۔"

"وہ عاشق یوں ہوگئی کہ۔۔۔ کہ۔۔۔ ارے بھائی اب یہ کیا معلوم کوئی توجہ ہے ہی عاشق ہونے کی۔۔۔"

"وہ مسکرایا ہوگا۔ اسے دیکھ کر۔۔۔"

اتنے میں ایک نہایت بھیانک قسم کا بابو مجھے دیکھ کر مسکرایا اور میں ڈری کہ کہیں سچ مچ عاشق نہ ہونا پڑے۔۔۔ ابھی انٹرویو میں جانا ہے، سنے ہیں کہ عشق میں بڑی خراب حالت ہو جاتی ہے۔ بھلا پردیس میں کہاں عاشق ہوتی پھروں گی۔۔۔ ویسے یہ جسیم بھائی کے ہاں جانا ہے اور وہ ہیضہ کے بعد بس عشق سے گھبراتے ہیں۔۔۔ خیر بات گئی گزری ہو گئی۔

"اے بہن۔ یہ کیا کہہ رہی ہو۔۔۔؟ کون لڑکی کس کا عشق، میں کہتی ہوں تمہاری شادی کیسے ہوئی۔۔۔؟"

"ہاں۔۔۔ ان بے چاری کی شادی نہیں ہوئی۔۔۔"

آخر کو پہلی مسافرہ کو پتہ چل ہی گیانا۔۔۔

کتنا مردوی سے کہا آہستہ بول۔۔۔ آہستہ بول۔۔۔ یہ لیجیے وہ قلی بھی ہاتھ سے گیا۔

"جب نہیں ہوئی تھی۔۔۔"

"میں نے چاہا۔ شاید مان جائیں۔۔۔"

"ہوئی۔۔۔ کیا ریل میں بیٹھے بیٹھے ہو گئی۔۔۔"

"کاش ایسا ہو سکتا۔۔۔" کاش گرم گرم چائے کی بجائے لوگ امیر امیر کماؤ شوہر بیچتے ہوتے تو سفر کے لیے تو میں ضرور لے لیتی۔۔۔ پھر چاہے۔۔۔ پھر دیکھا جاتا۔۔۔

اور میں نے ارادہ کر لیا کہ اب کہ ایک مناسب قسم کا میاں ڈھونڈنا چاہیے۔۔۔؟ ایسا اس میں کیا ٹوٹا ہے اپنا۔۔۔ ٹھیک ہی رہے گا۔ بلا سے ہر مسافر سے نئے نئے جھوٹ تو نہ بولنے پڑیں گے۔۔۔

"بھئی کسی نے پوچھا۔۔۔" حاضر میاں۔۔۔؟

"ارے بھئی اچھے لڑکے کہاں ملتے ہیں۔۔۔" وہ میرے مستقبل سے ناامید ہو کر بولیں۔

"موٹر مانگتے ہیں۔۔۔ گاڑی گھوڑا دو۔۔۔ اور کبھی کماؤں جبھی نا۔۔۔ ایسے ملے جاتے ہیں کماؤ لڑکے۔۔۔"

میں رنجیدہ ہو گئی۔

آخر یہ لڑکے کماؤ کیوں نہیں ہوتے۔۔۔ کمبخت اچھے لڑکے پہلے زمانے میں کتنے ہوتے تھے۔ مولی گاجر کی طرح۔ پر اب چاہو کہ آنکھ میں لگانے کے لیے اچھا لڑکا مل جائے تو نہیں، اس لڑائی نے تو اجاڑ کر رکھ دیا۔

چلو بھئی۔۔۔ پہلے لڑکے تو تھے کماؤ! نکٹو پر اب تو جسے دیکھو لڑائی پر چلا جا رہا ہے،

"لو صاحب یہاں تو بیویاں طعنے دے رہی ہیں۔ اور لڑکے ہیں کہ مرنے کٹنے پر تلے ہوئے ہیں۔۔۔"

"تم پھر شادی کیوں نہیں کر لیتیں۔۔۔" ایک بولیں۔

"جیسے آپ کی مرضی۔۔۔" میں نے اس معصوم لڑکی کی طرح کہا۔

جس سے والدین شادی طے کرنے کے بعد روشن خیال بننے کے لیے رائے دیتے ہیں۔

"کب کرو گی پھر، اب نہیں کرو گی تو۔۔۔"

اب۔۔۔ یعنی ابھی۔۔۔ میرے خیال میں۔۔۔ تو۔۔۔ اگر جنکشن تک ٹھہر جاتے تو اچھا تھا۔۔۔

"کیا۔۔۔؟"

"یہی کہ۔۔۔ جب آپ کی مرضی ہے تو پھر کیوں اس نیک کام میں دیر کی

جائے۔۔۔"

"کیسا نیک کام۔۔۔ کیا کہہ رہی ہے لڑکی۔۔۔؟" بہت ہی گھبرا گئیں۔

"میں نے پوچھا۔۔۔ بھئی شادی کیوں نہیں کرتیں تم۔۔۔" دوسری بولیں۔

"تم کیوں نہیں کرتیں شادی۔۔۔"

"بس۔۔۔" میں اب کافی جل اٹھی تھی۔ حالانکہ ان کا بچہ مسلسل دودھ پی رہا تھا۔۔۔ مگر میں نے اسے نظر انداز کر دیا۔

"اوئی۔۔۔ معلوم ہوتا ہے کچھ دماغ بھی خراب ہے۔"

"وہ بچہ کو اور واضح طور پر لائیں تاکہ یہ نہ معلوم ہو کہ وہ صرف گود میں سو رہا ہے۔"

"تو۔۔۔ اچھا۔۔۔ تمہاری شادی ہو گئی ہے۔۔۔ کب کی تم نے شادی۔۔۔؟"

میں نے بے تکلفی سے پوچھا۔

"ہمارے ماں باپ نے کی ہماری شادی۔۔۔ ہم بھلا خود ہی کیوں کرتے۔۔۔"

"تو آپ شادی کے خلاف ہیں۔۔۔ ٹھیک ہے۔۔۔ بالکل ٹھیک۔۔۔ میرے بھی ماں باپ نے شادی کی۔۔۔ جاہل انسان۔۔۔!"

اس کے بعد کچھ مکدر سی ہو گئیں اور غمگین ہو کر ناشتہ دان میں سے امرتیاں نکال کر غم غلط کرنے لگیں۔

"اے خدا۔۔۔ تو جب دعائیں قبول کرنے پر آتا ہے تو یوں دعا قبول کرتا ہے۔۔۔ تیرے بندوں کو کسی کل چین نہیں۔۔۔ یہ تیری ناچیز بندی تنہا تھی۔۔۔!"

اس نے دوسراہٹ چاہی تو تو نے یوں کی، عذاب کی طرح مسافر نازل کرنا شروع کر دیے۔ اور مسافروں سے زیادہ اسباب ویسے۔ بھئی ہمیں کیا حق کہ بے بات تیری

مصلحت میں دخیل ہوں۔ مگر پروردگار اتنا تو سوچا ہوتا تو انسانوں میں جتنی تونے برداشت دی ہے۔ اتنا ہی بوجھ لاد۔۔۔ کہتے ہیں ہم تو بس۔۔۔ اور میں دل میں ڈری کہ اگر دعاؤں کے قبول ہونے کا یہی ڈھنگ رہا۔۔۔ تو کہیں وہ شوہر کے لیے جو ابھی ابھی دعا مانگی تھی اس کا بھی کچھ ایسا ہی قصہ نہ ہو جائے اور لے چلا چل ایک پہ ایک۔۔۔ میرا تو دم ٹوٹ جائے گا۔

میں ایک ہی قمیض میں بٹن لگادوں اور چائے بنادوں۔۔۔ تو بہت جانو۔۔۔ مجھ سے بھلا اتنے کاہے کو جھیلے جائیں گے۔ سست مٹی ویسے ہی ہوں۔ اب اتنے میاؤں کو کون میرے بیٹھ کے بھگتے گا۔

کہتے ہیں کہ ڈاک خانہ میں اگر بھولے سے کوئی غلط خط پڑھا جائے تو تھوڑی سی رشوت لے کر واپس لے سکتے ہیں۔۔۔ کاش دعاؤں کے معاملے میں بھی کچھ ایسا ہی انتظام ہوتا۔۔۔ مگر دعا ایک دفعہ مانگی جا چکی تھی اور پے در پے قبول ہو رہی تھی۔

نئی ہم سفر بہت ہی خلیل معلوم ہوتی تھیں اور ضرورت سے زیادہ رقیق القلب، کچھ سازک سی شاعرانہ بیماری۔۔۔ کچھ آہستہ بولنے کی عادی۔۔۔ مجھے ان پر بے بات پیار آنے لگا۔۔۔

"حیدر آباد جا رہی ہیں آپ۔۔۔؟" انہوں نے بڑے وثوق سے پوچھا۔

"میں ڈری کہ انکار کروں گی تو خفا ہو جائیں گی۔۔۔ لہٰذا بڑی عاجزی سے انکار کیا اور بتایا کہ بمبئی جا رہی ہوں۔۔۔"

"احمد آباد سے آئی ہوں گی۔۔۔"

کس ہوشیاری سے وہ پرانی بوتلوں میں نئی دوا بھر بھر کر سر سہلا سہلا کر پلا رہی تھیں مگر ان کا چہرہ اس قدر رویا ہوا تھا کہ دل دکھانے کی ہمت نہ پڑی۔۔۔

میں نے بتایا،

"پڑھتی ہیں وہاں۔۔۔"

"جی نہیں۔ انٹرویو کے لیے جا رہی ہوں۔"

"میرے ایک چچا کے سالے کی خالہ بھی بمبئی میں رہتی ہیں۔۔۔ ان سے ملیے گا۔۔۔"

میں نے وعدہ کرلیا۔۔۔ بھلا میں کہاں ان کے چچا کے سالے کی خالاؤں کو ڈھونڈتی پھرتی۔

"وہاں آپ کے والد والدہ ہیں۔۔۔"

"نہیں۔۔۔ میرے۔۔۔" بولنے ہی نہ دیا خود بولیں۔

"اچھا آپ کے شوہر ہوں گے۔۔۔"

گھن۔۔۔ وہ دیکھیے گھما پھرا کر وہی ایک ٹانگ مرغے کی، شوہر، شوہر۔۔۔

ہندوستان کے شوہر اس قدر مرکھنے۔۔۔ ناکیں کاٹ لیں طلاقیں دے دیں، بڑی مشکل سے ملیں۔۔۔ اور ملیں تو نکھٹو۔۔۔ رنڈی بازی کریں، جوا کھیلیں۔۔۔ مگر بیویاں ہیں کہ واری جا رہی ہیں۔۔۔ جسے دیکھیے اپنے یا پرائے شوہر کا رونا رو رہی ہے۔ کنواریاں ہیں تو شوہر کے گیت گا رہی ہیں۔۔۔ بیاہیاں ہیں تو پریتم پر فدا۔۔۔ اور یہ پریتم کتے خون تھکوائے دے رہے ہیں۔۔۔ ان مظالمِ معشوقانہ پر تو یہ حال ہے اگر ذرا لاڈ کر لیتے تو نہ جانے کیا ہوتا۔۔۔ میں نے سوچا میاؤں کے ظلم میں بھی کچھ مصلحت ہے۔

"کہاں رہتی ہیں آپ۔۔۔ بمبئی میں۔۔۔ کتنے بچے ہیں آپ کے میں تو سوچ میں پڑی تھی۔۔۔!"

اور پھر وہ میاں کے بعد بچوں کی تعداد پر اتر آئیں۔۔۔

"آٹھ۔۔۔؟" میں نے پلیٹ فارم پر تختے گنتے ہوئے کہا۔۔۔ "یہ ریلوں کے ساتھ مسافروں سے زیادہ کتے کہاں سے آتے ہیں۔"

"آٹھ۔۔۔؟"

"ہاں۔۔۔ کیوں آپ کیوں برا مانتی ہیں۔۔۔ یقین نہ آئے تو اتر کر گن لیجیے۔۔۔"

"اب میں راستہ میں کیسے اتروں۔۔۔ ہاں انشاء اللہ کبھی اگر آنا ہوا میرے چچا کے سالے کی خالہ کے یہاں تو۔۔۔ خیر۔۔۔ مگر بہن معلوم نہیں ہوتا منہ سے۔۔۔"

"منہ سے معلوم ہی کیا ہوتا ہے۔۔۔" میں نے فلسفیوں کے سے انداز میں کہا۔

"جب دنیا سے مجھے نفرت ہونے لگتی ہے اور ہر چیز نیم مردہ اور اداس لگنے لگتی ہے تو میرے دماغ میں فلسفہ بھرنے لگتا ہے۔۔۔!"

"شادی کو کتنے برس ہوئے۔۔۔" انہوں نے کچھ دیر بعد پوچھا۔

"چار برس تین مہینے اور۔۔۔"

"اور آٹھ بچے۔۔۔ اے بہن میں سمجھی تھی۔۔۔ چلو ہوں گے۔۔۔ مگر۔۔۔" وہ بہت غمزدہ سی ہو گئیں۔

مجھے رحم آگیا۔۔۔ مگر میں نے تہیہ کر لیا کہ کچھ ہو جائے اب اور نہیں دبوں گی۔۔۔ ورنہ بچوں کے بعد یہ نواسے اور پوتے بھی میرے ہی سر منڈھ دیں گی۔۔۔

اور وہ بیویاں جو میرے حالِ زار سے واقف ہیں۔۔۔

میں اونگھ نہ چکیں۔۔۔ پھر خواہ مخواہ کی لے دے پڑے گی۔ آٹھ بچے سے ویسے ہی روح قبض ہوئی جا رہی تھی۔

"ہاں ہاں کہتی تو ہوں۔۔۔ آٹھ۔۔۔"

"ماشاءاللہ سب زندہ ہیں۔۔۔ مگر بہن یہ ہوئے کیسے؟"

"کیسے ہوتے ہیں جیسے دنیا جہان میں ہوتے ہیں۔۔۔ ویسے ہی ہوئے ہوں گے۔۔۔"

"میرا مطلب ہے چار سال میں۔۔۔"

"ہاں میں سمجھی۔۔۔ اچھا یہ معلوم کرنا چاہتی ہیں آپ تو۔۔۔ یہ ہوا کہ کبھی دو کبھی تین۔۔۔ اور۔۔۔!"

"ہے ہے۔۔۔" وہ لرزیں۔ اور مجھے برا لگا۔

آخر یہ کون ہوتی ہیں برا ماننے والی۔۔۔ یہ میرا ذاتی معاملہ ہے۔۔۔ آخر انہیں کیا۔۔۔ چاہے کوئی ایک بچہ دے چاہے دس۔۔۔ وہی ہوا جس کا مجھے ڈر تھا۔ پچھلی ملاقاتیں جاگ اٹھیں۔۔۔

"سنا بہن۔۔۔ ان کے دو دو تین ساتھ ہوئے۔۔ بچے۔۔۔!" انہوں نے شکایت کی۔۔۔

اور وہ گھبرا کر اپنے بچے گننے لگیں۔

کیونکہ سوائے بچوں کے انہوں نے کچھ نہیں سنا۔

"کیا قصہ ہے۔۔۔؟" دوسری بولیں۔

جب معاملہ خوب سمجھا دیا گیا تو تینوں بگڑ کھڑی ہوئیں۔

"ابھی کہتی تھیں شادی نہیں ہوئی۔۔۔ اور ابھی دو دو تین تین بچے ہونے لگے۔۔۔" ایک نے ڈانٹا۔

"میری کیوں نہ ہوتی شادی خدا نہ کرے۔۔۔ تمہاری ہی نہیں ہوئی ہو گی۔۔۔"

بات بگڑنے لگی۔۔۔

پاس سے ایک ٹکٹ چیکر گزرے۔۔۔ یا جانے کو تھے مجھے تو ہر ریل کا نوکر ٹکٹ چیکر

ہی سا لگتا ہے۔ میں نے جھک کر ان سے وقت پوچھا وہ بتانے کے بعد مسکرانے لگے۔ اور پھر مسکراتے ہوئے چل دیے۔

"تم تو کہتی تھیں اکیلی جا رہی ہوں۔۔۔ اور یہ تمہارے۔۔۔"

"یہ میرا نواسہ ہے۔۔۔"

قبل اس کے کہ وہ کوئی رومینٹک سا رشتہ قائم کر لیتیں میں نے خود ہی اپنے لیے فیصلہ کر لیا۔

"نواسہ۔۔۔ "تینوں چیخیں۔

"یا اللہ۔۔۔ یہ آج ان لوگوں کو مجھ سے کہاں کا بیر پڑ گیا تھا کہ میرے کنبے کے ہر فرد کے ذکر پر بن بن کر چونک رہی تھیں۔

"کیا کہتی ہے لڑکی۔۔۔ یہ تیرا نواسہ ہے۔۔۔"

"تو آپ کو کیا۔۔۔؟"

"بہن بال تو سفید رکھے تھے ان کے۔۔۔ "دوسری بولیں۔۔۔

"نزلہ سے ہو گئے ہوں گے۔۔۔ "میں بڑبڑائی۔

اور پھر میں بالکل کھڑکی سے باہر جھانکنے لگی۔۔۔ خودکشی کو دل نہ چاہا، چلتی ریل سے اترنے کی پریکٹس نہ کی۔۔۔ زمین سخت۔۔۔ اور آسمان دور۔۔۔

ہونہار بات ہو کر رہتی ہے۔۔۔ جب زائد سامان تلوا کر بلٹی دینے لگا تو کلرک نے کہا، "آپ کا نام۔۔۔ شوہر کا نام۔۔۔"

"چغد۔۔۔ "میں نے دانت پیس کر کہا۔

"چوکھے۔۔۔؟ کیا اونڈا نام ہے۔۔۔؟" اس نے متعجب ہو کر کلرک کے کہنی ماری۔

یہ بتانے کی ضرورت نہیں کہ جب اس نے مجھے مسز چوکھے بنا کر رسید دی تو میں نے اس کے منہ پر اپنا بٹوہ مع ایک عدد موٹی کتاب کے کھینچ مارا اور یہ سب کچھ ہوا سب ایک شوہر کی خاطر۔۔۔

(۵) گھونگھٹ

سفید چاندنی بچھے تخت پر بگلے کے پروں سے زیادہ سفید بالوں والی دادی بالکل سنگ مرمر کا بھداسا ڈھیر معلوم ہوتی تھیں۔ جیسے ان کے جسم میں خون کی ایک بوند نہ ہو۔ ان کی ہلکی سرمئی آنکھوں کی پتلیوں تک پر سفیدی رینگ آئی تھی اور جب وہ اپنی بے نور آنکھیں کھولتیں تو ایسا معلوم ہوتا، سب روزن بند ہیں۔ کھڑکیاں دبیز پردوں کے پیچھے سہمی چھپی بیٹھی ہیں۔ انہیں دیکھ کر آنکھیں چوندھیانے لگتی تھیں جیسے ارد گرد پسی ہوئی چاندی کا غبار معلق ہو۔ سفید چنگاریاں سی پھوٹ رہی ہوں۔ ان کے چہرے پر پاکیزگی اور دوشیزگی کا نور تھا۔ اسّی برس کی اس کنواری کو کبھی کسی مرد نے ہاتھ نہیں لگایا تھا۔

جب وہ تیرہ چودہ برس کی تھی تو بالکل پھولوں کا گچھا لگتی تھیں۔ کمر سے نیچے جھولتے ہوئے سنہری بال اور میدہ شہاب رنگت۔ شباب زمانہ کی گردش نے چوس لیا صرف میدہ رہ گیا ہے۔ ان کے حسن کا ایسا شہرہ تھا کہ اماں باوا کی نیندیں حرام ہوگئی تھیں۔ ڈرتے تھے کہیں انہیں جنات نہ اڑا کے لیے جائیں کیونکہ وہ اس دھرتی کی مخلوق نہیں لگتی تھی۔

پھر ان کی منگنی ہماری اماں کے ماموں سے ہوگئی۔ جتنی دلہن گوری تھی اتنے ہی دولہا میاں سیاہ بھٹ تھے۔ رنگت کو چھوڑ کر حسن و مردانگی کا نمونہ تھے کیا ڈسی ہوئی پھٹارا آنکھیں، تلوار کی دھار جیسی کھڑی ناک اور موتیوں کو ماند کرنے والے دانت مگر اپنی رنگت کی سیاہی سے بے طرح چڑتے تھے۔

جب منگنی ہوئی تو سب نے خوب چھیڑا۔

"ہائے دولہا ہاتھ لگائے گا تو دلہن میلی ہو جائے گی۔"

"چاند کو جانو گرہن لگ جائے گا۔"

کالے میاں اس وقت سترہ برس کے خود سر بگڑے دل بچھڑے تھے۔ ان پر دلہن کے حسن کی کچھ ایسی ہیبت طاری ہوئی کہ رات ہی رات جودھپور اپنے نانا کے ہاں بھاگ گئے۔ دبی زبان سے اپنے ہم عمروں سے کہا، "میں شادی نہیں کروں گا۔" یہ وہ زمانہ تھا جب چوں چرا کرنے والوں کو جوتے سے درست کر لیا جاتا تھا۔ ایک دفعہ منگنی ہو جائے تو پھر توڑنے کی مجال نہیں تھی۔ ناکیں کٹ جانے کا خدشہ ہوتا تھا۔

اور پھر دلہن میں عیب کیا تھا؟ یہی کہ وہ بے انتہا حسین تھی۔ دنیا حسن کی دیوانی ہے اور آپ حسن سے نالاں، بدمزاقی کی حد۔

"وہ مغرور ہے"، دبی زبان سے کہا۔

"کیسے معلوم ہوا؟"

جب کہ کوئی ثبوت نہیں مگر حسن ظاہر ہے۔ مغرور ہوتا ہے اور کالے میاں کسی کا غرور جھیل جائیں یہ ناممکن۔ ناک پر مکھی بٹھانے کے روادار نہ تھے۔

بہت سمجھایا کہ میاں وہ تمہارے نکاح میں آنے کے بعد تمہاری ملکیت ہوگی۔ تمہارے حکم سے دن کو رات اور رات کو دن کہے گی۔ جدھر بٹھاؤ گے بیٹھے گی اٹھاؤ گے اٹھے گی۔

کچھ جوتے بھی پڑے اور آخر کار کالے میاں کو پکڑ بلایا گیا اور شادی کر دی گئی۔

ڈومنیوں نے کوئی گیت گا دیا۔ کچھ گوری دلہن اور کالے دولہا کا۔ اس پر کالے میاں پھنپھنا اٹھے۔ اوپر سے کسی نے چبھتا ہوا ایک سہرا پڑھ دیا۔ پھر تو بالکل ہی الف ہو گئے۔ مگر کسی نے ان کے طنطنہ کو سنجیدگی سے نہ لیا۔ مذاق ہی سمجھے رہے اور چھیڑتے رہے۔

دولہا میاں شمشیر برہنہ بنے جب دلہن کے کمرے میں پہنچے تو لال لال چمکدار پھولوں میں الجھی سلجھی دلہن دیکھ کر پسینے چھوٹ گئے۔ اس کے سفید ریشمی ہاتھ دیکھ کر خون سوار ہو گیا۔ جی چاہا اپنی سیاہی اس سفیدی میں ایسی گھوٹ ڈالیں کہ امتیاز ہی ختم ہو جائے۔

کانپتے ہاتھوں سے گھونگھٹ اٹھانے لگے تو وہ دلہن بالکل اوندھی ہو گئی۔

"اچھا تم خود ہی گھونگھٹ اٹھادو۔"

دلہن اور نیچے جھک گئی۔

"ہم کہتے ہیں۔ گھونگھٹ اٹھاؤ"، ڈپٹ کر بولے۔

دلہن بالکل گیند بن گئی۔

"اچھا جی اتنا غرور!" دولہا نے جوتے اتار کر بغل میں دبائے اور پائیں باغ والی کھڑکی سے کود کر سیدھے اسٹیشن، پھر جودھ پور۔

اس زمانے میں طلاق ولاق کا فیشن نہیں چلا تھا۔ شادی ہو جاتی تھی۔ تو بس ہو ہی جاتی تھی۔ کالے میاں سات برس گھر سے غائب رہے۔ دلہن سسرال اور میکہ کے درمیان معلق رہیں۔ ماں کو روپیہ پیسہ بھیجتے رہے۔ گھر کی عورتوں کو پتہ تھا کہ دلہن ان چھوئی رہ گئی۔ ہوتے ہوتے مردوں تک بات پہنچی۔ کالے میاں سے پوچھ گچھ کی گئی۔

"وہ مغرور ہے۔"

"کیسے معلوم؟"

"ہم نے کہا گھونگٹ اٹھاؤ، نہیں سنا۔"

"عجب گاؤدی ہو، اماں کہیں دلہن خود گھونگٹ اٹھاتی ہے۔ تم نے اٹھایا ہوتا۔"

"ہرگز نہیں، میں نے قسم کھائی ہے۔ وہ خود گھونگھٹ نہیں اٹھائے گی تو چولہے میں

جائے۔"

"اماں عجب نامرد ہو۔ دلہن سے گھونگھٹ اٹھانے کو کہتے ہو۔ پھر کہو گے وہ آگے بھی پیش قدمی کرے اجی لاحول ولا قوۃ۔"

گوری بی کے ماں باپ اکلوتی بیٹی کے غم میں گھلنے لگے۔ بچی میں کیا عیب تھا کہ دولہا نے ہاتھ نہ لگایا۔ ایسا اندھیر تو نہ دیکھا، نہ سنا۔

کالے میاں نے اپنی مردانگی کے ثبوت میں رنڈی بازی، لونڈے بازی، مرغ بازی، کبوتر بازی غرض کوئی بازی نہ چھوڑی اور گوری بی گھونگھٹ میں سلگتی رہیں۔

نانی اماں کی حالت خراب ہوئی تو سات برس بعد کالے میاں گھر لوٹے اس موقعہ کو غنیمت سمجھ کر پھر بیوی سے ان کا ملاپ کرانے کی کوشش کی گئی۔ پھر سے گوری بی دلہن بنائی گئیں۔ مگر کالے میاں نے کہہ دیا، "اپنی ماں کی قسم کھا چکا ہوں گھونگھٹ میں نہیں اٹھاؤں گا۔"

سب نے گوری بی کو سمجھایا۔ دیکھو بنو ساری عمر کا بھگتان ہے۔ شرم و حیا کو رکھو طاق میں اور جی کڑا کر کے تم آپ ہی گھونگٹ اٹھا دینا۔ اس میں کچھ بے شرمی نہیں وہ تمہارا شوہر ہے۔ خدائے مجازی ہے۔ اس کی فرمانبرداری تمہارا فرض ہے۔ تمہاری نجات اس کا حکم ماننے ہی میں ہے۔"

"پھر سے دلہن سجی سیج سجائی پلاؤ زردہ پکا اور دولہا میاں دلہن کے کمرے میں دھکیلے گئے۔ گوری بی اب اکیس برس کی نوخیز حسینہ تھیں۔ انگ انگ سے جوانی پھوٹ رہی تھی۔ آنکھیں بوجھل تھیں۔ سانسیں بھری تھیں۔ سات برس انہوں نے اسی گھڑی کے خواب دیکھ کر گزارے تھے۔ ہم سن لڑکیوں نے بیسیوں راز بتا کر دل کو دھڑکنا سکھا دیا تھا۔ دلہن کے حنا آلودہ ہاتھ پیر دیکھ کر کالے میاں کے سر پر جن منڈلانے لگے۔ ان کے

سامنے ان کی دلہن رکھی تھی۔ چودہ برس کی کچی کلی نہیں ایک مکمل گلدستہ رال ٹپکنے لگی۔ آج ضرور دن اور رات کو مل کر سرمگیں شام کا سماں بندھے گا۔ ان کا تجربہ کار جسم شکاری چیتے کی طرح منہ زور ہو رہا تھا۔ انہوں نے اب تک دلہن کی صورت نہیں دیکھی تھی۔ بدکاریوں میں بھی اس رس بھری دلہن کا تصور دل پر آرے چلاتا رہا تھا۔

"گھونگٹ اٹھاؤ"، انہوں نے لرزتی ہوئی آواز میں حکم دیا۔

دلہن کی چھنگلی بھی نہ ہلی۔

"گھونگٹ اٹھاؤ"، انہوں نے بری لجاجت سے رونی آواز میں کہا۔

سکوت طاری ہے۔

"اگر میرا حکم نہیں مانو گی تو پھر منہ نہیں دکھاؤں گا۔"

دلہن ٹس سے مس نہ ہوئی۔

کالے میاں نے گھونسہ مار کر کھڑکی کھولی اور پائیں باغ میں کود گئے۔

اس رات کے گئے وہ پھر واپس نہ لوٹے۔

ان چھوئی گوری بی تیس سال تک ان کا انتظار کرتی رہیں۔ سب مر کھپ گئے۔ ایک بوڑھی خالہ کے ساتھ فتح پور سیکری میں رہتی تھیں کہ سناؤنی آئی دولہا آئے ہیں۔

دولہا میاں موریوں میں لوٹ پیٹ کر امراض کا پلندہ بنے آخری دم وطن لوٹے۔ دم توڑنے سے پہلے انہوں نے التجا کی کہ گوری بی سے کہو آجاؤ کہ دم نکل جائے۔

گوری بی کھنبہ سے ماتھا ٹکائے کھڑی رہیں۔ پھر انہوں نے صندوق کھول کر اپنا تار تار شہانہ جوڑا نکالا۔ آدھے سفید سر میں سہاگ کا تیل ڈالا اور گھونگٹ سنبھالتی لب دم مریض کے سرہانہ پہنچیں۔

"گھونگٹ اٹھاؤ"، کالے میاں نے نزع کے عالم میں سسکی بھری۔

گوری بی کے لرزتے ہوئے ہاتھ گھونگٹ تک اٹھے اور نیچے گر گئے۔

کالے میاں دم توڑ چکے تھے۔

انہوں نے وہیں اکڑوں بیٹھ کر پلنگ کے پائے پر چوڑیاں توڑیں اور گھونگٹ کی بجائے سر پر رنڈاپے کا سفید دوپٹہ کھینچ لیا۔

(۶) جنازے

میرا سر گھوم رہا تھا۔۔۔جی چاہتا تھا کہ کاش ہٹلر آجائے اور اپنے آتشیں لوگوں سے اس نامراد زمین کا کلیجہ پھاڑ دے۔ جس میں ناپاک انسان کی ہستی بھسم ہو جائے، ساری دنیا جیسے مجھے ہی چھیڑنے پر تل گئی ہے، میں جو پودا لگادوں مجال ہے کہ اسے مرغیوں کے بے درد پنجے کریدنے سے چھوڑدیں۔ میں جو پھول چنوں بھلا کیوں نہ وہ مری سہیلیوں کو بھائے۔ اور وہ کیوں نہ اسے اپنے جوڑے کی زینت بنالیں۔

غرض میرے ہر قول و فعل سے دنیا کو بیر ہو گیا ہے اور میری دنیا بھی کتنی ہے۔یہی چند بھولے بھٹکے لوگ۔ دو چار سیکنڈ ہینڈ عاشق مزاج اور کچھ پھوڑ۔ لڑاکا اور فیشن پر مرنے والی سہیلیاں۔۔۔ یہ بھی کوئی دنیا ہے؟ بالکل تھکی ہوئی دنیا۔ میرے تخیلات سے کتنی نیچی اور دور۔۔۔ اور اب تو اس دنیا میں اور بھی دھول اڑنے لگی۔ معلوم ہوتا ہے قبل از وقت پیدا ہو گئی ہوں۔

تعلق جسے دنیا دیوانہ کہتی ہے وہ بھی اپنے وقت سے پہلے آیا تو حواس باختہ ہو گیا پھر میں کیا چیز ہوں۔۔۔؟ لیکن ایک زمانہ ہو گا۔ جب دنیا میری ہی ہم خیال ہو جائے گی۔ لوگ میری سنیں گے۔ اور کشور۔۔۔ کشور کے واقعہ نے تو مجھے بالکل نیم مردہ کر دیا۔ مجھے معلوم ہو گیا کہ مری یہ چیخ پکار یہ پھڑکتا ہوا دل جس میں انسانی ہمدردی اور اخوت کا سمندر لہریں مار رہا ہے۔ جس کے خواب ملک کی بہتری کی نذر ہو چکے ہیں۔ جس کے جذبات مذہب اور انسانیت میں غرق ہیں۔۔۔ یہ سب کچھ بیکار بالکل بے کار۔۔۔ بیل گاڑی کی

چوں چوں اور مریل گھوڑے کی ٹاپوں میں بھی تو اس سے زیادہ اثر ہے۔

"یہ بھی کوئی دنیا ہے۔۔۔ یہ بھی کوئی دنیا ہے۔۔۔" میں کرسی پر جھوم رہی تھی۔

"کس کی دنیا۔۔۔؟ میری۔۔۔" راحت اندر آکر تخت پر بیٹھ گئی۔

راحت۔۔۔ آپ نے چند موم کی پتلیوں کو تو دیکھا ہو گا۔ ننھی منی کھیل کود کی شوقین جن کا مقصد زندگی سے کھیلنا ہے۔ گڑیوں سے کھیلنا کتابوں سے کھیلنا۔۔۔ اماں ابا سے کھیلنا۔۔۔ اور پھر عاشقوں کی پوری کی پوری ٹیم سے کبڈی کھیلنا۔۔۔ ابھی میرے بدنصیب بھائی کے ساتھ ٹینس کھیل کر آرہی تھی۔

"تمہاری دنیا۔۔۔ راحت تمہاری دنیا تو ٹینس کے کوٹ پر ہے،" میں نے تلخی سے کہا۔

"کون۔۔۔ میری۔۔۔؟ تمہارا مطلب ہے ضمیر؟ توبہ کرو۔ وہ تو تمہارا بھائی ہے! پر ہے چغد۔۔۔ معاف کرنا۔۔۔ اللہ کی قسم ایسے ہاتھ چلاتا ہے جیسے ٹینس کے بجائے فٹ بال کھیل رہا ہے اور پھر مزہ یہ ہے کہ اگر جناب کے ساتھ نہ کھیلو تو۔۔۔ یہ کہ۔۔۔ بس۔۔۔"

"یہ میرے بھائی صاحب کی شان میں میرے منہ پر فرمایا جارہا تھا اگر میں بھی شہنشاہ اکبر کی طرح طاقتور ہوتی تو اس بے ایمان چھوکری کو انارکلی کی طرح دیوار میں زندہ چنوا دیتی۔۔۔ یہ پرفتن لڑکیاں بیوقوف لڑکوں کو خون کے آنسو رلواتی ہیں اور موت کی ہنسی ہنسواتی ہیں۔ اور پھر چٹ کہیں اور کسی کی ہو رہتی ہیں، مجھے اچھی طرح معلوم تھا کہ ضمیر الو ہے اور رہے گا۔ کیا جناب کی تھرڈ کلاس پسند ہے۔ وہ لڑکی جس میں نام کو عقل نہیں جس میں نہ قوم کی ترقی کا جوش نہ قربانی کا جذبہ۔۔۔ نہ ملک کا پیار، جو، بی۔ اے کرنے کے بعد بھی نہ مرد کی اصلی فطرت کو سمجھی اور نہ عورت کے جذبات سے واقف۔۔۔

"مگر آپ کو اس کی اتنی دلداری کیوں منظور ہے۔۔۔ آپ دوسروں سے کھیلیں۔۔۔ دیکھیں کون آپ کو روک سکتا ہے۔"

"بھئی واہ۔۔۔ روکے گا کون۔۔۔ پر اچھا نہیں لگتا اوہ۔۔۔ مجھے بے چارے پر رحم آتا ہے۔۔۔"

دوسرے۔۔۔؟"

"خوب رحم آتا ہے اسے جیسے۔۔۔ جیسے دوسری کوئی نصیب نہ ہو گی۔" میرا خون کھول گیا۔۔۔

"اے لو۔۔۔ ملے گی کیوں نہیں۔۔۔ یہ میں کب کہتی ہوں۔۔۔ مل جائے گی مل ہی جائے گی۔۔۔" راحت ہکلانے لگی۔

"مل ہی جائے گی۔۔۔ اسے کمی نہیں۔ یہ تو۔۔۔ وہ بیوقوف ہے۔"

"ہاں۔۔۔ یہ بات ہے جبھی تو میں کہتی ہوں۔۔۔" راحت خوشی سے چمکی۔

"جبھی تو کیا۔۔۔" میں نے جل کر پوچھا۔

"اے بھئی یہی کہ۔۔۔ بھئی مجھے نہیں۔۔۔ نہیں معلوم ہے کہ مجھ میں تمہاری جیسی عقل نہیں اور نہ مجھ سے بحث کی جائے۔۔۔ تمہیں یاد ہے کہ میں تو کوئی۔۔۔ بالکل۔۔۔ بھئی کبھی بحث کر ہی نہ سکی یہی تو بات ہے کہ ضمیر۔۔۔"

"ہاں کیا ضمیر۔۔۔" میں نے اس کی شکست سے خوش ہو کر کہا۔

"یہی۔۔۔ یہ مجھے ضمیر پر۔۔۔ یہی کہ بس خیال آتا ہے کہ وہ بے چارا۔۔۔"

"اوہو۔ تم کتنے فخر سے اسے بے چارا کہتی ہو۔۔۔" میرا منہ کڑوا ہو گیا۔

"آج تو تم بے طرح بگڑ رہی ہو، کیا ہوا۔۔۔ کیا سعید نے ڈانٹا۔۔۔ ابھی سے اینٹھتا ہے۔۔۔؟"

سعید کے نام سے میرے بدن میں پتنگے لگنے لگتے ہیں، آپ ایک اور راحت جیسی روح رکھنے والے انسان ہیں آپ نے کمال فرمایا کہ ایک دفعہ مجھ پر عنایت کی۔ کمال۔۔۔ میرے جواب سے آپ اندازہ لگا سکتے ہیں کہ ان کا کیا حال ہوا ہوگا، پہلے تو ذرا متعجب ہوئے۔۔۔ پھر خوب متعجب ہوئے۔ اور پھر اور زیادہ ہوئے، بعد میں سنا اپنی غلطی پر بہت شرمندہ ہوئے۔ ضمیر سے بولے کہ "میں انہیں غلط سمجھا تھا۔ میں سمجھتا تھا کہ شائد۔۔۔ مجھے ان پر ترس آیا تھا۔۔۔" خدا جانے یہ انہیں مجھ پر ترس کھانے کا کیا حق تھا اور کیسا ترس یہ مجھ پر آج تک واضح نہیں ہوا۔

لیجیے اتنا لمبا قصہ سعید کا ہی ہو گیا، وہ تو میں نے کہا نا کہ میں تو بات بھی کروں تو اس کو بھی گڑبڑا دیتے ہیں یہ دنیا والے۔۔۔

"ہونہہ۔۔۔ سعید کی ہمت۔۔۔ وہ ہی کیا چیز۔۔۔ اگر سعید ذرا بھی خوش ہوتے تو مجھے یہ الفاظ کیوں استعمال کرنے پڑتے۔"

"اتنا چوڑا، چکلا اور اونچا انسان اور تم۔۔۔ 'کچھ' کہتی ہو۔"

"انسان کی بڑائی چوڑے چکلے ہونے سے نہیں ہوتی عقل۔۔۔"

"اونہہ۔۔۔ آخر عقل مند ہونے کی کیا ایسی مار ہے اور عقل مند میاں میں ایسے کیا لعل جڑے ہوتے ہیں۔۔۔ بیکار میں رعب گانٹھتا ہے اور پھر تم ہی کہتی ہو کہ مردوں کی حکومت نہ سہنی چاہیے میرے خیال میں ضمیر۔۔۔ بھئی نہ میاں ضرورت سے زیادہ عقل مند ہوگا۔ نہ ہم کو دیا جائے گا۔"

"تم میں کاش ذرا سوچنے کی ہمت ہوتی۔۔۔ بحث کرنے لگتی ہو مگر۔۔۔ خیر یہ اس وقت مسعود کا کیا ذکر۔۔۔ میں تو کشور کو کہہ رہی ہوں۔"

"کون کشور۔۔۔؟"

"روفی والی۔۔۔"

"کون روفی۔۔۔؟"

"اللہ اتنا بننا۔"

"اونہہ تو گویا میں تمہاری کشوروں اور رفیوں کے رجسٹر لیے ان کی مثنوی لکھا کرتی ہوں تمہارا مطلب کشور سے ہے۔۔۔وہ روفی کشور۔۔۔؟"

"جی وہی۔۔۔ روئے نہ تو غریب کیا کرے۔۔۔ ہم عورتیں تو رونے کے لیے ہی پیدا ہوتی ہیں۔۔۔"

یہ چند آخری الفاظ میں نے خود سے کہے اور ٹھنڈی سانس نہ روک سکی۔

"ہاں رونے سے آنکھوں میں چمک پیدا ہوتی ہے سارا گرد و غبار۔۔۔"

"اور تمہارا دماغ خراب ہو جاتا ہے۔۔۔ جاؤ راحت! میں اس وقت تمہاری بدمذاقی سہنے کے لائق نہیں۔ جاؤ ٹینس کھیلو۔۔۔"

"ہوں ٹینس کھیلو۔۔۔ جیسے تمہارے بھیا کو آتی بھی بڑی ٹینس ہے۔ میں تو کوئی کہ چلو بھئی ہو آئیں ذرا آپ ہیں کہ۔۔۔" راحت برا مان گئی۔

"تو تم سمجھتی ہو میں بڑی خوش بیٹھی ہوں کہ تم مجھے آکر جلاؤ ایک تو تم بار بار ضمیر کو برا بھلا کہے جا رہی ہو، آج ویسے ہی پریشان ہوں، کشور سے ملی تھی۔۔۔ تمہیں کیوں یاد ہو گی کشور۔۔۔ تم کوئی اس کی مثنوی تھوڑی ہی لکھ رہی ہو۔۔۔"

"ہاں ہاں پھر کیا ہوا۔۔۔؟"

"اس کی شادی ہو رہی ہے۔۔۔" میں نے اٹھتے ہوئے طوفان کو دبایا کئی دن سے دبا رہی تھی۔

"اچھا کب۔۔۔؟"

راحت کو کشور کے دکھ سے سکھ نہ پہنچے گا تو کسے پہنچے گا۔ کشور ٹھہری میری دوست اور میں ضمیر کی بہن اور ضمیر، راحت کی زبردستی کے عاشق، میں نے ارادہ کر لیا کہ آج میں ہوں اور ضمیر، سور کہیں کا۔۔۔"

"کیا اسی مرگھلے سے تو نہیں ہو رہی ہے۔۔۔" راحت ڈر گئی۔

یہ مرگھلا روفی کو کہا جا رہا تھا۔۔۔ اور کیوں۔۔۔ وہ اس لیے کہ راحت اس کے اشعار سے نفرت کرتی تھی کیوں۔۔۔؟ کیونکہ بس تھی۔۔۔ فرماتی تھیں۔۔۔ "بہت بے ڈھنگے شعر کہتا ہے۔" اب شعروں میں نہ جانے ڈھیلے اور تنگ شعر کیسے ہوتے ہیں۔۔۔؟"

"تم اسے مرگھلا کہتی ہو۔۔۔ لیکن کشور کے دل سے پوچھو۔"

"کشور تو سدا کی سڑن ہے۔"

"بس راحت زیادہ مت بنو۔۔۔ تم سے زیادہ۔۔۔"

"اے ہے معاف کرو۔۔ باز آئی میں تمھاری کشور کے قصہ سے ختم بھی کرو۔۔۔" راحت منہ بنا کر ٹانگیں سکیڑ کر لیٹ گئی۔

"تمہیں معلوم ہے کہ وہ مر جائے گی۔۔۔ مگر روفی کے سوا کسی سے شادی نہ کرے گی اور اماں کہتی ہیں کہ میں تو شوکت سے کروں گی۔۔۔"

"اے ہے بڑھیا شادی کر رہی ہے۔۔۔" راحت چونک کر اٹھی۔۔۔ "تمہیں خدا کی قسم۔۔۔"

"اوہو۔۔۔ اوہو۔۔۔ جیسے کچھ اترانے میں بھی مزا ہے۔ کشور کی شادی کا ذکر ہے اور بننے لگیں۔۔۔"

"ارے۔۔۔ میں سمجھی۔۔۔ خیر۔۔۔ پھر۔۔۔؟"

"کشور کہتی ہے کہ زہر کھالوں گی مگر روفی کے سوا۔۔۔" باوجود ضبط کے مرا گلا

گھٹ گیا۔

"ارے۔۔۔ کہتی ہے کہ زہر کھالوں گی مگر روفی کے سوا۔۔۔" باوجود ضبط کے مرا گلا گھٹ گیا۔

"ارے۔۔۔ مگر کون سا زہر کھائے گی۔۔۔ میرے خیال میں سائنائیڈ ٹھیک رہے گا۔۔۔"

"راحت کا کلیجہ اور لوہے کا دل اسی کو کہتے ہیں۔۔۔ ساتھ کھیلے ساتھ بڑھے، ساتھ اسکول گئے اور پھر کالج۔۔۔ مگر اس بے حس گوشت کے لوتھڑے کو۔۔۔" افوہ۔۔۔ میرا خون پھر کھول گیا۔

"چپ رہو بے رحم! کاش بجائے انسان کے خدا تمہیں ایک چٹان بناتا جس پر۔۔۔ جس پر۔۔۔" مجھے کوئی پر معنی لفظ ہی نہ ملا۔ تمہاری بے رخی دوسروں کو دکھ نہ پہنچاتی۔۔۔ ذرا سوچو بے قصور کشور نے تمہارے ساتھ کیا بدی کی ہے، اس نے تمہیں کیا دکھ پہنچایا وہ جو ایک معصوم چڑیا سے بھی معصوم ہے۔ وہ جس نے سر جھکا کر دنیا کے دکھ سہہ لیے اور سہہ رہی ہے وہ جسے اس کی ظالم ماں دولت اور شہرت کی بھینٹ چڑھا رہی ہے جو سر لٹکائے راضی برضا قربان گاہ کی طرف جا رہی ہے۔"

میری زبان کے ساتھ ساتھ عمدہ عمدہ جملے تیزی سے جا رہے تھے۔ جس نے قصائی کے سامنے گردن ڈال دی ہے اور خاموش اس کی چھری کی دھار کو دیکھ کر اپنا ہی خون جلا رہی ہے۔ تم بھی اسے دو باتیں کہہ لو۔ مگر دور ہو جاؤ میری آنکھوں سے جاؤ راحت۔۔۔"

"اے ہے توبہ۔۔۔ ماشاء اللہ تم بڑی بدمزاج ہو۔۔۔" راحت ڈر کر سکڑ گئی۔

"ایسا میں نے کیا کہہ دیا۔"

"تم نے کیا کہا۔۔۔ اور اوپر سے یہ بھی پوچھنے کی ہمت ہے، تم اس کی موت پر ہنس

رہی ہو اس کا خون ہو رہا ہے۔ تم ہنس رہی ہو۔ وہ مرغ بسمل ہو رہی ہو اور تم ہنس رہی ہو۔۔۔ اس کی لاش۔۔۔ ہاں اس کی لاش پر تم دانت نکال رہی ہو۔۔۔" مجھے کچھ نظر نہ آتا تھا۔ سوائے ایک معصوم کے جنازے کے۔۔۔"

"اوہ۔۔۔ مجھے ڈر لگ رہا ہے۔۔۔ اللہ کا واسطہ چپ ہو جاؤ اچھی ذرا بجلی جلا دو مجھے ڈر لگ رہا ہے۔۔۔" راحت پیلی پڑ گئی۔

"تم سمجھتی ہو کہ تمہارے اوپر اس کا کچھ اثر نہ ہو گا۔ تم ہنستی ہی رہو گی اس کی موت پر۔۔۔ مگر یاد رکھو راحت۔۔۔ کشور تمہیں نہیں چھوڑے گی! وہ مر جائے گی۔۔۔ مگر کیا وہ تم سے سوال نہ کر سکے گی۔۔۔ اس کی روح۔۔۔"

"ہائے بجلی جلاؤں میں۔۔۔ اچھی بہن میرا دم نکل جائے گا۔"

راحت بزدلوں کی طرح چلائی اور جلدی سے اپنے پیر تخت کے اوپر رکھ لیے گویا تخت کے نیچے سے کشور کی روح ابھی سے اس کے پیر کھینچ رہی ہے۔

"تم اس کو بچاؤ۔۔۔ بچاؤ گی۔۔۔ تم اس کی مدد کرو گی۔۔۔" میں نے ایک مسمیریزم کا تماشہ کرنے والے کی طرح کہا۔

"ہاں۔۔۔ مگر بجلی۔۔۔" راحت کانپ رہی تھی۔۔۔ "ہاں۔۔۔ اب۔۔۔"

"تم اس کی ماں کو مجبور کرو گی کہ وہ اس کے قتل سے باز آئے۔"

"مگر وہ۔۔۔ وہ تو۔۔۔ بہن ان کی ماں سے ڈر لگتا ہے مجھے۔ میری آواز کی نرمی سے اس کی گئی ہوئی ہمت واپس آ گئی۔"

"میں اور تم اس کی ماں کو مجبور کریں گے کہ وہ کشور کو زندہ دفن نہ کرے۔۔۔"

"ہاں تم کرنا۔۔۔ ریحانہ تم بہت بہادر ہو۔۔۔ تم۔۔۔ تم واقعی بہت زبردست ہستی ہو۔ تم انسانیت کا بہترین مجسمہ ہو۔ ریحانہ اگر ہماری قوم میں ایسی ہی چند لڑکیاں پیدا

ہو جائیں تو ہم غلام کیوں رہیں اور اب تم بجلی جلا دو۔۔۔ میں زمین پر نہیں اتروں گی میرا جوتا بھی تو نہ جانے کدھر ہے۔۔۔" وہ کانپتی ہوئی آواز میں ایک بھٹکے ہوئے راستہ سے واپس لوٹ رہی تھی۔

"ہم اس سے لڑیں گے۔ اور یہ قربانی نہ ہونے دیں گے۔۔۔" میں نے اپنے آپ کو ایک طیارے پر سے بم گراتے محسوس کیا جن کے شعلے شوکت اور کشور کی ماں کو نگل رہے تھے۔ مگر۔۔۔ وہ کشور خود جو اپنی ماں سے لڑے نا۔۔۔ ایسی ننھی ہے کیا۔۔۔"

"وہ خود لڑے۔۔۔ مجھے پھر جوش آیا۔۔۔ وہ پڑھی لکھی ہے، ہے تو کیا ہے۔ راحت وہ مشرقی عورت ہے۔۔۔ وہ بے شرمی نہیں لا دسکتی۔۔۔ وہ کہہ چکی ہے کہ چاہے کچھ ہو جائے وہ زبان ہلائے بغیر جان دیدے گی۔۔۔ تم جانتی ہو وہ سدا کی کمزور دل ہے۔۔۔"

"تو بہن۔۔۔ میں کون سی پہلوان ہوں۔۔۔" راحت اور کونے میں دبک گئی۔

"تم ہو یا نہ ہو۔۔۔ مگر میں کروں۔۔۔ میں خود کروں گی۔۔۔ راحت اب تک میں تمہیں بے رحم ہی سمجھتی تھی۔۔۔ اب معلوم ہوا کہ تم بزدل بھی ہو۔ چوہے سے ڈر جانے والی لڑکیاں۔۔۔ یہی تو ہماری قوم کی غلامی کی ہی ذمہ دار ہیں۔۔۔"

"اوہو۔۔۔ کوئی بھی نہیں۔۔۔" شکست خوردہ آواز میں کہا گیا۔

"سچ بتاؤ کشور۔۔۔ وہ میرا مطلب ہے راحت! کبھی میرے دل میں اپنی جنس کی برتری کا خیال بھی آتا ہے۔۔۔ کبھی یہ بھی سوچتی ہو کہ ہم کب تک ظالم مردوں کی حکومت سہیں گے۔۔۔ کب تک وہ ہمیں اپنی لونڈیاں بنائے چار دیواری میں قید رکھیں گے۔۔۔ کب تک یوں یہ ہم دبے مار کھاتے رہیں گے۔۔۔ بتاؤ بولو۔۔۔" مجھ پر پھر جوش سوار ہو رہا تھا۔

"سوچا کیوں نہیں۔۔۔ سوچتی ہی ہوں۔"

"کیا سوچتی ہو۔۔۔ ذرا بتاؤ کیا سوچتی ہو۔۔۔"

"یہی کہ بھئی۔۔۔ یہی سوچا کرتی ہوں کہ اب۔۔۔ اصل بات تو یہ ہے کہ میں تو کچھ بھی نہیں سوچتی اور بھلا سوچوں بھی کیا۔۔۔"

"یہی سوچو یہی، کہ کس طرح تم اپنی قوم اور ملک کے لیے قربانی کر سکتی ہو۔ کس طرح تم اپنے علم سے دوسروں کو فائدہ پہنچا سکتی ہو۔ اٹھو راحت! ابھی وقت ہاتھ سے نہیں گیا۔۔۔ یہ تمہارا ٹینس بھلا قوم کو کیا بلندی پر لے جا سکتا ہے۔۔۔"

"بلندی۔۔۔؟" راحت نے خاموشی کو توڑا۔۔۔ "ریحانہ مجھے آج یقین ہو گیا کہ واقعی تم کچھ ہو۔ تم۔۔۔ میں تمہیں جھکی اور کج بحث کہا کرتی تھی مگر آج۔۔۔ معاف کر دو۔۔۔ معاف کر دو۔۔۔ تم کہو میں تم۔۔۔ تمہارا کہنا مانوں گی۔ بتاؤ۔۔۔ میں کل ہی اپنا ریکٹ توڑ دوں گی۔۔۔ کیوں توڑ دوں؟ اور میں ضمیر۔۔۔ اسے بھی۔۔۔ میں اب ٹینس ہی نہیں کھیلوں گی۔ میں اس سے شادی نہیں کروں گی۔ میں اس سے کہہ دوں گی کہ اب تم اس خیال کو چھوڑو اور اب تمہیں اب انگوٹھی کے ڈیزائن تلاش کرنے کی ضرورت نہیں۔۔۔" راحت کے لہجہ میں رقت اور پشیمانی بھری تھی۔

"مجھے تم سے یہی امید تھی۔۔۔ میں کل کشور کے پاس جاؤں گی اور اسے یقیناً اس شکرے کے پنجے سے نجات دلاؤں گی۔۔۔ تم چلو گی۔۔۔ کیوں چلو گی نا۔۔۔؟"

راحت کچھ نیم مردہ اور پریشان سی چلی گئی۔ برآمدے میں، میں نے اسے ضمیر کے شانے پر سر رکھے سسکیاں بھرتے دیکھا۔ نہ جانے وہ کیا بڑبڑا رہے تھے۔ اس کا دماغ خراب ہو گیا ہے۔۔۔" وہ نہ جانے کسے کہہ رہی تھی۔

رات میرے لیے لمبی اور اندھیری تھی۔ مگر وہ مجھے ایک روشن ستارا نظر آرہا تھا۔۔۔ یہ میری قوت فیصلہ تھی جو میری ہمت بڑھا رہی تھی، میں کشور کو بچاؤں گی۔۔۔

میں ایک معصوم چڑیا کو شکرے کے خوفناک پنجوں میں سے نکال لاؤں گی۔"

شوکت کو اپنی دولت کا گھمنڈ ہے۔ اپنی صورت پر ناز ہے اور تعلیم پر اکڑتا ہے۔ یہ سب کچھ دھرا رہ جائے گا۔

سہ پہر کو راحت اور میں کشور کے یہاں پہنچ گئے۔۔۔ اوہ۔ کشور کو دیکھ کر میرا دل مسل کر رہ گیا۔۔۔ وہ مجھے عجیب گھبرائی اور کھوئی ہوئی نظروں سے دیکھ رہی تھی۔۔۔ مجھے نظر بھر کر نہ دیکھ سکتی تھی شاید ان آنسوؤں کو وہ بے کار چھپانے کی کوشش کر رہی تھی جو خون بن کر اس کے رخساروں پر دمک رہے تھے۔ گو اس کی آنکھیں خشک تھیں وہ ایک شنگرنی رنگ کی ساڑھی پہنے آئینے کے سامنے جوڑے میں پنیں لگا رہی تھی۔ اسے اس بھڑکیلے لباس میں دیکھ کر میں سہم گئی کہ ستی ہونے کی تیاریاں ہو رہی ہیں مگر اب میں آگئی تھی۔۔۔ میں نے پیار سے اس کی ٹھوڑی چھوئی اور وہ ایک مردہ سی ہنسی میں ڈوب گئی۔

"ڈرتی کیوں ہو۔۔۔" میں نے اس کی آنکھوں میں آنکھیں ڈالیں۔

مگر وہ نظر بچا گئی۔۔۔ اور ناخونوں کی پالش کی شیشیاں نکال کر اپنی ساری پر رکھ کر موزوں رنگ چھانٹنے لگی۔

"جو کچھ ہونا تھا ہو گیا۔۔۔ میری قسمت۔۔۔ راحت یہ ٹھیک ہے؟" اس نے راحت کو ایک شیشی دکھائی۔

"کچھ بھی نہیں ہوا۔۔۔ تم جو چاہو گی۔۔۔ وہی ہو گا۔ کسی کی مجال نہیں کہ وہ تمہاری مرضی کے بغیر تمہیں اس بے پسند کی شادی کی آگ میں جھونکے۔"

وہ گھبرا کر ادھر ادھر دیکھنے لگی۔۔۔ اور جلدی سے ناخن رنگنا شروع کر دیے۔

"تم ڈرتی کس سے ہو۔۔۔" وہ اور بھی گھبرائی۔۔۔ "میری بات سنو کشور۔۔۔"

"چھوڑو ریحانہ ان باتوں کو ہاں یہ تو بتاؤ وہ تمہاری کتاب۔۔۔"

"میری کتاب تو ڈالو چولہے میں۔۔۔ اور تم یہ بتاؤ آخر تمہاری والدہ؟"

"جانے بھی دو۔۔۔" اس نے جلدی سے بات کاٹی۔۔۔ "ہاں راحت وہ تمہارے ٹینس کا کیا حال ہے۔۔۔" اس نے میرے پاس صوفہ پر بیٹھتے ہوئے کہا۔۔۔

"ٹینس۔۔۔ ٹینس۔۔۔ تم۔۔۔ وہ اب۔۔۔ خیر بتاؤ۔ کہ شوکت کہاں ہیں۔۔۔" راحت نے پوچھا اور کشور کا رنگ تمتما اٹھا۔

"ہاں۔۔۔ وہ شوکت صاحب کہاں ہیں۔۔۔ ذرا مجھے ان سے بھی دو دو باتیں کرنی ہیں۔۔۔ بے رحم انسان۔۔۔ اگر انسان کہلانے کے۔۔۔"

"ہٹاؤ بھی ریحانہ۔۔۔ جو میری قسمت میں لکھا تھا۔۔۔" وہ ڈر کر اور بھی گھبرائی۔

مجھے معلوم ہو گیا ہے کہ کشور کس سے ڈری تھی۔ گھبرا گھبرا کر وہ برابر والے کمرے کی طرف ایسے دیکھتی تھی گویا اب کوئی شیر اس میں سے نکل کر اسے پھاڑ کھائے گا۔۔۔

شوکت۔۔۔ میرا جی چاہا اسے۔۔۔ نہ جانے دوں، نہ جانے کیا کروں؟ یہ معصوم لڑکی کے دل میں اس نے نہ جانے کیا دہشت بٹھا دی تھی۔ کہ وہ اس کے ذکر ہی سے گھبرا جاتی تھی۔۔۔ میرا ارادہ اور بھی مستقل ہو گیا۔ فولاد کی سی سختی آگئی۔۔۔ میں نہ صرف کشور ہی کو بچاؤں گی۔ بلکہ میرا ہاتھ دور دور پہنچ کر ہزاروں بیکس لڑکیوں کو پناہ کے احاطے میں لے لے گا، راحت کی طرح ساری کی ساری لڑکیاں قوم کی داسیاں بن جائیں گی اور پھر پھر ہندوستان آزاد ہو جائے گا۔ آزاد۔۔۔

"کشور چھ بجنے میں صرف پانچ منٹ،" قریب کے کمرہ سے ایک بھاری سی مردانہ آواز آئی اور کشور سر سے پیر تک لرز گئی۔ وہ جھپٹ کر سنگھار میز کے قریب گئی۔۔۔ میں سمجھ گئی۔ اس سے پہلے کہ وہ دراز کھولے اور سم قاتل اس کے ہونٹوں سے گزرے میں

پہنچ گئی۔ اور اسے اپنی طرف کھینچ لیا۔ اس کی ساری کا پلو گر گیا اور وہ بے طرح گھبرا گئی۔

"کشور۔۔۔ اتنی بزدلی۔۔۔ جانتی ہو خودکشی۔۔۔"

"اونہہ۔۔۔ میں تو بٹوہ نکال رہی ہوں۔۔۔ بیٹھو ریحانہ میں تمہیں ایک بات بتانا چاہتی۔۔۔"

"وہ کچھ چھپا رہی تھی مجھ سے۔۔۔ بہت کچھ۔۔۔"

"کشور تیار ہو چکو۔۔۔" وہ کریہہ اور بھرائی ہوئی آواز پھر گونجی اور کشور اور بھی پریشان ہو گئی۔۔۔ میں جانتی تھی اس وقت اس کی کیا حالت ہو گی جس طرح سولی پر چڑھانے سے پہلے خوفناک گھڑیال بھیانک آواز میں گنگناتا ہے۔ اسی طرح یہ آواز۔۔۔ پھر آئی۔

"اور لیلارام کے یہاں بھی تو جانا ہے،" اور پھر ایک سیٹی شروع ہو گئی۔

"ذرا ٹھہرو ریحانہ میں ابھی آئی۔" میں نے اسے روکنا چاہا۔ لیکن راحت نے میرا ہاتھ روک دیا۔

"ریحانہ کیا ہے۔ تم بالکل ہی بچہ ہو۔۔۔ سنو تمہیں نہیں معلوم کہ۔۔۔"

میں نے اب اس کی بات ایک نہیں سنی۔ پاس کے کمرے سے وہی گڑگڑاتی آواز قہقہہ لگا رہی تھی۔ دبے ہوئے گہرے قہقہے اور کشور گویا سسکیاں لے رہی تھی۔ باریک اور دبی ہوئی آئیں۔۔۔

"لاحول ولا قوۃ۔۔۔" وہ موٹی آواز سے بولی۔

"سنو تو۔۔۔ سنو تو۔۔۔" کشور کی پریشان آواز آئی۔ وہ اس مردود کی التجائیں کر رہی تھیں پھر ایسا معلوم ہوا جیسے کوئی کسی کو پکڑ کر گھسیٹ رہا ہو اور وہ خوشامد کرے جان کنی میں۔۔۔ پناہ مانگے اور پھر اور بھی گھٹی گھٹی آواز آنے لگی گویا کوئی زبردست درندہ

کشور کو بھنبھوڑ رہاہو۔ میری کنپٹیاں پھڑ پھڑانے لگیں۔ نسیں کھچ گئیں۔۔۔ اور ہاتھ اکڑ گئے۔ وہ وقت آن پہنچا تھا۔ میں ایک دم کھڑی ہو گئی۔

"ہیں ہیں ریحانہ کیا کرتی ہو۔۔۔" راحت نے مجھے روکا۔

"کشور۔۔۔ میری کشور۔۔۔" میں بیساختہ چیخ پڑی اور دوسرے لمحے دروازے کا پردہ الگ ہو گیا۔ اور تھوڑی دیر کے لیے میری ساری طاقتیں سلب ہو گئیں، بیچوں بیچ کمرے میں ایک الماری سے ذرا ہٹ کر شوکت کے بھیانک اور ظالم بازوؤں میں ایک مردہ چڑیا کی طرح کشور نڈھال ہو رہی تھی اور وہ۔۔۔ یہ سمجھ لیجیے کہ کبوتر کو آپ نے کبھی بچے کو دانہ بھراتے دیکھا ہے۔ بس بالکل ویسے ہی۔۔۔ بالکل اسی طرح۔۔۔ دوسرے لمحے شوکت تو سر کھجا کھجا کر پاس ٹنگی ہوئی تصویر میں رنگوں کی آمیزش دیکھ رہے تھے اور کشور جلدی جلدی اپنا بٹوہ کھول اور بند کر رہی تھی۔ آنکھیں جھکی ہوئی تھیں اور چہرہ لال تھا۔

"یہ۔۔۔ یہ شوکت ہے ریحانہ۔۔۔ شوکت۔۔۔" کشور کہہ رہی تھی۔

جب میں بر آمدے میں سر لٹکائے لڑکھڑائے قدموں سے واپس ہو رہی تھی تو میں نے ضمیر کو ایک لمبا سا پارسل لیے دیکھا اور اس میں سے اس کے لیے نیا ریکٹ نکال رہا تھا۔ وہ خود اپنی انگلی پر انگوٹھی کی چمک دیکھنے میں غرق تھی، وہ ہنسے۔

مگر میرے کان میرے جسم سے دور کہیں موت کا سا نغمہ سن رہے تھے اور میری آنکھیں فضا میں ہزاروں جنازوں کے جلوس گزرے دیکھ رہی تھیں۔

(۷) ننھی کی نانی

ننھی کی نانی کا ماں باپ کا نام تو اللہ جانے کیا تھا۔ لوگوں نے کبھی انہیں اس نام سے یاد نہ کیا۔ جب چھوٹی سی گلیوں میں ناک سڑ سڑاتی پھرتی تھیں تو بفاطن کی لونڈیا کے نام سے پکاری گئیں۔ پھر کچھ دن "بشیرے کی بہو" کہلائیں پھر "بسم اللہ کی ماں" کے لقب سے یاد کی جانے لگیں۔ اور جب بسم اللہ چاپے کے اندر ہی ننھی کو چھوڑ کر چل بسی تو وہ "ننھی کی نانی" کے نام سے آخری دم تک پہچانی گئیں۔

دنیا کا کوئی ایسا پیشہ نہ تھا جو زندگی میں "ننھی کی نانی" نے اختیار نہ کیا۔ کٹورا گلاس پکڑنے کی عمر سے وہ تیرے میرے گھر میں دو وقت کی روٹی اور پرانے کپڑوں کے عوض اوپر کے کام پر دھر لی گئیں۔ یہ اوپر کا کام کتنا نیچا ہوتا ہے۔ یہ کچھ کھیلنے کودنے کی عمر سے کام پر جوت دیے جانے والے ہی جانتے ہیں۔ ننھے میاں کے آگے جھنجھنا بجانے کی غیر دلچسپ ڈیوٹی سے لے کر بڑے سرکار کے سر کی مالش تک اوپر کے کام کی فہرست میں آجاتی ہے۔

زندگی کی دوڑ بھاگ میں کچھ بھنومنا بھلسنا بھی آگیا اور زندگی کے کچھ سال ماما گیری میں بیت گئے۔ پر جب دال میں چھپکلی بگھار دی اور روٹیوں میں مکھیاں پرونے لگیں تو مجبوراً ریٹائر ہونا پڑا۔ اس کے بعد تو ننھی کی نانی بس لگائی بجھائی کرنے ادھر کی بات ادھر پہنچانے کے سوا اور کسی کرم کی نہ رہیں۔ یہ لگائی بجھائی کا پیشہ بھی خاصہ منافع بخش ہوتا ہے۔ محلہ میں کھٹ پٹ چلتی رہتی ہے۔ مخالف کیمپ میں جا کر اگر ہوشیاری سے مخبری کی جائے تو

خوب خوب خاطر مدارات ہوتی ہے۔ لیکن یہ پیشہ کے دن چلتا، نانی لتری کہلانے لگیں اور دال گلتی نہ پاکر نانی نے آخری اور مفید ترین پیشہ یعنی مہذب طریقہ پر بھیک مانگنا شروع کر دی۔

کھانے کے وقت نانی ناک پھیلا کر سونگھتیں کہ کس گھر میں کیا پک رہا ہے۔ بہترین خوشبو کی ڈور پکڑ کر وہ گھر میں آن بیٹھتیں۔

"اے بیوی گھیاں ڈالی ہیں گوش میں"، وہ بے تکلفی سے پوچھتیں۔

"نہیں بوا گھیں نگوڑی آج کل گلیں کہاں ہیں۔۔۔ آلو ڈالے ہیں۔"

"اے سبحان اللہ۔ کیا خوشبو ہے۔ اللہ رکھے بسم اللہ کے باوا کو آلوؤں سے عشق تھا۔ روز یہی کہ بسم اللہ کی ماں آلو گوش جو آنکھوں سے بھی دکھ جاوے۔۔۔ اے بیوی کو تھمیر چھوڑ دیا؟" وہ ایک دم فکر مند ہو جاتیں۔

"نہیں بوا کو تھمیر نگوڑا سب مارا گیا، مواسقے کا کتا کیاری میں لوٹ گیا۔"

"ہے ہے بغیر کو تھمیر کے بھلا آلو گوش کیا خاک مزہ دے گا۔ حکیم جی کے یہاں منوں لگا ہے۔"

"اے نہیں نانی حکیم جی کے لونڈے نے کل شبن میاں کی پتنگ میں کٹی لگادی۔ اس پر میں نے کہا خبر دار جو چھجے پہ قدم رکھا تو۔۔۔"

"اے میں کوئی تمائے نام سے تھوڑی مانگوں گی۔" اور نانی برقع سنبھال سلیپریں سٹپٹاتی حکیم جی کے یہاں جا پہنچتیں۔ دھوپ کھانے کے بہانے کھسکتی گھسٹتی کیاری کے پاس منڈیر تک پہنچ جاتیں۔ پہلے ایک پتی توڑ کر سونگھنے کے بہانے چٹکی میں مسلتیں۔ حکیم جی کی بہو کی آنکھ بچی اور مارا نانی نے کو تھمیر پر بکٹا۔ کو تھمیر مہیا کرنے کے بعد ظاہر ہے دو نوالے کی حقدار ہو ہی جاتیں۔

نانی اپنے ہاتھ کی صفائی کے لیے سارے محلہ میں مشہور تھیں۔ کھانے پینے کی چیز دیکھی اور لقمہ مار گئیں۔ بچے کے دودھ کی پتیلی منہ سے لگائی وہ گھونٹ غٹ لیے۔ شکر کی پھنکی مار لی۔ گڑ کی ڈیلی تالو سے چپکالی مزے سے دھوپ میں بیٹھی چوس رہی ہیں۔ ڈلی اٹھائی نیفے میں اڑس لی۔ دو چپاتیاں لیں اور آدھی نیفے کے ادھر آدھی اوپر سے، موٹا کرتا آہستہ آہستہ حسبِ معمول کراہتی کو نکتی کھسک گئیں۔ سب جانتے تے پر کسی کو منہ کھولنے کی ہمت نہ تھی کیونکہ نانی کے بوڑھے ہاتھوں میں بجلی کی سی سرعت تھی اور بے چبائے نگل جانے میں وہ کوئی عیب نہ سمجھتی تھیں۔ دوسرے ذرا سے شے پر ہی فیل مچانے پر تل جاتی تھیں اور اتنی قسمیں کھاتی تھیں۔ قرآن اٹھانے کی دھمکیاں دیتی تھیں کہ توبہ بھلی۔ اب کون ان سے جھوٹا قرآن اٹھوا کر اپنی قبر میں بھی کیڑے پڑوائے۔

لتری، چور اور چکمہ باز ہونے کے علاوہ نانی پرلے درجہ کی جھوٹی بھی تھیں۔ سب سے بڑا جھوٹ تو ان کا وہ برقعہ تھا جو ہر دم ان کے اوپر سوار رہتا تھا۔ کبھی اس برقعہ میں نقاب بھی تھی۔ پر جوں جوں محلہ کے بڑے بوڑھے چل بسے یا نیم اندھے ہو گئے تو نانی نے نقاب کو خیرباد کہہ دیا۔ مگر گنگوروں دار فیشن ایبل برقعہ کی ٹوپی ان کی کھوپڑی پر چپکی رہتی۔ آگے چاہے مہین کرتے کے نیچے بنیان نہ ہو پر پیچھے برقعہ بادشاہوں کی جھول کی طرح لہراتا رہے اور یہ برقعہ صرف ستر ڈھانکنے کے لیے ہی نہیں تھا بلکہ دنیا کا ہر ممکن اور ناممکن کام اسی سے لیا جاتا تھا۔ اوڑھنے بچھانے اور گڑی مڑی کر کے تکیہ بنانے کے علاوہ، جب نانی کبھی خیر سے نہاتیں تو اسے تولیہ کے طور پر استعمال کرتیں۔ پنج وقتہ نماز کے لیے جائے نماز اور جب محلہ کے کتے دانت نکوسیں تو ان سے بچاؤ کے لیے اچھی خاصی ڈھال۔ کتا پنڈلی پر لپکا اور نانی کے برقعہ کا گھیرا اس کے منہ پر پھنکارا۔ نانی کو برقعہ بہت پیارا تھا فرصت میں بیٹھ کر حسرت سے اس کے بڑھاپے پر بسورا کرتیں۔ جہاں کوئی چندی کتر ملی

اور احتیاطاً پیوند چپکا لیا۔ وہ اس دن کے خیال سے ہی لرزا ٹھتی تھیں جب یہ برقعہ بھی چل بسے گا۔ آٹھ گز لٹھا کفن کو جڑ جاوے یہی بہت جانو۔

نانی کا کوئی مستقل ہیڈ کوارٹر نہیں۔ سپاہی جیسی زندگی ہے آج اس کے دلان میں تو کل اس کی صحنچی میں جہاں جگہ ملی پڑاؤ ڈال دیا۔ جب دھتکار پڑی کوچ کر کے آگے چل پڑیں۔ آدھا برقعہ اوڑھا آدھا بچھایا لمبی تان لی۔

مگر برقعہ سے بھی زیادہ وہ جس کی فکر میں گھلتی تھیں وہ تھی ان کی اکلوتی نواسی ننھی۔ کڑک مرغی کی طرح نانی پر پھیلائے اسے پوٹے تلے دابے رہتیں۔ کیا مجال جو نظر سے اوجھل ہو جائے مگر جب ہاتھ پیروں نے جواب دے دیا اور محلہ والے چوکنے ہو گئے ان کی جوتیوں کی گھس گھس سن کر ہی چاق چوبند ہو کر مورچہ پر ڈٹ جاتے۔ ڈھٹائی سے نانی کے اشارے کنایہ سے مانگنے کو سنا ان سنا کر جاتے تو نانی کو اس کے سوا کوئی چارا نہ رہا کہ ننھی کو اس کے آبائی پیشے یعنی اوپر کے کام پر لگا دیں۔ بڑے سوچ بچار کے بعد انہوں نے اسے ڈپٹی صاحب کے یہاں روٹی کپڑا اور ڈیڑھ روپیہ مہینہ پر چھوڑ ہی دیا۔ پر وہ ہر دم سائے کی طرح لگی رہتیں۔ ننھی نظر سے اوجھل ہوئی اور بلبلائیں۔ پر نصیب کا لکھا کہیں بوڑھے ہاتھوں سے مٹا ہے۔ دوپہر کا وقت تھا۔ ڈپٹیائن اپنے بھائی کے گھر بیٹے کا پیغام لے کر گئی ہوئی۔ سرکار خش خانہ میں قیلولہ فرما رہے تھے۔ ننھی پنکھے کی ڈوری تھامے اونگھ رہی تھی۔ پنکھا رک گیا اور سرکار کی نیند ٹوٹ گئی۔ شیطان جاگ اٹھا اور ننھی کی قسمت سو گئی۔

کہتے ہیں بڑھاپے کے آسیب سے بچنے کے لیے مختلف ادویات اور طلاؤں کے ساتھ حکیم بید چوزوں کی یخنی بھی تجویز فرماتے ہیں۔ نو برس کی ننھی چوزہ ہی تو تھی۔

مگر جب ننھی کی نانی کی آنکھ کھلی تو ننھی غائب۔ محلہ چھان مارا کوئی سراغ نہ ملا مگر

رات کو جب نان تھکی ماندی کوٹھری کو لوٹی تو کونے میں دیوار سے ٹکی ہوئی ننھی زخمی چڑیا کی طرح اپنی پھیکی پھیکی آنکھوں سے گھور رہی تھی۔ نانی کی گھگی بندھ گئی اور اپنی کمزوری کو چھپانے کے لیے وہ اسے گالیاں دینے لگیں۔ "مالزادی اچھا چھکا۔ میاں آن کر مری ہے۔ ڈھونڈتے ڈھونڈتے پنڈلیاں سوجھ گئیں۔ ٹھہر تو جا سرکار سے کیسی چار چوٹ کی مار لگواتی ہوں۔"

مگر ننھی کی چوٹ زیادہ دیر نہ چھپ سکی۔ نانی سر پر دوہتڑ مار مار کر چنگھاڑنے لگی۔ پڑوسن نے سنا تو سر پکڑ کر رہ گئیں۔ اگر صاحبزادے کی لغزش ہوتی تو شاید کچھ ڈانٹ ڈپٹ ہو جاتی۔ مگر ڈپٹی صاحب۔۔۔ محلے کے مکھیا، تین نواسوں کے نانا۔ پنج وقتہ نمازی۔ ابھی پچھلے دنوں مسجد میں چٹائیاں اور لوٹے رکھوائے۔ منہ سے پھوٹنے والی بات نہیں۔

لوگوں کے رحم و کرم کی عادی نانی نے آنسو پی کر ننھی کی کمر سینکی، آٹے گڑ کا حلوا کھلایا اور اپنی جان کو صبر کر کے بیٹھ رہی۔ دو چار دن لوٹ پیٹ کر ننھی اٹھ کھڑی ہوئی اور چند دنوں ہی میں سب کچھ بھول بھال گئی۔

مگر محلہ کی شریف زادیاں نہ بھولیں۔ چھپ چھپ کر ننھی کو بلاتیں۔

"نئیں۔۔۔ نانی مارے گی"، ننھی ٹالتی۔

"لے یہ چوڑیاں پہن لیجو۔ نانی کو کیا خبر ہوگی۔۔۔" بیویاں بے قرار ہو کر پھسلاتیں۔۔۔

"کیا ہوا۔۔۔ کیسے ہوا۔۔۔" کی تفصیل پوچھی جاتی۔ ننھی کچی کچی معصوم تفصیلیں دیتیں۔ بیویاں ناکوں پر دوپٹے رکھ کر کھلاتیں۔

ننھی بھول گئی۔۔۔ مگر قدرت نہ بھول سکی۔ کچی کلی قبل از وقت توڑ کر کھلانے سے پنکھڑیاں جھڑ جاتی ہیں۔۔۔ ٹھونٹھ رہ جاتا ہے۔ ننھی کے چہرے پر سے بھی نہ جانے کتنی

معصوم پنکھڑیاں جھڑ گئیں۔ چہرے پر پھٹکار اور روڑاپن۔ ننھی بچی سے لڑکی نہیں بلکہ چھلانگ مار کر ایک دم عورت بن گئی۔ وہ قدرت کے مشاق ہاتھوں کی سنواری بھرپور عورت نہیں بلکہ ٹیڑھی میڑھی عورت جس پر کسی دیو نے دو گز لمبا پاؤں رکھ دیا ہو۔ ٹھنگنی موٹی کچوراسی جیسے کچی مٹی کا کھلونا کمہار کے گھٹنے تلے دب گیا ہو۔

میلی صافی سے کوئی ناک پونچھے چاہے کولہے، کون پوچھتا ہے۔ راہ چلتے اس کے چٹکیاں بھرتے۔ مٹھائی کے دونے پکڑاتے۔ ننھی کی آنکھوں میں شیطان تھرک اٹھتا۔۔۔ مگر اب نانی بجائے اسے حلوے ماڈے ٹھسانے کے اس کا دھوبی گھاٹ کرتی، مگر میلی صافی کی دھول بھی نہ جھڑتی۔ جانور بڑ کی گیند، پٹا کھایا اوا چھل گئی۔

چند سال ہی میں ننھی کی چوکھی سے محلہ لرز اٹھا۔ سنا کی ڈپٹی صاحب اور صاحبزادے میں کچھ تن گئی۔ پھر سنا مسجد کے ملاجی کو رجوا کمہار نے مارتے مارتے چھوڑا۔ پھر صدیق پہلوان کا بھانجہ مستقل ہو گیا۔

آئے دن ننھی کی ناک کٹتے کٹتے بچتی اور گلیوں میں لٹھ پونگا ہوتا۔

اور پھر ننھی کے تلوے جلنے لگے۔ پیر دھونے کی رتی بھر جگہ نہ رہی۔ صدیق پہلوان کے بھانجے کی پہلوانی اور ننھی کی جوانی نے محلہ والوں کا ناطقہ بند کر دیا۔ سنتے ہیں دلی، بمبئی میں اس مال کی تھوک میں کھپت ہے۔ شاید دونوں وہیں چلے گئے۔

جس دن ننھی بھاگی اس دن نانی کے فرشتوں کو بھی شبہ نہ ہوا۔ دو تین دن سے نگوڑی چپ چپ سی تھی۔ نانی سے یادِ زبانی بھی نہ کی۔ چپ چاپ آپ ہی آپ بیٹھی ہوا میں گھورا کرتی۔

"اے ننھی روٹی کھالے"، نانی کہتی۔

"نانی بی بھوک نہیں!"

"اے ننھی اب دیر ہوگئی سو جا۔"

"نانی بی نیند نہیں آتی۔"

رات کو نانی کے پیر دبانے لگی۔

"نانی بی۔۔۔اے نانی بی"، سبحانک اللھم سن لو یاد ہے کہ نہیں۔ نانی نے سنا فر فریاد۔

"جا بیٹی اب سو جا"، نانی نے کروٹ لے لی۔

"اری مرتی کیوں نہیں"، نانی نے تھوڑی دیر بعد اسے صحن میں کھٹ پٹ کرتے سن کر کہا۔ سمجھی خانگی نے اب آنگن بھی پلید کرنا شروع کیا۔ کون حرامی ہے جسے آج گھر میں گھسا لائی ہے۔ پر صحن میں گھور گھور کر دیکھنے پر نانی سہم کر رہ گئی۔ ننھی عشاء کی نماز پڑھ رہی تھی اور صبح ننھی غائب ہو گئی۔

کبھی کوئی دور دیس سے آتا ہے تو خبر آجاتی ہے، کوئی کہتا ہے ننھی کو ایک بڑے نواب صاحب نے ڈال لیا ہے ٹم ٹم ہے منوں سونا ہے۔ بیگموں کی طرح رہتی ہے۔

کوئی کہتا ہے ہیرامنڈی میں دیکھا ہے۔

کوئی کہتا ہے فارس روڈ پر کسی نے اسے سوناگاجی میں دیکھا۔

مگر نانی کہتی ہے ننھی کو ہیضہ ہوا تھا۔ چار گھڑی لوٹ پوٹ کر مر گئی۔

ننھی کا سوگ منانے کے بعد نانی کچھ خبطن بھی ہو گئیں۔ لوگ راہ چلتے چھیڑ خانی کرتے۔

"اے نانی نکاح کر لو۔۔۔"بھابی جان چھیڑتیں۔

"کس سے کلوں؟ لا اپنے خصم سے کرا دے"، نانی بگڑتیں۔

"اے نانی ملاجی سے کر لو۔ اللہ قسم تم پر جان دیتے ہیں۔" اور نانی کی مغلظات شروع ہو جاتیں۔ وہ وہ پینترے گالیوں مین نکالتیں کہ لوگ بھونچکے رہ جاتے۔

"مل تو جائے بھڑوا۔۔۔ داڑھی نہ اکھیڑ لوں تو کہنا۔" مگر جب ملاجی کبھی گلی کے نکڑ پہ مل جاتے تو نانی سچ مچ شرما سی جاتیں۔

علاوہ محلہ کے لڑکوں بالوں کے نانی کے ازلی دشمن تو موئے نگوڑے بندر تھے جو پیڑھیوں سے اسی محلے میں پلتے بڑھتے آئے تھے۔ جو ہر فرد کا کچا کٹھا جانتے تھے۔ مرد خطرناک ہوتے ہیں اور بچے بدذات، عورتیں تو صرف ڈرپوک ہوتی ہیں۔ پر نانی بھی انہیں بندروں میں پل کر بڑھیائی تھیں۔ انہوں نے بندروں کو ڈرانے کے لیے کسی بچے کی غلیل ہتھیالی تھی۔ اور سر پر برقعہ کا پگڑ باندھ کر وہ غلیل تان کر جب اچکتیں تو بندر تھوڑی دیر کو ششدر ضرور رہ جاتے اور پھر بے توجہی سے ٹہلنے لگتے۔

اور بندروں سے آئے دن ان کی باسی ٹکڑوں پر چخ چلتی رہتی۔ محلہ میں جہاں کہیں شادی بیاہ چلاسا لیسواں ہوتا، نانی جھوٹے ٹکڑوں کا ٹھیکہ لے لیتیں۔ لنگر خیرات بٹتی تو بھی چار چار مرتبہ چکمہ دے کر حصہ لیتیں۔ منوں کھانا بٹور لانے کے بعد وہ اسے حسرت سے تکتیں! کاش ان کے پیٹ میں بھی اللہ پاک نے کچھ اونٹ جیسا انتظام کیا ہوتا تو کتنے مزے رہتے۔ مزے سے چار دن کی خوراک معدے میں بھر لیتیں۔ چھٹی رہتی۔ مگر اللہ پاک نے رزق کا اتنا اوٹ پٹانگ انتظام کرنے کے بعد پیٹ کی مشین کیوں اس قدر ناقص بناڈالی کہ ایک دو وقت کے کھانے سے زیادہ ذخیرہ جمع کرنے کا ٹھور ٹھکانا نہیں۔ اس لیے نانی ٹاٹ کے بسیروں پر جھوٹے ٹکڑے پھیلا کر سکھاتیں پھر انہیں مٹکوں میں بھر لیتیں۔ جب بھوک لگی ذرا سے سوکھے ٹکڑے چومر کیے، پانی کا چھینٹا دیا، چٹکی بھر لون مرچ برکا اور لذیذ ملغوبہ تیار۔

لیکن گرمیوں اور برسات کے دنوں میں بارہا یہ نسخہ ان پر ہیضہ طاری کر چکا تھا۔ چنانچہ بس جانے پر طوعاو کرہاان ٹکڑوں کو اونے پونے بیچ ڈالتیں تاکہ لوگ اپنے کتوں

اور بکریوں وغیرہ کو کھلادیں۔ مگر عموماً کتوں اور بکریوں کے معدے نانی کے ڈھیٹ معدے کا مقابلہ نہ کرپاتے اور لوگ مول تو کیا تحفتہً بھی ان فواکہات کو قبولنے پر تیار نہ ہوتے۔ وہی عزیز از جان جوٹھے ٹکرے جنہیں بٹورنے کے لیے نانی کو ہزاروں صلواتیں اور ٹھوکریں سہنا پڑتیں اور جنہیں دھوپ میں سکھانے کے لیے انہیں پوری بندر جاتی سے جہاد مول لینا پڑتا۔ جہاں ٹکڑے پھیلائے گئے اور بندروں کے قبیلے کو بے تار برقی خبر پہنچی۔ اب کیا ہے غول در غول دیواروں پر ڈٹے بیٹھے ہیں۔ کھپریلوں پر دھماچوکڑی مچارہے ہیں۔ چھپٹر کھسوٹ رہے ہیں اور آتے جاتے یہ خوخیا رہے ہیں۔ نانی بھی اس وقت مردِ میدان بنی سر پر برقعہ کا ڈھاٹا بندھے ہاتھ میں غلیل لیے مورچہ پر ڈٹ جاتیں۔ سارا دن "لگے۔ لگے" کرکے شام کو بچا کھچا کوڑا بٹور بندروں کی جان کو کوستی، نانی اپنی کوٹھری میں تھک کر سورہتیں۔

بندروں کو ان سے کچھ ذاتی قسم کی پرخاش ہوگئی تھی۔ اگر یہ بات نہ ہوتی تو کیوں جہان بھر کی نعمتوں کو چھوڑ کر صرف نانی کے ٹکڑوں پر ہی حملہ آور ہوتے اور کیوں بدذات لال پچھائے والا ان ہی کا عزیز از جان تکیہ لے بھاگتا۔ وہ تکیہ جو ننھی کے بعد نانی کا واحد عزیز اور پیارا دنیا میں رہ گیا تھا، وہ تکیہ جو برقعہ کے ساتھ ان کی جان پر ہمیشہ سوار رہتا تھا، جس کی سیویوں کو وہ ہر وقت پکا ٹانکہ مارتی رہتی تھیں۔ نانی کسی کونے کھدرے میں بیٹھی تکیہ سے ایسے کھیلا کرتیں جیسے وہ ننھی سی بچی ہوں اور وہ تکیہ ان کی گڑیا، وہ اپنے سارے دکھ اس تکیے ہی سے کہہ کر جی ہلکا کرلیا کرتی تھیں۔ جتنا جتنا انہیں تکیہ پر لاڈ آتا وہ اس کے ٹانکے پکے کرتی جاتیں۔

قسمت کے کھیل دیکھیے نانی منڈیر سے لگی برقعہ کی آڑ میں نیفہ سے جوئیں چن رہی تھیں کہ بندر دھم سے کودا اور تکیہ لے یہ جا وہ جا۔ ایسا معلوم ہوا کہ کوئی نانی کا کلیجہ نوچ کر

لے گیا۔ وہ دھاڑیں اور چلائیں کہ سارا محلہ اکٹھا ہو گیا۔

بندروں کا قاعدہ ہے کہ آنکھ بچی اور کٹورا گلاس لے بھاگے اور چھجے پر بیٹھے دونوں ہاتھوں سے کٹورا دیوار پر گھس رہے ہیں۔ کٹورے کا مالک نیچے کھڑا چمکار رہا ہے۔ پیاز دے روٹی دے جب بندر میاں کا پیٹ بھر گیا کٹورا پھینک اپنی راہ لی۔ نانی نے مٹکی بھر ٹکڑے لٹا دیے پر حرامی بندر نے تکیہ نہ چھوڑنا تھا نہ چھوڑا۔ سو جتن کیے گئے مگر اس کا جی نہ پگھلا۔ اور اس نے مزے سے تکیہ کے غلاف پیاز کے چھلکوں کی طرح اتارنے شروع کیے۔ وہی غلاف جنہیں نانی نے چندھی آنکھوں سے گھور گھور کر پکے ٹانکوں سے گونتھا تھا۔

جوں جوں غلاف اترتے جاتے نانی کی بدحواسی اور بلبلاہٹ میں زیادتی ہوتی جاتی اور آخری غلاف بھی اتر گیا۔ اور بندر نے ایک ایک کر کے چھجہ پر سے ٹپکانا شروع کیے۔ روٹی کے گالے نہیں بلکہ شبن کی فتوئی۔ بنو سقے کا انگوچھا۔۔۔ حسینہ بی کی انگیا۔۔۔ منی بی کی گڑیا کا غرارہ۔ رحمت کی اوڑھنی اور خیراتی کا کچھنا۔۔۔ خیرن کے لونڈے کا طمنچہ۔۔۔ منشی جی کا مفلر اور ابراہیم کی قمیض کی آستین معہ کف۔۔ صدیق کی تہمد کا ٹکڑا۔ آمنہ بی کی سرمہ دانی اور بفاطن کی کجلوٹی۔ سکینہ بی کی افشاں کی ڈبیہ۔۔۔ ملا جی کی تسبیح کا امام اور باقر میاں کی سجدہ گاہ۔۔۔

بسم اللہ کا سوکھا ہوا نال اور کلاوہ میں بندھی ہوئی ننھی کی پہلی سال گرہ کی ہلدی کی گانٹھ، دوب اور چاندی کا چھلا۔ اور بشر خاں کا گلٹ کا تمغہ جو اسے جنگ سے زندہ لوٹ آنے پر سرکارِ عالیہ سے ملا تھا۔

مگر کسی نے ان چیزوں کو نہ دیکھا۔۔۔ بس دیکھا تو اس چوری کے مال کو جسے سالہا سال کی چھاپہ ماری کے بعد نانی نے لکھ لوٹ جوڑا تھا۔

"چور۔۔۔ بے ایمان۔۔۔ کمینی۔"

"نکالو بڑھیا کو محلے سے۔"

"پولیس میں دے دو۔"

"ارے اس کی توشک بھی کھولو اس میں نہ جانے کیا کیا ہو گا۔" غرض جو جس کے منہ میں آیا کہہ گیا۔

نانی کی چیخیں ایک دم رک گئیں۔ آنسو خشک۔ سر نیچا اور زبان گنگ! کاٹو تو خون نہیں۔ رات بھی جوں کی توں دونوں گھٹنے مٹھیوں میں داب ہل ہل کر سوکھی سوکھی ہچکیاں لیتی رہیں کبھی اپنے ماں باپ کا نام لے کر کبھی میاں کو یاد کر کے کبھی بسم اللہ اور ننھی کو پکار کر بین کرتیں۔۔۔ دم بھر کو اونگھ جاتی پھر جیسے پرانے ناسوروں میں چیونٹے چٹکنے لگتے اور وہ بلبلا کر چونک اٹھتیں۔ کبھی پھکی پھکی روتیں کبھی خود سے باتیں کرنے لگتیں۔ پھر آپ ہی آپ مسکرا اٹھتیں اور پھر تاریکی میں سے کوئی پرانی یاد کا بھالا کھینچ مارتا اور وہ بیمار کتے کی طرح نیم انسانی آواز سے سارے محلے کو چونکا دیتیں۔

دو دن اسی حالت میں بیت گئے، محلہ والوں کو آہستہ آہستہ احساس ندامت ہونا شروع ہوا۔ کسی کو بھی تو ان چیزوں کی اشد ضرورت نہ تھی۔ برسوں کی کھوئی چیزوں کو کبھی کا رو پیٹ کر بھول چکے تھے۔ وہ بیچارے خود کون سے لکھ پتی تھے۔ تنکے کا بوجھ بھی ایسے موقع پر انسان کو شہتیر کی طرح لگتا ہے۔ لوگ ان چیزوں کے بغیر زندہ تھے۔ شبن کی فتوئی اب سردیوں سے دھینگا مشتی کرنے کے قابل کہاں تھی، وہ اس کے ملنے کے انتظار میں اپنی پڑھوار تھوڑی روک بیٹھا تھا۔ حسینہ بی نے انگیا چولی کی اہمیت کو بیکار سمجھ کر اسے خیرباد کہہ دیا تھا۔ مٹی کی گڑیا کا غرارہ کس مصرف کا وہ تو کبھی کی گڑیوں کی عمر سے گزر کر ہنڈ کلیوں کی عمر کو پہنچ چکی تھی۔ محلے والوں کو نانی کی جان لینا تھوڑی منظور تھی۔

پرانے زمانہ میں ایک دیو تھا۔ اس دیو کی جان تھی ایک بھونرے میں۔ سات سمندر

پار ایک غار میں صندوق تھا۔ اس صندوق میں ایک صندوق اور اس صندوق میں ایک ڈبیہ تھی جس میں ایک بھونرا تھا۔ ایک بہادر شہزادہ آیا۔۔۔ اور اس نے پہلے بھونرے کی ایک ٹانگ توڑ دی، ادھر دیو کی ایک ٹانگ جادو کے زور سے ٹوٹ گئی، پھر اس نے دوسری ٹانگ توڑی اور دیو کی دوسری ٹانگ بھی ٹوٹ گئی، پھر اس نے بھونرے کو مسل ڈالا اور دیو مر گیا۔

نانی کی جان بھی تکیہ میں تھی اور بندر نے وہ جادو کا تکیہ دانوں سے چیر ڈالا۔ اور نانی کے کلیجے میں گرم سلاخ اتر گئی۔

دنیا کا کوئی دکھ کوئی ذلت کوئی بدنامی ایسی نہ تھی جو نصیب نے نانی کو نہ بخشی ہو۔ جب سہاگ کی چوڑیوں پر پتھر گرا تھا تو سمجھی تھیں اب کوئی دن کی مہمان ہیں پر جب بسم اللہ کو کفن پہنانے لگیں تو یقین ہو گیا کہ اونٹ کی پیٹھ پر یہ آخری تنکا ہے اور جب ننھی منہ پر کالکھ لگا گئی تو نانی سمجھیں بس یہ آخری گھاؤ ہے۔

زمانہ بھری بیماریاں پیدائش کے وقت سے جھیلیں۔ سات بار تو چیچک نے ان کی صورت پہ جھاڑو پھیری۔ ہر سال تیج تہوار کے موقع پر ہیضہ کا حملہ ہوتا۔

تیرا میرا گو موت دھوتے دھوتے انگلیوں کے پورے سڑ گئے۔ برتن مانجھتے ہتھیلیاں چھلنی ہو گئیں۔ ہر سال اندھیرے اجالے اونچی نیچی سیڑھیوں سے لڑھک پڑتیں۔ دو چار دن لوٹ پوٹ کر پھر گھسٹنے لگتیں۔ پچھلے جنم میں نانی ضور کتے کی کلی رہی ہوں گی۔ جبھی تو اتنی سخت جان تھیں۔ موت کا کیا واسطہ جو ان کے قریب پھٹک جائے۔ بسریاں لگائے پھریں گی مگر مردہ کا کپڑا تن سے نہ چھو جائے۔ کہیں مرنے والا سلوٹوں میں موت نہ چھپا گیا ہو جو نازوں کی پالی نانی کو آن دبوچے! مگر یوں عاقبت بندروں کے ہاتھوں لٹے گی، اس کی کسے خبر تھی۔

صبح سویرے بہشتی مشک ڈالنے گیا تھا، دیکھانانی کھپریل کی سیڑھیوں پر اکڑوں بیٹھی ہیں منھ کھلا ہے۔ مکھیاں نیم وا آنکھوں کے کونوں میں گھس رہی ہیں۔ یوں نانی کو سوتا دیکھ کر لوگ انہیں مردہ سمجھ کر ڈر جایا کرتے تھے۔ مگر نانی ہمیشہ بڑبڑا کر بلغم تھوکتی جاگ پڑتی تھیں اور ہونسنے والے کو ہزار صلواتیں سناڈالتی تھیں۔

مگر اس دن سیڑھیوں پر اکڑوں بیٹھی ہوئی نانی دنیا کو ایک مستقل گالی دے کر چل بسیں! زندگی میں کوئی کل سیدھی نہ تھی۔ کروٹ کروٹ کانٹے تھے۔ مرنے کے بعد کفن میں بھی نانی اکڑوں لٹائی گئی۔ ہزار کھینچ تان پر بھی اکڑا ہوا جسم سیدھا نہ ہوا۔

(۸) بڑی شرم کی بات

رات کے سناٹے میں فلیٹ کی گھنٹی زخمی بلاؤ کی طرح غرا رہی تھی۔ لڑکیاں آخری شو دیکھ کر کبھی کی اپنے کمروں میں بند سو رہی تھیں۔ آیا چھٹی پر گئی ہوئی تھی اور گھنٹی پر کسی کی انگلی بے رحمی سے جمی ہوئی تھی۔ میں نے لشتم پشتم جا کر دروازہ کھولا۔

ڈھونڈی چھوکرے کا ہاتھ تھامے دوسرے ہاتھ سے چھوکری کو کلیجے سے لگائے جھکی جھکی گھسی اور بھاگ کر نوکروں والے غسل خانے میں لپٹ ہو گئی۔ دور سڑک پر غول بیابانی کا شور اے روڈ کی طرف لپکا چلا آ رہا تھا۔ میں نے بالکنی سے دیکھا عورتیں، بچے نشہ میں دھت، نوکر بے تحاشہ بولیوں میں نہ جانے کسے للکارتے چلے آ رہے تھے۔

چوکیدار شاید اونگھ گیا تھا تبھی ڈھونڈی اس کی آنکھوں میں دھول جھونک کر گھس پڑی۔ وہ اس کے پیچھے لپکنے کے بجائے پھاٹک میں تالے جڑنے دوڑا اور جب مجمع کمپاؤنڈ کی دیوار پر چڑھ کر پھاندنے لگا تو اس نے لپک کر لوہے کا اندرونی دروازہ بند کر لیا اور سلاخوں میں سے حملہ آوروں کو ڈنڈے سے دھمکانے لگا۔

ادھر سے محفوظ پا کر میں نے جلدی جلدی بجلیاں جلائیں۔ غسل خانہ سے ملا ہوا جو کوڑے کباڑ کا چھوٹا سا حصہ ہے اس میں ڈھونڈی میلے کپڑوں کی ٹوکری سے چپکی تھر تھر کانپ رہی تھی۔ اس کی ٹھوڑی لہولہان تھی اور خون گردن سے بہہ کر شلوکہ اور دھوتی کو تر کر رہا تھا۔ میں نے اس سے بہت پوچھا کہ کیا معاملہ ہے مگر اس کی آنکھیں پھٹی تھیں اور جوڑی سوار تھی۔ بچی پھٹی ہوئی چولی سے فائدہ اٹھا رہی تھی اور بڑی تندہی سے اپنی

ازلی بھوک مٹانے میں مشغول تھی۔ چھوکرا حسبِ عادت ناک سڑک رہا تھا اور پیشاب سے تر ٹانگیں کھجا رہا تھا۔

ڈھونڈی کو میں اس وقت سے جانتی ہوں جب اس کا پتی راؤ چوتھے مالے کے سیٹھ کی ڈرائیوری کرتا تھا۔ نام سے تو لگتا ہے ڈھونڈی کوئی کیم شحیم مرد مار قسم کی گھائن ہو گی مگر ڈھونڈی کا قد مشکل سے چار فٹ ہو گا۔ جی بھر کے بدصورت، چیاں سی آنکھیں، آگے کو گھسکا ہوا نچلا جبڑا اور دھنسا ہوا ماتھا۔ چند ماہ پہلے ہی ایک عدد لونڈیا جنی تھی تو راؤ نے دارو پی کر اس کی ہڈی پسلی نرم کر دی تھی۔ ڈیڑھ ماہ کی سوکھی ماری بچی نہ جانے رات کو کب مر گئی۔ اور ڈھونڈی ڈاڑھیں مار مار کر روئی۔

بائی لوگ کا کہنا تھا کہ ڈھونڈی نے ٹوپادے کے بچی کی چھٹی کر دی۔ یعنی رات کو چپکے سے گلا دبایا۔ مگر ایسی بات ہوتی تو پھر اتنا ماتم کرنے کی کیا ضرورت تھی۔

ڈھونڈی کا مرد ایک دم موالی تھا۔ بہت دارو پیتا تھا۔ مگر ڈھونڈی کہتی تھی رات کی وردی کرتا ہے۔ سیٹھ ساری ساری رات چھوکریوں کی سنگ ٹھٹھا کرتا ہے۔ وہ موٹر میں بیٹھے بیٹھے اوب جاتا ہے تو پوا مار لیتا ہے۔ بمبئی کی شاید ہی کوئی بلڈنگ ہو جس کے احاطے کے کسی کونے میں اندھیری گیرج میں یا نوکروں کی کوٹھری میں حتی کہ گندے سنڈاسوں میں دارو نہیں کشید کی جاتی۔ اور پھر ادھر ورلی کے سنسان علاقے میں ڈانڈا کی طرف جانے والی سڑک پہ جھونپڑپٹی میں تو باقاعدہ ٹھرے کی بار جمی ہوئی ہیں۔۔۔ مکھن میں تلی ہوئی کیا فرسٹ کلاس مچھلی کھانا ہو تو ڈانڈا سے بہتر کوئی جگہ نہیں۔ وہاں مختصر ترین چولی اور لنگوٹی پہنے مچھیرنوں کا اکھے بمبئی میں جواب نہیں۔ ادھر جو نئے فلیٹ بن رہے ہیں ان میں سیٹھ لوگ اپنی رکھیل رکھتے ہیں۔ سیٹھانیوں کی جاسوسی کارروائیوں سے محفوظ یہ سیٹھ لوگ جو فلم کا دھندا کرتے ہیں، یعنی ڈسٹریبیوٹر اور پروڈیوسر کے بیچ کے کنڈے جو

فلم کے علاوہ چھوکری سے لے کر ہٹ فلموں تک کا لین دین پٹاتے ہیں۔

سیٹھ لوگ جب اوپر چلے جاتے ہیں تو نیچے اترنے کا وقت مقرر نہیں ہوتا۔ نیچے ڈرائیور جوا اور شراب کا دور چلاتے ہیں۔ وہیں سے راؤ کو شراب کی عادت نے پکڑ لیا۔ پھر یہ عادت اتنی بڑھی کہ ڈھونڈی کی سوت بن بیٹھی۔

بچی کے مرنے کے چند مہینے بعد ڈھونڈی کا پیر پھر سے بھاری ہو گیا۔ اب کے راؤ نے الٹی میٹم دے دیا کہ اگر پھر چھوکری ڈالی تو وہ اس کا پتہ کاٹ کے دوسری بہو کرے گا۔۔۔ لیکن چھوکری پیدا ہونے سے پہلے ہی ایک دن راؤ نے بچوں کو اسکول سے لاتے سمے گاڑی فٹ پاتھ پر چڑھا دی۔ بچوں کے چوٹ تو نہیں لگی مگر ہائے توبہ اتنی مچائی کہ سیٹھ نے اسے کھڑے کھڑے نکال دیا۔

راؤ اور ڈھونڈی کو گیرج خالی کر کے جانا پڑا۔ جس پر اسی دن نئے ڈرائیور نے قبضہ کر لیا۔

ایک دن کیا دیکھتی ہوں ڈھونڈی ایک چھپکلی کی شکل کی چھوکری چھاتی سے چپکائے فٹ پاتھ پر بیٹھنے والی ترکاری والی کے پاس جمی ہوئی ہیں۔ اجاڑ صورت، گھسٹی ہوئی۔

"ارے ڈھونڈی کیسی ہے ری،" میں نے رسماً پوچھ لیا۔

"ٹھیک ہے بائی،" وہ اٹھ کر میرے ساتھ ساتھ چلنے لگیں۔

"راؤ کیسا ہے؟"

"او تو گیا بائی۔"

"کدھر گیا؟"

"سمندر پار دبئی کو۔"

"تو کم بخت بچی کی وجہ سے تجھے چھوڑ گیا۔"

"نئی بائی چھوکری تو بعد میں آئی۔ وہ تو پیسہ کمانے کو گیا۔"

"اہو تب تو ٹھاٹھ ہوں گے تیرے۔ بہت روپے بھیجتا ہوگا تجھے۔"

"نئیں بائی۔ اسے اپنی آئی کو بھیجتا۔"

"اس کی ماں یعنی تیری ساس کو؟" مراٹھی میں آئی ماں کو کہتے ہیں۔

"نئیں، وہ لچی جو اسے ادھر بھجوایا۔" تو ڈھونڈی صاحبہ طنز فرما رہی تھیں۔

"ادھر ڈانڈا میں دونوں کا لفڑا چلتا تھا۔ جانے سے پہلے راؤ نے بیاہ کیا اس سے اور۔۔"

"مگر دوسری شادی تجھے طلاق دیے بنا کیسے کر سکتا ہے۔ ہتھکڑیاں پڑ جائیں گی سور کو۔"

"کون ڈالتا ہتھکڑی بائی۔"

"ارے دس بارہ سال ہوئے قانون پاس ہوا کہ ایک سے زیادہ بیوی کی اجازت نہیں۔ طلاق بغیر دوسری شادی جرم ہے۔"

"کائے کو؟ اکھا گجراتی، مراٹھی، سندھی اور بھیا لوگ کتنی شادی بناتا۔"

"سب پر کیس چل سکتا ہے۔"

ڈھونڈی قطعی ماننے کو تیار نہ تھی اور نہ میرے پاس وقت نہ وسیلہ کہ اسے قانون سمجھاتی پھروں۔ خود میرے جان پہچان کے معزز لوگوں کے پاس ایک بیوی کے علاوہ اور کئی عورتیں ہیں۔ سنا ہے پنڈت سے پھیرے ڈلوا لو، کوئی نہیں پکڑ سکتا۔ جی کو تسلی بھی ہو جاتی ہے کہ معاملہ حلال ہو گیا۔

"بائی میرے کو کام دیو،" ڈھونڈی پیچھے پڑ گئی۔ میری پرانی جھاڑو کٹکا کرنے والی بائی، ڈھونڈی کو میرے ساتھ دیکھتے ہی دولتیاں جھاڑنے لگی۔ اور دونوں میں نہایت فراٹے کی

مراٹھی میں جنگ شروع ہوگئی۔ میں اتنے سال سے بمبئ میں رہتی ہوں، کوئی رسان رسان بولے تو مراٹھی، گجراتی، سندھی، بنگالی خاصی پلے پڑ جاتی ہے۔ مگر جب انہیں زبانوں میں توتومیں میں شروع ہوجاتی ہے تو میرے خاک سمجھ میں نہیں آتی۔ انتہائی روح فرسا پتھریلی چیخوں میں تو ہر لفظ گالی بن کر کان کے پردے پھارنے لگتا ہے۔ جیسے بنا ٹائر کی گاڑی کھڑنجے پر دوڑ رہی ہو۔

میں نے دونوں کو ڈانٹ کر الگ کیا۔ بالشت بھر کی ڈھونڈی چھوکری کو سیڑھی پر ٹکا کر لانگ کس رہی تھی۔ اور ڈھائی من کی دھوبن کسما بائی چاولوں کی بوری دیوار سے ٹکا کر خم ٹھوکا چاہتی تھی۔ بڑی مشکل سے دونوں کو ٹھنڈا کیا اور ڈھونڈی کو سمجھایا کہ کسما بائی کی شان میں کچھ بھی کہا تو اچھا نہ ہوگا۔ وہ تین برس سے میرے ہاں لگی ہے۔

برسات شروع ہوتے ہی بمبئ میں بائی لوگ کا بھاؤ گرنے لگتا ہے۔ سہانے جاڑوں اور گرمی میں آنکھ لگانے کو بائی نہیں ملتی۔ تب نہ بنا لائسنس کی چھابڑی لگائی جاسکتی ہے۔ نہ کیچڑ پانی میں لتھڑے ہوئے باغ باغیچے، سنسان کونے کتھرے، سمندر کے کنارے اونچے نیچے چٹان کسی بھی سہاونے دھندے کے لیے کام نہیں آسکتے۔ فلیٹوں کی اگاسیوں میں مستقل والے نوکر جمے ہوتے ہیں۔ ہاں ان دنوں باورچی لوگ کے عیش ہوتے ہیں۔ اور جب مالک مکان سو جاتے ہیں تو باورچی کچن میں راجہ اندر بنے مزے اڑاتے ہیں۔ بچا کھچا کھانا بڑی دریادلی سے اپنی پریمیکاؤں کو نگلا دیتے ہیں۔ کبھی چار پانچ لفنگے جمع ہوکر جوا شراب سے شوق فرماتے ہیں اور اگر گرمی میں ایئر کنڈیشن کمروں میں صاحب لوگ بند ہوں تو ڈرائنگ روم میں بستر لگ جاتے ہیں۔ جو صبح دودھ لانے کے وقت خالی کرکے صفائی ہوجاتی ہے۔

شکر ہے برسات کے بہاؤ میں چھپکلی کی صورت کی چھوکری بھی اللہ کو پیاری ہوگئی۔

سڑی گلی ڈسٹ بن میں پھینکی ہوئی ترکاریوں کے چھلکوں کی بھاجی کھانے والی ماں کا دودھ پی کر موٹا تازہ بچہ بھی دم توڑ دیتا وہ تو پھر بھی ناچیز چھپکلی تھی۔

بچی کی موت نے جیسے ڈھونڈی کے دن پھیر دیے کہ بائی لوگ کے مختلف دھندے جاگ اٹھے اور نوکروں کا توڑا پڑ گیا۔ ڈھونڈی نے بلڈنگ کے چھبیس فلیٹوں میں سے آٹھ دس مار لیے اور صبح سے شام تک کپڑا برتن جھاڑو کٹکا کر کے خوب کمانے لگی۔

راؤ نے روپیہ بھیج کر اپنی محبوبہ کو پردیس بلا لیا اور ڈھونڈی نے لال ہری دھوتیاں خرید کر ترکاری والی بائی کے پاس بیٹھنا شروع کر دیا۔ جہاں بوجھ بجھکڑ یعنی شنکر کی بوڑھی ماں ناتجربہ کار بائی لوگ کو زندہ رہنے کے تیر بہدف نسخے بانٹتی۔ ڈھونڈی بڑے دھیان سے اس کے بھاشن سنتی اور سر دھنتی۔

کام نمٹا کر یہ بائی لوگ شام کو نہا دھو کر سولہ سنگار کرتی ہیں۔ نکڑ سے پان کے بیڑے خرید کر کلا گرم کرتی ہیں اور تازی ہوا کھانے میرین ڈرائیو پر سمندر کے کنارے منڈیر پر بیٹھ کر تبادلہ خیالات کرتی ہیں۔ کھل کر ہنستی بولتی ہیں۔ راہ گیروں سے آنکھیں بھی لڑاتی ہیں۔ وہیں پہلی بار چھ فٹ اونچے رگھوناتھ گھاٹے سے ڈھونڈی کی آنکھ میں لڑ گئی۔ راؤ کے بعد اسے مرد کی آنکھ میں آنکھ ڈالنے کی مہلت ہی نہ ملی تھی۔ تین چار بار رگھو اس کے سامنے سے بڑے بانکپن سے ترچھی نظر ڈالتا گزرا۔ ایک بار ٹھہر کر بیڑی بھی سلگاتا رہا۔ پھر کچھ دور منڈیر پر بیٹھ گیا۔ دو چار دن میں دوری کم ہوتی گئی اور قربت بڑھتی گئی۔ کبھی پکوڑیاں سینگ چنا بھی پیس لیا۔ پہلے تو ڈھونڈی سر ہلاتی رہی تھی۔ شنکر کی ماں کی آنکھ کا اشارہ پا کر کانپتے ہاتھوں سے دو چنے بھی اٹھا لیے جو اس کی مٹھی میں پسیجتے رہے۔ منہ میں ڈالنے کی ہمت نہ ہوئی۔۔۔ قصہ مختصر ایک دن گھنٹی بجی، کھولنے پر چھ فٹ اونچے رگھو کے ساتھ چار فٹ کی ڈھونڈی شرمائی لجائی کھڑی تھیں۔

"بائی ہم سادی بنایا۔ گنگا بائی کو بولایا، کل سے وہ کام پہ آئے گی۔" انہوں نے کچھ سرپٹ مراہٹی میں دولہا میاں کو کچھ ہدایات دیں اور خود اندر آ گئیں۔

"ہمارا حساب کردو بائی۔ تیس روپیہ مہینہ کے حساب سے پچیس دن کے پچیس ہوتے تھے۔ میں نے دس دس کے تین نوٹ پکڑا دیے۔ ڈھونڈی کے مکھ سے پھول جھڑ رہے تھے۔ جھوٹے تلے کی لال لانگ والی نوگری دھوتی اور اودی چولی میں ڈھونڈی کا سیاہ رنگ پھوٹا نکل رہا تھا۔ بالشت بھر کی مہابد صورت عورت میں بلا کی سیکس اپیل تھی۔ پتلی کمر بھاری کولہے، پیروں میں نئے چاندی کے توڑے ماتھے پر اٹھنی برابر سندور کا ٹیکہ سو سو بہاریں دکھا رہا تھا۔ بار بار منگل سوتر کو چھو رہی تھی جیسے اطمینان کرنا چاہتی ہو کہ معاملہ قطعی معقول ہے۔

یاد نہیں کئی سال گزرے کہ ایک دن چلی آرہی ہیں بی ڈھونڈی۔ پونے دو برس کے چھوکرے کا ہاتھ تھامے پورے دن کا پیٹ سنبھالے، منہ پر ٹھیکرے ٹوٹ رہے تھے۔ منگل سوتر غائب پیروں کے توڑے اڑن چھو۔

"بائی کوئی کام دیو۔"

گنگا بائی نے اپنے وجود کا اعلان ایک عدد چھینک سے دیا اور چائے کی ٹرے میز پر ایک جھٹکے سے پٹخ دی تاکہ میں ان کے ری ایکشن کو نوٹ کرلوں۔

"کیا ہوا ڈھونڈی؟ رگھوناتھ کا کیا حال ہے؟"

جواب میں انہوں نے سرپٹ مراہٹی میں جواب کھڑ کھڑایا۔ ساؤنڈ ایفکٹ سے میں نے فوراً ان کا مطلب سمجھ لیا، معاملہ گھمبیر ہے۔

جب بیاہ کر سسرال پہنچیں تو پتہ چلا کہ رگھو کی بیوی میکے پٹخوادی گئی تھی کیوں کہ اس کی ساس سے ایک منٹ نہیں بنتی تھی۔ چار چوٹ کی مار دیتی تھی۔ اب ڈھونڈی کو بھی

مارتی تھی ہلکٹ۔ اتنے برس بمبئی میں رہی اور ہلکٹ کے معنی بھی میرے پلے نہیں پڑے۔ ہاں اتنا پتہ چلا کہ ہلکٹ کے معنی بہت ہی خراب، بدمعاش، مرکھنی چال باز عورت۔

"اس نے مجھے مارا اور پٹ لی، تو بھی مارتی بڑھیا کو۔"

کائے کی بڑھیا، بس ڈھونڈی سے سال دو سال چھوٹی ہی ہوگی۔ لمبی تڑنگی مرد مار عورت پھونک مارے تو ڈھونڈی جیسی چوہیا وہ جائے۔ بڈھے کو روز نوٹاک منگتا ئچ۔ یعنی اگر ٹھرے کا پوانہ ملے تو طوفان برپا کر دیتا ہے۔ اس کی عورت تو رگھو دس بارہ سال کا تھا تب ہی خلاص ہوگئی تھی۔ اس کے بعد رگھو کا باپ ادھر ادھر منہ مارتا رہا۔ راج مزدور کا کام کرتا تھا۔ بمبئی میں بڑے زوروں سے بلڈنگیں کھڑی ہو رہی تھیں۔ خاک دھول پھیپھڑوں میں جمتی گئی، سیلن کی وجہ سے گٹھیا بھی ہوگئی اور دمہ تو ہے ہی دم کے ساتھ۔ اس وقت تک رگھو کا بیاہ ہو چکا تھا مگر کوئی مستقل روزگار آج تک نہیں جڑا۔ بڈھا گاؤں گیا تو کسی بہت سی چھوکریوں کے باپ نے ایک عدد اس کے سر منڈھ دی۔

بڈھا تو کسی کرم کا نہیں تھا۔ رگھو اور سوتیلی ماں بھوری بائی کا ٹانکہ جڑ گیا جس پر اس کی پتنی نے بڑے فیل مچائے۔ رگھو نے ہلکٹ کی مدد سے اسے مار کوٹ کر میکے پٹخ دیا کیوں کہ اس چڑیل نے بھی چھوکری تھوپ دی تھی۔

بڈھے کو جوان بیوی اور بیٹے کے تعلقات پر قطعی کوئی اعتراض نہ ہوتا اگر اس کی نوٹاک پابندی سے ملتی رہتی۔ مگر اتنا ٹھرا خریدنے کے لیے جو تینوں کو پورا پڑ جائے۔ بھوری تو ان دونوں کو بھی پیچھے چھوڑ دیتی اور پانی کی طرح دارو ڈکار جاتی تھی۔ دارو کا توڑا پڑتا تو جوتم پیزار شروع ہو جاتی۔ رگھو جب بھوری کی ٹھکائی کرتا تو بڈھے کے دل میں کلیاں چٹخنے لگتیں۔ رقابت کا جذبہ تو کبھی کا مر چکا تھا کہ یہ نازک احساس دھن کی چھاؤں میں ہی پھلتا پھولتا ہے۔ بوڑھے کی رگ رگ پھوڑا بن چکی تھی تب ہی رقابت کی آگ

بھی سڑگل کے رس گئی ہوگئی۔ اسے تو بس لگن تھی اور وہ دارو کی کہ سب سے بڑا امر ہم مدہوشی ہے۔

پتہ نہیں بڈھے کے خاندان کے فرد اقلیت کی فہرست میں آتے ہیں کہ نہیں۔ آدھا بمبئی تو اسی قبیلے کا نظر آتا ہے۔ جن کا کوئی پرسان حال نہیں۔ پچھلی دفعہ بڑا دند مچا تھا۔ بڈھے نے بہو اور رگھو کے ساتھ جا کر ووٹ بھی ڈالا تھا۔ تمام دیواریں گائے، بیل اور گھوڑے کی تصویروں سے بھر گئی تھیں۔ بڑی مشکل سے دو برساتوں میں دھلیں۔ اسے قطعی پتہ نہیں تھا کہ وہ ان کو ووٹ کیوں دے رہا ہے۔ اسے لاری میں لے جایا گیا اور اسے جو بتایا گیا تھا اسی تصویر پر نشان لگا دیا تھا۔ نیلی سیاہی کا نشان اس نے حسب ہدایت فوراً انگوچھے سے رگڑ ڈالا تھا۔ اسے گنتی نہیں آتی اور نہ یادداشت کام کرتی ہے پر اس دن اس نے کتنے ہی پرچے ڈبوں میں ڈالے اور اس دن سب کو ملا کر پورے اڑتالیس روپے ہاتھ لگے تھے تب کی دن جی بھر کے ٹھرا اور بڑا گوشت اڑایا تھا۔۔۔ پتہ نہیں کون گدی پر بیٹھا کون اترا، پرچیوں پر بنی تصویریں خاموش ہیں نہ دیواروں پر لگے اونٹ گھوڑے کی وہ زبان جانتا ہے جو اپنی مشکلات کا کسی سے حل پوچھے۔۔۔ اور تب بھوری بائی کے دماغ آسمان پر چڑھنے لگے تھے۔ گھر کا خرچہ چلانے کے لیے وہ جھونپڑی والی بائی کی مدد سے دھندہ کرنے لگی تھی۔ وہیں اس کی ایک فلم والے سے بھینٹ ہوگئی۔ اور وہ اسے بھیڑ کے سین میں ایکسٹرا بنا کے لے گیا۔ اسی دن سے بھوری بائی اپنے کو فلم اسٹار سمجھنے لگی ہے اور دھرتی پر پیر نہیں ٹکتے۔

ادھر ڈھونڈی کی کمائی کی خیر خبر دور دور تک پھیل رہی تھی۔ آٹھ دس گھروں کا کام سمیٹتی ہے فی گھر سے تیس پینتیس مار لیتی ہے۔ پیر میں پازیب بھی جھنکتی ہے اور سود پر روپیہ بھی چلانے لگی ہے۔ تبھی رگھو ایک جان چھوڑ ہزار جان سے اس پر عاشق ہوا۔ مگر

ڈھونڈی کے نصیب ہی کھوٹے ہیں۔ ہلکٹ نے فیل مچائے کہ فلم والے نے اسے ہیروئن بنانے کا پکا وعدہ کیا ہے۔ رگھو کی بیوی جو میکے چلی گئی تھی اس کا بھائی نہیں بھیجتا کہ وہاں نئی کالونی میں بہت کام ہے۔ جو مزدور دور دور کے گاؤں سے آ کر جٹے ہیں وہ گھر والی تھوڑے سنگ لے کے آئے ہیں۔ ان کی بھی تو ضروریات ہیں۔ رگھو گیا، ہاتھ پیر جوڑے مگر بھائی ٹس سے مس نہ ہوا۔ اس کی چھوکری مر گئی۔ اچھا ہوا اب اس کی گود میں چھ مہینے کا لونڈا ہے۔ رگھو کو تاؤ آتا ہے اور ٹھنڈا ہو جاتا ہے۔ اس کا سالا بہن کی کمائی کھا کھا کر سانڈ ہو رہا ہے۔

کمپاؤنڈ میں اب بھی جھگڑا اچل رہا ہے۔

بڑی مشکل سے سمجھ میں آتا ہے کہ ڈھونڈی پر کسی نے قاتلانہ حملہ نہیں کیا بلکہ ڈھونڈی نے اپنے پتی کی ناک چبا ڈالی۔ تھوکی بھی نہیں شاید نگل گئی۔ پولیس رگھو کو لے گئی مگر ڈھونڈی ارتکابِ جرم کے بعد سٹک گئی۔

رگھو بے ہوش ہے، شاید مر رہا ہے یا مر چکا ہے۔ اس کا مطلب ہے ڈھونڈی اسی عمارت کے کسی فلیٹ میں انڈر گراؤنڈ ہو گئی ہے مگر چوکی دار اندر سے تالا مار کر بیٹھ گیا ہے۔ صبح سے پہلے نہیں کھولے گا۔ مجھے سخت بے چینی ہے۔ چھوکرے چوکی دار پر آوازے کس رہے ہیں، پر وہ ٹس سے مس نہیں ہوتا۔ صبح جب پولیس ڈھونڈی کی تلاش میں آئے گی تب دروازہ کھلے گا۔

مجھے ڈھونڈی سے ڈر لگ رہا ہے۔ اس نے پتی کی ناک چبا ڈالی۔ میں نے آج تک ایسی بات نہیں سنی کہ کسی عورت نے غصہ یا رقابت میں پتی کی ناک کاٹی ہو۔ ہاں مردوں کی ناک تب ضرور کٹ جاتی ہے جب ان کی بہن بیوی یا بیٹی کسی کے سنگ بھاگ نکلیں یا حرام کا بچہ جن بیٹھیں، پر عورت ذات پر پتی کی ناک سچ مچ کاٹ ڈالنا بالکل نہیں سجتا۔

میں بڑی ترقی پسند بنتی ہوں۔ عورت اور مرد کی برابری کی شدت سے قائل ہوں۔ مگر ڈھونڈی کا ناک چبا ڈالنا بہت ویسا لگ رہا ہے۔ شاید اس لیے کہ دنیا کی تاریخ میں میرے علم کے حسابوں میں یہ پہلا حادثہ ہے۔

"ارے سالی چبا کے گٹ گئی، تھوکی بھی نہیں۔" نیچے منڈیر پر بیٹھا کوئی تبصرہ کر رہا ہے۔ "ہم نے بہت ڈھونڈی نہیں ملی شاید کسی کی چپل میں چپکی چلی گئی۔"

اور ڈھونڈی کسی بات کا جواب نہیں دیتی۔ اس کا چپ کا سناٹا میرے کانوں کے پردے پھاڑے دے رہا ہے۔ اف اس کی آنکھیں کہاں گم ہوگئیں ہیں۔ ان میں کس بلا کی خالی پن ہے۔ آخر صبح ہوگئی۔ پھاٹک کا تالا کھلا مگر پولیس نہیں آئی۔ لوگ بالکنیوں پر کھڑے انتظار کر رہے ہیں، فٹ پاتھ پر بھی جماؤ جمے ہیں۔

ڈھونڈی سہمی ہوئی اتر کر فٹ پاتھ پر قدم تول تول کر چل رہی ہے۔ بائی لوگ آپس میں بدبد کر رہی ہیں ان کی آنکھوں میں اس عورت کے لیے سہمی ہوئی نفرت ہے جیسے زہریلی ناگن نے کسی مقدس چیز کو ڈس لیا ہو۔

ڈھونڈی مجرم سی بنی صفائی پیش کر رہی ہے۔ اس نے پتی دیو کی ناک نہیں کاٹی۔ نشہ میں دھت جب وہ اس پر پل پڑا اور کپڑے پھاڑنے لگا تو اس نے کاٹا نوچا تو بہت مگر وہ پتی کی ناک ہرگز نہیں کاٹ سکتی۔ ہوسکتا ہے وہ اس کے ہونٹ چومنے جھکا ہو اور ناک ڈھونڈی کے دانتوں کی زد میں آگئی ہو۔ ہاں اس پر رگھو کا خون تو برسا کیونکہ اس کے جسم پر کوئی زخم نہیں۔ اس کے کپڑوں پر پتی کے خون کے داغ دھو کر بھی پوری طرح نہیں چھوٹے۔

مگر بائی لوگ اس سے آنکھیں چرا رہی ہیں۔ اس نے بڑی بے جا کی۔ پتی بھگوان سمان ہوتا ہے۔ خدائے مجازی ہوتا ہے۔ اکثر عورتوں نے اپنے پریمیوں کا غیظ وغضب کی

حالت میں خون کر دیا ہے اس لیے میں نے خنجر اتار دیا ہے۔ ڈھونڈی بھی اگر رگھوناتھ کا نرخرہ چباڈالتی، اس کی آنکھیں پھوڑ دیتی تو بھی کچھ نہ جاتا، مگر مرد کی ناک اف وہ چاہے چاقو سے کاٹی جائے یا دانتوں سے بڑی گھناؤنی حرکت ہے جو ہرگز قابل معافی نہیں۔

دن ڈھلا، دوپہر ہوئی اور سمندر پر ڈوبتے ہوئے سورج نے آگ سی لگادی۔ فضا میں نحوست سی طاری ہے۔ ڈھونڈی دیوار سے لگی بیٹھی ہے۔ نہ وہ گئی اور نہ کسی فلیٹ سے اس کی پکار آئی۔ نہ جانے کب سب یہی چاہ رہے تھے کہ رگھو مر جائے اور ڈھونڈی کو پھانسی ہو جائے کہ قصہ پاک ہو۔

کوئی پانچ ساڑھے پانچ کا عمل ہو گا کہ چرچ گیٹ اسٹیشن کی اور سے لونڈوں کی بھیڑ میں گھرا لمبا بانس جیسا رگھوناتھ گھاٹے آتا دکھائی دیا۔ لونڈے اچک اچک کر اس کی ناک دیکھ رہے تھے۔

رگھو کی ناک پر ٹانکوں تک کا نشانہ نہیں تھا۔ معجزہ ہو گیا، ضرور دھولکیا نے کیس ہینڈل کیا ہو گیا۔ بھئی کمال ہے نہ پھایا نہ پٹی۔ یہاں تک کہ کھرونچ تک نہیں۔ لوگ گم سم اس کی ناک کو تک رہے ہیں اور رگھو سب کی اور مشتبہ نظروں سے دیکھتا لپکا چلا آرہا ہے۔

"کون بولا ناک کاٹا،" رگھو بگڑ کھڑا ہوا۔ جب جاستی پیتا تو ناک سے کھون آتا۔ پھر اس ہلکٹ نے ہم کو ٹکر مارا۔ تبھی ہم بے ہوش ہو گیا۔"

ایک دم ڈھونڈی چنگھاڑ چنگھاڑ کر رونے لگی اور سرپٹ مراٹھی میں نہ جانے کیا کہہ رہی تھی۔

بالکنیوں سے صاحب لوگ جھک جھک کر نہ جانے کیا کہہ رہے تھے۔ سب ایک دم بول رہے تھے اور کسی کو دوسرے کی بات سمجھنے کی فرصت نہ تھی۔ اور کچھ سمجھنے کی بات بھی نہ تھی۔ سب ہی کچھ بوکھلائے ہوئے تھے۔ رگھو جلدی جلدی ڈھونڈی کا گودڑ سمیٹ

رہا تھا۔۔۔ ان لوگوں کے جانے کے بعد مجمع کچھ مایوس سا ہو کر بکھر گیا۔ اتنے دھانسو ڈرامے کا انجام اتنا پھس پھسا۔ بجلی کے کھمبے کی روشنی میں رکھو کی ناک اور ڈھونڈی کے منہ سے خون ابلتا دیکھ کر کسی منچلے نے پولیس کو فون کر دیا۔

ہسپتال کے ڈاکٹر بھی بے حد خفا تھے کہ نکسیر کے کیس کے لیے ان کی نیند حرام کی۔ پولیس شرمندہ تھی کہ غنڈوں نے جان بوجھ کر بے وقوف بنا دیا۔

خود میرے اوپر سخت کھسیان پن طاری تھا۔ جس کا الزام میں کسی نہ کسی پر تھوپنے کے منصوبے بنا رہی تھی۔ میں جو خود کو نہایت روشن خیال دکھی طبقہ کا ہم درد اور عام انسان سے بے حد قریب سمجھتی ہوں، ان کے بارے میں بس اتنا جانتی ہوں کہ نکسیر کو قتل کی واردات یقین کر لیتی ہوں۔ مرد وعورت کے برابر حقوق کی علم بردار مرد ناک کاٹتا ہے تو نفرت کرتی ہوں مگر عورت مرد کی ناک کاٹے تو دہل جاتی ہوں۔ اف کتنی شرم کی بات ہے۔

(۹) بھول بھلیاں

"لفٹ رائٹ، لفٹ رائٹ۔ کویک مارچ!" اڑا اڑا دھم! فوج کی فوج کرسیوں اور میزوں کی خندق اور کھائیوں میں دب گئی اور غل پڑا۔

"کیا اندھیر ہے۔ ساری کرسیوں کا چورا کیے دیتے ہیں۔ بیٹی رفیعہ ذرا ماریو تو ان مارے پیٹوں کو۔" چچی ننھی کو دودھ پلا رہی تھیں۔ میرا ہنسی کے مارے برا حال ہو گیا۔ بمشکل مجروحین کو کھینچ کھانچ نکالا۔ فوج کا کپتان تو بالکل چوہے کی طرح ایک آرام کرسی اور دو اسٹولوں کے بیچ میں پچا پڑا تھا۔

"آں۔۔۔ آں صلو بھیا نے کہا تھا فوج فوج کھیل،" رشید اپنی کاغذ کی ٹوپی سیدھی کرنے لگے اور منوا اپنے چھلے ہوئے گھٹنے کو ڈبڈباتی ہوئی آنکھوں سے گھور گھور کر بسور رہے تھے۔ اچھن، چچا جان کے کوٹ میں سے باہر نکلنے کے لیے پھڑ پھڑا رہے تھے اور ان کا مفلر بری طرح پھانسی لگا رہا تھا مگر کپتان صاحب ویسے ہی ڈٹے کھڑے تھے۔

"یہ کیا ہو رہا تھا؟" میں نے کپتان صاحب کی سیاہی سے بنی ہوئی مونچھوں کو دیکھ کر کہا۔

"صلاح الدین اعظم رچرڈ شیر دل پر چڑھائی کر رہا تھا۔ منو کو ہنسی آ گئی اور وہ لیٹ گیا۔ پھر کالی کرسی کھسک گئی اور بس،" کپتان صاحب نہایت احتیاط سے مونچھیں تھپکتے ہوئے بولے۔

"اچھا۔ اور یہ اچھن۔"

"یہی تو رچرڈ ہیں اور کیا، شیر دل، یہ مفلر دیکھو ان کا، یہ شیر دل کے بال ہیں۔"

"اور جناب؟" میں نے چار فٹ کے کپتان کو نظروں سے ناپا۔

"ہم صلاح الدین اعظم،" وہ اکڑتے ہوئے چلے۔

"اور بھئی یہ میرا کوٹ اتار دو سیاہی لگ گئی تو خدا کی قسم ٹھوکوں گی۔"

"اوہو آپ کا کوٹ۔ بات یہ ہے کہ اس کے بالوں دار کالر کو۔۔۔ تو لیجیے نا اپنا کوٹ۔"

"رفو باجی، ذرا یہ سوال بتا دیجیے،" صلو اپنی سلیٹ میری ناک کے پاس اڑا کر بولے۔

"نا بھئی میں اس وقت سی رہی ہوں ذرا۔"

"پھر ہم آپ کو سینے بھی نہیں دیتے۔" صلو نے میرے پیروں میں گدگدیاں کرنا شروع کیں۔

میں نے پیر سمیٹ لیے تو وہ میری کمر میں سر اڑا کر لیٹ گیا اور بکنا شروع کیا، "پھٹ جائے اللہ کرے۔ جھر جھڑ ہو جائے یہ کرتا۔ سوال تو بتاتی نہیں لیکن کفن سیئے جا رہی ہیں اپنا۔"

"چل یہاں سے پاجی ورنہ سوئی اتار دوں گی۔" اور وہ وہاں سے ہٹکر میری البم الٹ پلٹ کرنے لگا۔

"یہ کون ہیں چڑیل جیسی۔۔۔ کالی مائی۔۔۔ اور یہ۔۔۔ یہ۔۔۔"

"صلو بھیا رکھ دے میری چیزیں۔" میں نے سوچا جن ہے یہ تو۔

"تو پھر سوال بتاؤ،" اور وہ میرے پاس گھس کر بیٹھ گیا۔

"ارے ذرا ہٹ کر گرمی کے مارے ویسے ہی ابلے جا رہے ہیں۔"

"تو میں کیا کروں،" اور وہ مجھ سے اور لپٹا۔

"میری باجی کیسی۔۔۔ہاں گڑیا ذرا بتا دو پھر سوال۔"

مجبوراً میں نے سوال کرنا شروع کیا۔

"اب یہ سوال سمجھ رہا ہے یا میرے بندوں کا معائنہ ہو رہا ہے۔" اور وہ جلدی سے سلیٹ پر جھک گیا۔ میں بتا رہی تھی اور وہ بیوقوفوں کی طرح میرا منہ دیکھ رہا تھا۔

"اونہہ" میں چڑ گئی۔ "پڑھ رہے ہو یا منہ تکنے آئے ہو، صلو دق نہ کرو۔ ورنہ چچی جان سے کہہ دوں گی۔"

"آپ کی تصویر بنا رہا ہوں۔ یہ دیکھیے آپ کے ہونٹ بولنے میں ایسے ہلتے ہیں جیسے۔۔۔ جیسے پتہ نہیں کیا۔ بس ہلتے رہتے ہیں۔۔۔" شرارت سے آنکھیں مٹکائیں۔

"بھاگ یہاں سے الو۔" میں نے سلیٹ دور پھینک دی۔ وہ بڑبڑاتا ہوا الگ بیٹھ گیا اور میں اٹھ کر برآمدے میں چلی گئی۔ تھوڑی دیر بعد دیکھتی ہوں کہ چلے آرہے ہیں اپنا بستر بوریا سنبھالے۔ یا اللہ خیر!

"کیوں تم پھر آ گئے یہاں۔"

"اور کیا۔ وہاں دل جو گھبراتا تھا۔" اور وہ میرے پاس بیٹھنے لگا۔

"صلو! اگر تم مانو گے نہیں تو۔۔۔"

"تو۔۔۔ تو۔۔۔ ای۔۔۔" اس نے منہ چڑایا۔ "ہم تمہارے پاس بیٹھتے ہیں تو اچھا پڑھا جاتا ہے۔"

"اچھا تو چپکے بیٹھو۔"

صلاح الدین میرے چچا کا اکلوتا سپوت تھا۔ پھوٹی آنکھ کا یہی تو ایک تارا تھا۔ اتنی لڑکیاں پیدا ہوئیں کہ چچا چچی بولا گئے۔ اور پھر آپ تشریف لائے۔ جناب کی انگلی دکھے تو

بکرے صدقے کیے جانے لگیں۔ منتیں مانی جائیں۔ گھر میں کوئی زور سے نہ بولے۔ جوتے اتار کر چلو۔ برتن نہ کھڑکے۔ لاڈلے کی آنکھ کھل جائے گی۔ گھر میں اسی لیے کوئی کتا نہ پلتا۔ مرغیاں نہ رکھی جاتیں کہ ننھے میاں کی کبھی نیند نہ خراب کر دیں اور ہم بیچارے نہ لاڈ جانیں نہ لاڈ کریں۔ پھر بھی ماں بہنوں کا لاڈ اسے کڑوا لگنے لگتا تھا اور وہ سارے وقت مجھی سے الجھتا۔ لوگوں کے 'نان وائلنس' سے وہ تنگ آگیا تھا۔ یہی بات تھی کہ وہ جان جان کر مجھے چھیڑتا۔ کیونکہ میں اسے بری طرح ڈانٹ دیتی اور کبھی کبھی چپت بھی رسید کر دیتی۔

لاڈلے پوت دبلے اور سوکھے تو ہوتے ہی ہیں اور اوپر سے پتلا بانس جیسا قد، اماں تو نظر بھر کے نہ دیکھیں۔ انہیں ڈر تھا کہ کہیں اونٹ صاحب کو نظر نہ لگ جائے اور یہاں یہ کہ جہاں لمبی لمبی ٹانگیں پھینکتے آئے اور چھیڑے گئے۔ یہ عادت سی ہوگئی تھی کہ کالج سے آئے اور اماں کو بلائیں دے کر اور دادا کو نبض دکھا کر سیدھے میری جان پر نزول۔ کیا مجال جو گھڑی بھر نچلا بیٹھے یا بیٹھنے دے۔ بہنوں کو چھیڑنا کسی کے گدگدی کی، کسی کے گلے میں جھول گئے، کسی کے کندھے میں کاٹ لیا۔ میرے پاس آئے اور میں نے تھپڑ دیا۔

گھنٹوں ماں بہنیں بیٹھ کر ارمان بھرے ذکر کیا کرتیں۔ ہر دلچسپ اور پر مسرت بات صلو میاں کی شادی کے لیے اٹھا کر رکھ دی جاتی۔

"صلو کی شادی میں بناؤں گی سب کی گوالیر کی چندیری کی ساڑھیاں اور بھئی میں تو دہلی جا کر کروں گی سہیل کی شادی۔"

"اور اماں اسے بلائیں گی لیلا ڈیسائی کو ناچ کے لیے،" ایک بہن بولی۔

"بھئی ہم تو سہرا وغیرہ سب باندھیں گے۔ زربفت کی اچکن ماموں ابا جیسی

اور۔۔۔"

بہنوں کے لیے بھائی تھا گویا جگمگاتا ہوا ہیرا! میری اندھی آنکھوں میں جیسے اور چھ سات بھائی تھے یہ بھی ایک لڑنے جھگڑنے، توتو میں میں کرنے اور بات بے بات رعب جمانے والی ایک ادنیٰ ہستی تھی، میں ان کے ارمان بھلے دلوں کے بھڑکتے ہوئے جذبات سے کملا جاتی۔ کاش میرے بھی اتنے بھائیوں کے بجائے ایک ہی ہوتا۔ ایک دبلا پتلا، آئے دن مریض چیختا، لڑاکو، کتنا رومنٹک ہوتا۔

"باجی ذرا کرتے میں یہ بٹن ٹانک دو،" وہ اپنی پتلی گردن آگے بڑھا کر بولا۔ "چٹ پٹ ٹانکو، مجھے میچ میں جانا ہے۔۔۔" میں ناول کے ایسے حصے میں پہنچ گئی تھی جہاں ہیرو ہیروئن کے بازوؤں تک پہنچ چکا تھا۔ بھلا اس قدر غیر رومانی کام میں میرا کیا جی لگتا۔

"رابعہ سے کہو وہ ٹانک دے گی۔"

"نہیں ہم تو تمہی سے ٹکوائیں گے۔"

"میرے پاس سوئی بھی نہیں۔"

وہ دوڑ کر چچی جان کی بقچی اٹھا لایا، "لو یہ سوئی۔"

"تاگہ پرو۔"

"لاؤ میں پرو دوں،" چچی سروتہ چھوڑ کر بولیں۔

"میں تو انہیں سے ٹکواؤں گے،" لو سوئی۔

مجھے ضد آ گئی، "راشدہ سے ٹکواؤ۔" ہیرو آگے بڑھ رہا تھا مجھے آخری دو لائنیں پھر سے پڑھنا پڑیں۔

"نہیں ہم تو تمہیں سے ٹکوائیں گے۔ رکھو کتاب ادھر، ورنہ پھاڑ دوں گا۔"

"پھاڑ دی، بھاگ جاؤ نہیں ٹانکتے۔۔۔" میں نے کتاب دوسری طرف موڑ لی اسے

بھی ضد آگئی۔

"آج یا تو تم سے بٹن ٹکواؤں گا یا اپنا تمہارا خون بہادوں گا۔"

"چل ہٹ بڑا وہ ہے نا۔ بہاؤنا، بہاؤ اپنا خون۔"

ہیرے کی کنی کے خون بہانے کے ارادہ ہی کو دیکھ کر بہنیں لرز گئیں۔ ان کا بس چلتا تو وہ بٹن کی جگہ اپنی آنکھیں ٹانک دیتیں۔

"صلو لاؤ میں ٹانک دوں ذرا سی دیر میں،" راشدہ بولی۔

"کہہ دیا صلاح الدین اعظم ایک جو کہہ دیتے ہیں وہ ٹلتی نہیں۔۔۔ دیکھو باجی ٹانکتی ہو یا۔۔۔"

"یا کیا؟" میں نے تیوریاں چڑھائیں۔

"یہی کہ میچ دیکھنے نہیں جاؤں گا اور ایک لفظ کتاب کا نہیں پڑھنے دوں گا اور موقع ملنے پر کتاب پار کر دوں گا۔" مجھے ہنسی آگئی۔

"اوہو۔ لو بس تو پھر پیاری سی بچو کی طرح ٹانک دو۔"

میں نے بھی سوچا وبال کاٹو۔ میں نے تو بٹن ٹانکنا شروع کیا اور وہ مجھے دق کرنے لگا۔

"دیکھو صلو میرا ہاتھ ہل جائے گا تو سوئی کلیجہ میں اتر جائے گی۔"

"اتر جانے دو،" اور اس نے پھر گدگدی کی۔

میں نے سوئی مذاق میں چبھونا چاہی۔ وہ جلدی سے ہٹا۔ دھکے سے نہ جانے کیسے سوئی کی نوک چبھ گئی خون بھی نکلا اور غضب یہ کہ نوک غائب۔ سنتے ہیں کہ سوئی کی نوک خون میں کھو جاتی ہے دل میں جا پہنچتی ہے۔ دم نکل جاتا ہے۔

"ارے نوک،" میرے منہ سے پریشانی میں نکلا۔

"میرے سینے میں اتر گئی اور اب خون میں چلی جائے گی۔ اور پھر۔۔۔ پھر دل میں

آجائے گی لو اماں جان ہم تو چلے۔"

چچی جان کو سکتہ ہو گیا مگر وہ سنبھلیں اور چیخیں۔ رابعہ چیخی اور راشدہ چیخی۔ میرا یہ حال کہ مجرم کی طرح سوئی پکڑے کھڑی کی کھڑی رہ گئی۔ صلاح الدین سر پکڑ کر بیٹھ گیا اور لاچاری سے گریبان ٹٹولنے لگا۔

پھر جو ہلڑ مچا ہے تو خدا ہی جانتا ہے کہ مجھ پر کیا کچھ گزری۔ ڈاکٹر، حکیم اور نمازیں اور میرا دل چاہے ڈوب مروں۔ آخر میں نے مذاق کیا ہی کیوں، اور وہ بھی اس کانچ کے گلاس سے۔۔۔

کیا بتاؤں کیسی پشیمانی ہو رہی تھی۔ ایکس رے ہوا۔ سارے جسم میں سوئی ڈھونڈ ڈالی مگر خاک پتہ نہ چلا اور بھی مصیبت۔

چچی جان کے آنسو اور رابعہ، راشد کا ٹہل کر دعائیں مانگنا اور اوپر سے صلو کا اترا اترا کر مرنے کی دھمکیاں دینا۔ میرے آنسو نکل آئے۔ صلو نے میری طرف دیکھا اور مسکرایا۔

"اب تو چین آگیا ہے آپ کو۔" میں نے سر جھکا لیا۔

"اچھا یہاں آیئے۔ ذرا میرے سر میں تیل تھپک دیجیے۔"

بھلا اب مجھ میں ہمت کہاں تھی جو انکار کریں۔ چپ چاپ سر میں تیل ڈالنا شروع کیا۔ صلو فتح مندانہ انداز سے مجھے آنکھیں چڑھا چڑھا کر دیکھتا اور مسکراتا رہا۔

"دیکھا میرا حکم نہ ماننے کا نتیجہ!" وہ میری انگلی میں چٹکی نوچ کر بولا۔ "سوئی تو میرے گریبان ہی میں رہ گئی تھی۔"

غصہ کے مارے میرا خون کھول گیا۔

"اچھا جانے دو۔ اماں جان کاہے کو مانیں گی۔ میں نے سوئی پھینک بھی دی۔"

میرے ہاتھ پھر ڈھیلے پڑ گئے اور وہ اور ہنسا۔

"اچھا پا جی تجھے بھی اس کی سزا نہ ملی تو۔۔۔ خیر۔" میرا جی چاہا اس کے بال نوچ کر دور دھکیل دوں۔ "خدا سمجھے۔۔۔"

"مجھے تم سے کام کروانے میں مزا آتا ہے جب میں نوکر ہو جاؤں گا تو تمہیں اپنے پاس رکھوں گا۔"

"ہوش میں، میری جوتی رہتی ہے تیرے پاس۔"

"دیکھ لینا۔ میں تمہیں لے لوں گا۔۔۔ گود لے لوں گا۔۔۔ ہنستی کیوں ہو۔" مجھے ہنسی آ گئی۔

"اور پھر تمہیں ہوائی جہاز میں بٹھاؤں گا۔ ہاں۔۔۔" وہ آنکھیں گھما کر بولا۔

میرے امتحان کے دن آ گئے تھے اور میں کمرہ بند کر کے پڑھا کرتی تھی مگر صلو کہیں مانتا تھا جہاں میں پڑھنے چلی اور وہ بھی موجود ہیں۔ میں نے سنجیدگی سے منع کر دیا کہ "اگر تم نے دق کیا تو میں بورڈنگ چلی جاؤں گی۔" پڑھنے کے خیال سے چچا میاں کے گھر رہنا پڑا تھا۔

وہ خاموش پڑھا کرتا۔ مگر گھنٹہ آدھ گھنٹہ بعد بے چینی ہونے لگتی۔

"اب بھائی انٹرول ہو گا،" وہ کتاب بند کر کے میرے پاس آن گھستا اور دس منٹ تک وہ اودھم مچتا کہ خدا کی پناہ۔ شرارت میں اسے کاٹنے کا مرض ہو گیا تھا۔

"بات یہ ہے کہ جی چاہتا ہے کہ تمہیں کھا جاؤں،" وہ ہنس کر دانت پیستا۔

"خود اپنی بوٹیاں چبا ڈالو۔" مگر وہ بری طرح لپٹ جاتا اور باوجود دھکیلنے کے تنگ کیے جاتا۔ کبھی مجھے غصہ آ جاتا لیکن عموماً اگر وہ کمرہ میں نہ ہوتا تو کسی چیز کی کمی محسوس ہوتی۔ گھر کی ساری چہل پہل اسی ایک انسان کے دم سے تھی۔ بچوں کو چھیڑنا، بہنوں کو

رلانا، کبھی پھر فوراً لپٹ کر پیار کرتا اور منالیتا۔

امتحان ختم ہوگئے اور گھر جانے کے خیال سے خوشی کے ساتھ ساتھ دکھ بھی ہو رہا تھا۔

"کیوں جارہی ہو چھٹیوں میں،" وہ ایک دن بولا۔

"واہ میری اماں بیچاری اکیلی ہیں۔"

"اکیلی! جیسے انہیں بڑی تمہاری پرواہے۔"

"ہوں، اور نہیں تو تمہیں پرواہو گی۔"

وہ میرے پاس بیٹھ گیا۔ "سچ کہتا ہوں بجو۔۔۔ سچ کہتا ہوں تم نہ جاؤ۔" اس نے پیار سے میرے کندھے پر سر رکھ دیا اور اپنی سوکھی باہیں میرے گلے میں حمائل کردیں۔

"ہٹو تو۔۔۔ خیر ہو گی تمہیں میری پروا۔ مگر اب تو جاؤں گی۔"

"مگر میں کہتا ہوں مت جاؤ،" وہ ذرا ہٹ کر بولا۔

"بکواس مت کرو۔ جاؤ ذرا کسی کو بھیجو میرا سامان باندھ دے۔"

"اور میں کہتا ہوں تم نہیں جاسکتیں۔"

"ہنھ! بڑے لاٹ صاحب ہونا جو روک لوگے۔"

"یاد ہے وہ سوئی۔" وہ شرارت سے مسکرایا۔

"مکار ہو تم۔۔۔ کہیں کے۔"

دوسرے دن صلو کو بخار چڑھا۔ سارے گھر پر جیسے آفت ٹوٹ پڑی۔ ذرا سا ملیریا اور یہ اودھم مگر دم مارنے کی اجازت نہ تھی۔

"اماں جان بجو کو روک لیجیے آپ سے اکیلے تیمارداری نہ ہوسکے گی۔" جیسے سور کو بڑی تیمارداری کی ضرورت تھی۔

"ارے میاں بھلا وہ کیوں رکیں گی،" چچی اماں طعن سے بولیں۔ "میں حمیدہ کو تار دے کر بلالوں گی۔"

"نہیں اماں وہ اپنے بچے لے کر آن دھمکیں گی تو اور غل مچے گا۔ بجو تو خود رک رہی تھی۔ اسکول میں پارٹی ہے۔ دوسرے جب ہم اچھے ہو جائیں گے تو سنیما دیکھنے چلیں گے۔"

"رک جاؤ نا کیا ہرج ہے،" رابعہ نے رائے دی۔ اسے چڑیل کو کیا پتہ کہ یہ مکاری کر رہا ہے۔ بخار تو اتفاق سے آگیا۔ ورنہ وہ کچھ اور فیل مچاتا۔ رکنا ہی پڑا۔

"صلاح الدین اعظم کا حکم،" وہ شرارت سے مسکرایا۔ "میرے مونچھیں نکل آئیں تب تمہارے اوپر اصلی رعب پڑا کرے گا۔ لو اسی بات پر ذرا سی برف کچل کر تو کھلا دو۔" چچی جان نے اس قدر ڈری ہوئی نظروں سے میری طرف دیکھا کہ میں جلدی سے تولیہ میں برف توڑنے لگی۔ کسی کا لاڈلا ہو تو ہم کیوں بھگتیں مگر وہ تو بھگتنا ہی پڑا۔

"بجو۔۔۔بجو۔۔۔" کسی نے آہستہ سے مجھے پکارا۔

"کیا ہے،" میں ڈر گئی۔

"ذرا سا پانی،" صلو نے اپنے پلنگ سے ہاتھ ہلا کر کہا۔ میں جلدی سے اٹھی۔ اندھیرے میں تھرماس ٹٹول کر پانی نکالا۔

"اماں تھکی ہوئی ہیں۔۔۔ بیٹھ جاؤ۔" اس نے سرہانے مجھے بٹھالیا اور آہستہ آہستہ گلاس میں برف ہلانے لگا۔

اسے بری طرح پسینہ آرہا تھا اور ہاتھ پیر کانپ رہے تھے۔ پانی پی کر وہ میری گود میں سر رکھ کر لیٹ گیا۔

"بجو۔"

"کیا ہے۔"

"میرا دل گھبرا رہا ہے۔"

"چچی جان کو جگاؤں۔" میں نے چاہا آرام سے اس کا سر تکیہ پر رکھ دوں۔

"نہیں۔۔۔ ہلو مت!" اس نے اپنے پتلے پتلے ہاتھ میری کمر میں ڈال دیے۔ "دل گھبرا رہا ہے بجو،" وہ تیزی سے گہری گہری سانسیں لے رہا تھا۔ میں نے اپنے کو چھڑانے کی کوشش نہ کی اور اس کی پیشانی پوچھنے لگی۔ وہ اور بھی پریشان ہو گیا۔ اس نے جلدی جلدی میرا نام لے کر بڑبڑانا شروع کیا۔ سسکیاں! وہ سسکیاں بھرنے لگا۔ عجب سوکھی سوکھی اکھڑی ہوئی سانسیں۔ میں سمجھی نہ جانے کمبخت کو سرسام ہو گیا یا کیا اور اسے لٹانے کی کوشش کرنے لگی۔

"بجو جاؤ مت۔۔۔ میں مر جاؤں گا۔" اور بری طرح بچوں کی طرح مجھ سے لپٹ گیا اور اس کی آنکھیں! وہ جیسے۔۔۔ نہ جانے آج مجھے ان آنکھوں میں کیا نظر آ رہا تھا میرا دل بری طرح دھڑکنے لگا۔ وہ شوخی سے تھرکنے کے بجائے چڑھی ہوئی اور گہری تھیں۔ کچھ پاگل سی، کچھ عجیب! مجھے تھوڑی دیر کے لیے یہ معلوم ہوا گویا اندھیرے پیچ دار راستوں میں پریشان چکر لگا رہی ہوں اور کوئی دروازہ نہیں۔

کوئی قریب کے پلنگ پر کلبلایا اور وہ جلدی سے چونک پڑا۔ "جاؤ۔۔۔ رابعہ جاگ گئی!" اس نے خوفزدہ ہو کر مجھے دور دھکیل دیا۔ "جاؤ جلدی،" وہ خود دوڑ کر چادر میں چھپ گیا۔

میں پریشان ہو گئی۔ یا اللہ کیا واقعی یہ پاگل ہو رہا ہے! "رابعہ جاگ گئی! تو کیا ہوا؟ مجھے چچی جان پر رحم آنے لگا۔ خدانخواستہ۔۔۔ خیر۔۔۔"

اور اس کے بعد اس میں ایک غیر معمولی انقلاب ہو گیا۔ وہی رات والی پاگل گہری

اور چڑھی ہوئی آنکھیں بغیر بخار اور ہذیان کے کچھ عجیب ہوتیں، وہ مجھے پہلے سے بھی زیادہ چھیڑنے اور چڑانے لگا، مجھ سے ہر وقت الجھتا اور پھر بالکل پاگل ہو جاتا۔ وہ میری تاک میں رہنے کے بہانے تراشتا۔ ہر جگہ ہر کمرے، ہر موڑ اور ہر کونے پر وہ میری تاک میں مجھے ڈرانے اور گدگدانے کے لیے چھپا رہتا۔ میں اس کی ضرورت سے زیادہ توجہ سے کبھی بے طرح پریشان ہو جاتی اور کبھی مجھے وہ سب ایک الہڑ لڑکے کی شرارتیں معلوم ہوتیں اور یہ شرارتیں کس تیزی سے بڑھ رہی تھیں۔

دو سال بعد جب میں رابعہ کی شادی پر آئی تو صلو کو صلاح الدین اعظم کہنا پڑا۔ افواہ ایک چھوٹا سا لچکتا ہوا کملایا سا پودا نوخیز درخت بن گیا تھا۔ خون کی حدت سے چہرہ سانولا ہو گیا تھا۔ اور پتلے سوکھے زرد ہاتھ سخت گٹھلیوں دار مضبوط شاخوں کی طرح جھلسے ہوئے بالوں سے ڈھک گئے تھے اور آنکھیں بخدا بالکل پاگل ہو گئی تھیں، پتلیاں ناچتی بھی تھیں اور ایک دم سے جم کر گہری ہو جاتیں کہ فوراً آنکھ جھپک جائے۔

"بجو، کچھ میری مونچھوں کا رعب پڑتا ہے۔"

"خاک! اس قدر کریہہ شکل ہو گئی ہے۔"

"اور تمہاری بڑی بھولی ہے نا۔" اس نے مجھے گدگدانا چاہا۔ میں اس کے بڑے بڑے ہاتھ دیکھ کر لرز گئی۔

ہٹو صلو۔۔۔ خدا کے لیے۔ تم سے ڈر لگتا ہے ریچھ ہو گئے ہو بالکل۔"

"ہاں،" اور وہ غرور سے اور پھیل گیا۔

"ارے میں ماروں گی صلو۔۔۔" اس نے زبردستی اپنا کھردرا گال میرے ہاتھ پر زور سے رگڑ دیا۔ سارا ہاتھ جھلا اٹھا۔ جیسے لوہے کا برش۔ کبھی تو میں آکر پچھتاتی تھی نہ جانے کیوں۔

شادی کا گھر اور وہ بھی ہندوستانی طریق۔ گھر کیا ہوتا ہے ایک بھول بھلیاں کا راستہ جس میں مزے سے آنکھ مچولی کھیلو۔ سر کو پیر کی خبر نہیں رہتی اور نہ جانے کتنے کھلاڑی آنکھ مچولیاں کھیل رہے ہوتے ہیں۔ کبھی دو چوروں کی کسی کونے میں ٹکر ہو جاتی ہے تو پھر جھینپ! مزہ آجاتا ہے۔

معلوم ہوتا تھا کہ گھر کے ہر کونے، ہر دیوار کی آڑ میں، ہر زینہ پر کئی کئی صلاح الدین کھڑے ہیں۔ آپ کدھر بھی چلی جایئے ناممکن جو صلاح الدین نہ موجود ہو جائے، بعض وقت تو یہ معلوم ہوتا گویا آسمان ہی سے ٹپک پڑے۔ میں عاجز آکر رابعہ کے پاس گھس گئی۔ لو وہ تھوڑی دیر میں لاڈلا بھیا بہن کی صورت دیکھنے کو موجود! اور پھر یہ کہ ہم دونوں رضائی میں بمشکل سمارہے ہیں کہ جناب اپنے بے ڈول ہاتھوں اور چوڑے کندھوں کے اسی رضائی میں گھسیں گے۔ کس سے شکایت کی جائے۔ کس کے آگے گلا کریں یعنی ان جگر کے ٹکڑے کلیجے کی۔ کس سے شکایت کی جائے؟ اور کیا شکایت ہو۔ گھڑک دو سنجیدگی سے ڈانٹ دو آپ ہی شرم آئے گی۔ مگر وہ سنجیدہ ہونے کا موقع بھی دے۔

"جاؤ صلو سر میں درد ہے،" جو یہ بہانہ کیا تو۔

"سر میں درد؟ ارے اماں جان بام کہاں ہے ڈرائیور کو بھیجیے، ڈاکٹر سے اسپرو لائے اور بھئی کوئی شور کرے گا تو مجھ سے برا کوئی نہ ہوگا۔ چلو رشو، حمید، منی کھسکو یہاں سے بجو کے سر میں درد ہے، دروازہ بند یا اللہ لیجیے سر کا درد غائب اور اماں جان سے ضروری کام نکل آیا۔

"کیوں بجو جھوٹی! کہہ رہی تھی سر میں درد ہے اور یہاں پوریاں تلی جارہی ہیں۔" لیجیے باورچی خانہ میں موجود۔ اب بھاگیے۔

کبھی آنچ بگاڑدی کبھی کچھ اور، پھر وہی شرارتیں! باورچی جانتا ہے کہ میاں بے

چین بوٹی ہیں۔

"بی بی آپ بھی جایئے اور صلو میاں بھی۔ ورنہ مجھ سے کھانا پک چکا۔"

"صلو مجھے تم سے ایک بڑی ضروری بات کہنی ہے،" میں نے سوچا آج انہیں سنجید گی سے ڈانٹوں۔

"کس سے؟ مجھ سے؟۔۔۔ ارے میرے بھاگ!" ایسے خوش گویا تمغہ ملنے والا ہے۔

اب ضروری بات کہنے سے پہلے خود اس قدر ضروری خدمات انجام دینا شروع کیں کہ بھاگتے ہی بن پڑے۔

کیا لوگ اندھے ہوتے ہیں؟ دکھائی نہیں دیتا انہیں؟ آنکھ مچولی میں تو بڑے بڑے شاہ پکڑے جاتے ہیں اور صلو جیسا چور! دن دھاڑے ڈاکہ ڈالنے سے نہ چوکے۔ لوگ سمجھتے ہیں بچہ ہے۔

سنیما میں لوگوں کو بس عورت ہی عورت دکھائی دیتی ہے۔ خواہ ہزاروں مرد کام کر رہے ہوں اور میں بھی عورت تھی، مجھے جلد معلوم ہو گیا کہ چند ایسے غیر جانبدار بھی ہیں جو فیصلہ کرتے وقت نہ کسی کے کلیجہ کا ٹکڑا دیکھیں نہ جگر کی ٹھنڈک، کھری دھار پڑتی ہے تلوار کی، مجھے تو الزام دے گی دنیا! یہ تو کوئی دیکھتا نہیں کہ فتنہ۔۔۔ غصہ سے آنکھوں تلے اندھیرا آ گیا۔

"ہٹ جاؤ صلاح الدین۔ حد ہوتی ہے بے ہودگی کی۔ مجھے یہ باتیں پسند نہیں۔"

"ایں،" اس کا منہ اتر گیا۔ "کیا ہوا بجو؟"

"کچھ نہیں۔۔۔ تمہیں معلوم ہے لوگ کیا کہتے ہیں۔"

"میرا بولنا۔۔۔ میرا۔۔۔ آپ کو برا لگتا ہے۔"

"ہاں مجھے بہت برالگتا ہے۔ اچھی بات نہیں۔ لوگ۔۔۔"

"لوگ؟ کون لوگ؟ کون لوگ ہیں وہ مجھے بھی بتاؤ ذرا۔۔۔"

"کوئی بھی ہوں وہ میری اور تمہاری بہتری چاہنے والے۔"

"بہتری۔" وہ سرخ ہو گیا۔

"ہاں اسی میں بہتری ہے۔۔۔۔" اور میں تیزی سے چلی آئی۔ دل پر سے ایک بوجھ اتر گیا۔ آخر کو میں نے کہہ ہی دیا۔۔۔ عورت کے تو ہاتھ میں ہے خواہ وہ بدراہ ہو جائے خواہ عین موقعہ پر آنکھیں کھل جائیں اور اسے عاقبت نظر آنے لگے۔۔۔ آنکھیں کھل گئیں۔۔۔ اور خوب موقعہ پر کھلیں۔ میں دل ہی دل میں مسکرا رہی تھی۔

صلاح الدین آیا۔۔۔ میں حسبِ عادت چوکنی ہو گئی۔۔۔ مگر گزرا چلا گیا اس نے مجھے دیکھا تک نہیں۔۔۔ میرے دل پر گھونسہ سا لگا۔۔۔ خیر۔۔۔ اونہہ کیا ہے۔۔۔ بہتری اسی میں ہے بلا سے جان چھوٹی۔ کسی وقت سکون ہی نہ تھا۔ اب تو۔۔۔ خیر اور گھر کے ہر کونے اور ہر موڑ اب کوئی بھی نہ تھا۔ گویا امن چین اور سکون! لیکن پھر یہ پریشانی کیسی؟ ایک فکر کسی ایک پستی، گویا کمان اتر گئی۔ دھار کھٹل ہو گئی گویا کچھ ہے ہی نہیں۔ اب کوئی آپ کو دیکھ کر کھینچا چلا نہیں آتا۔ اب کسی کو شرارتیں نہیں سوجھتیں۔ اب کسی کی عجیب اور پاگل آنکھیں آپ کے پیچھے نہیں دوڑتیں۔ جائیے شوق سے جائیے اندھیر کوٹھری میں بھی چلے جائیے کوئی مزاحمت نہیں کرتا۔ چور ملتا بھی ہے تو آپ کو جھک کر آداب کرتا ہے اور سر جھکا کر چل دیتا ہے ایک طرف کو۔۔۔ اب کوئی آپ کے پاس گھس کر بیٹھنے کا شوقین نہیں بلکہ دور۔۔۔ وہ سامنے کمسن خوبصورت لڑکیوں کے جھرمٹ میں شرارت بھری آنکھیں نچا کر خراج تحسین وصول کر رہا ہے کبھی بھولے سے بھی اگر آنکھ مل جاتی ہے تو سر جھک جاتا ہے پہچانتا تک نہیں۔۔۔

شادی کے گھر میں معلوم ہوتا ہے موت ہوگئی ایک موت نہیں سینکڑوں موتیں، ہزاروں خیالات، سینکڑوں جذبات اور ان گنت مسکراہٹیں مردہ پڑی ہیں گھر بھائیں بھائیں کر رہا ہے۔

اور چچی تو معلوم ہوتا ہے کبھی تھیں ہی نہیں کوئی اپنی۔۔۔ رابعہ اپنے دولہا کے خیال میں مست۔ حمیدہ کا بچہ ضروریات زندگی سے فارغ نہیں ہو چکتا، جی چاہا بیچ شادی سے چل دوں کالج۔

دیکھنے والوں نے دیکھ بھی لیا اور تاڑ بھی لیا۔

"اے یہ صلو کی اور تمہاری کیا ان بن ہوگئی ہے۔۔۔" چچی بولیں۔

"نہیں تو۔۔۔" میں جلدی سے بولی۔

"جھوٹ۔۔۔" صلو نے دبی آواز میں کہا اور کھانے کی پلیٹ پر جھک گیا۔

"اوئی۔۔۔ چھوٹوں سے کیا غصہ۔۔۔ چلو صلو، باجی سے معافی مانگو۔۔۔"

"جی نہیں۔۔۔ یہ خود معافی مانگیں۔۔۔" صلو اکڑے۔

"معافی وافی کیسی، کوئی لڑائی نہیں ہوئی۔۔۔" میں نے معاملہ کو سیدھا کرنا چاہا۔۔۔

"جی نہیں میری تو ہے لڑائی۔"

"یہ کیوں۔۔۔ آخر ہوا کیا۔۔۔؟"

"ہوا یہ کہ۔۔۔ خواہ مخواہ ڈانٹنے لگیں۔۔۔"

"کچھ بھی نہیں چچی جان۔ یہ مجھے چھیڑ رہا تھا۔ میں نے کہہ دیا مجھ سے مت بولو۔۔۔ بھلا میں اس سے لڑوں گی۔۔۔" میں جلدی سے بولی۔

"نہیں اماں جان۔۔۔ کیسی بھولی بن رہی ہیں ایسے انہوں نے نہیں کہا تھا۔۔۔"

اور میں ڈری کہ کہیں اس نے کہہ دیا سب کے سامنے تو کیا ہوگا۔

مجھے خیال ہوا کہ میری غلط فہمی ہو گی شاید یہ بھی اس کی شرارتیں ہیں اور۔۔۔ اور شاید یہ شرارتیں ہی ہوں۔۔۔ لعنت ہے کہ میں اسے اس قدر ذلیل سمجھی!

"مجھے ایسی بری طرح کہنے لگیں۔۔۔ ہونہہ جیسے میں کوئی وہ ہوں۔"

"ارے میں تو یوں ہی کہہ رہی تھی لیجیے ملاپ ہو گیا اب۔۔۔؟"

"لو۔۔۔ اسی بات پر ہاتھ ملاؤ، اوہ۔۔۔ کس قدر سردی ہے ساری رضائی آپ اوڑھے بیٹھی ہو یہ نہیں کہ کسی اور کو بھی اڑھالو۔۔۔"

وہ رضائی میں گھس کر بیٹھ گیا اور میری اتنی چٹکیاں لیں کہ ملاپ کرنے کا مزہ آ گیا۔

"صلو خدا کا واسطہ پھر کہو گے میں نے یہ کہا اور وہ کہا۔۔۔" چچی جان معصومیت سے مسکرا رہی تھیں۔۔۔

"کہا ہی کیسے تم نے۔۔۔ بولو ہاریں کہ نہیں۔۔۔"

"بابا میں تجھ سے جیتی اور نہ جیتنے کا شوق۔۔۔ بس۔۔۔" وہ ہنسا۔ دنیا کی ہر چیز ہنس پڑی۔

اور پھر وہی آنکھ مچولی! وہی بھول بھلیاں! اور عاقبت ایک دفعہ کو عاقبت بھی کھکھلا پڑی۔ کونا کونا مسحور کن نغموں سے گونج اٹھا۔ کان گنگ ہو گئے اور آنکھوں میں ریت بھر گئی۔ میٹھی میٹھی کھٹک والی ریت۔

اور اب قصور کس کا؟۔۔۔ قصور تو ہونا ہی ہوا کسی کا۔۔۔ تقدیر کا، بچاری تقدیر۔۔۔ بات یہ ہے کہ اللہ پاک اپنے بندوں کی آزمائش کرتا ہے یہ دیکھنے کے لیے کہ۔۔۔ وہ تاکہ دیکھے۔۔۔ یہی کہ بس دیکھے۔۔۔ جیسے کہ ہم تماشہ دیکھتے ہیں۔۔۔ ڈر، دھڑکا، بدنامی، ذلت، پریشانی، بربادی تباہی اور سب کچھ ایسے ہی موقعہ کی تاک میں رہتے ہیں۔۔۔ کچی شاخ میں جھولا ڈالو تو آپ ہی چرچرائے گی۔۔۔ بھئی خوب ٹھونک بجا کر دیکھ لینا چاہیے کہ

گدا کمزور تو نہیں۔۔۔ رسی تو گھنی گھنائی نہیں۔۔۔ ورنہ آپ ہی پٹخنی لگے گی۔

لڑائی پر جانے سے چند دن پہلے تشریف لائے، ننھا برآمدے میں "لفٹ رائٹ لفٹ رائٹ" کر رہا تھا اسے دیکھ کر ایسے سٹپٹائے کہ بس۔۔۔

"لمبی چوڑی ہے میری فوج۔۔۔" میں نے سوچا بڑے بڑے دل دہل جاتے ہیں اسے دیکھ کر۔۔۔

"تم نے مجھے بتایا بھی نہیں۔۔۔"

"کیا۔۔۔"

"یہ۔۔۔ یہ۔۔۔ وہ ننھے کو گھورنے لگے۔"

"اوہ یہ۔۔۔ ہاں کوئی ایسی بتانے کی بات ہی کیا تھی۔ میں نے اسے یتیم خانہ سے لے لیا تھا۔۔۔ جی بہلتا ہے اس سے۔۔۔"

"مگر یہ۔۔۔ سچ بتاؤ۔۔۔" کتنی گھبراہٹ اور کتنی التجا تھی۔

"کیا بتاؤں۔۔۔؟ ہاں تم اپنی کہو یہ چچی جان نے لاڈلے بیٹے کو کیسے لڑائی پر بھیج دیا۔۔۔" میں نے بات پلٹی۔

"لڑائی پر۔۔۔ وہ۔۔۔ ہو گا۔۔۔ تم پہلے یہ بتاؤ۔۔۔ کہ۔۔۔" وہ ننھے کی طرف مڑے۔

"سمجھ ہی میں نہیں آتا تمہاری تو۔۔۔ کیا تو یتیم خانہ۔۔۔"

"ہوں۔۔۔" صلو کا چہرہ دیکھنے کے قابل تھا کچھ کھوئی کھوئی سی کھسیانی صورت۔۔۔"

"جی گھبرا رہا ہے،" میں نے چھیڑا۔

اور ان کی رنگت بدلی۔۔۔ "بچارا بچہ! مر گیا۔۔۔ اس کا باپ شاید،" تلخی سے کہا۔

"خاک تمہارے منہ میں۔ خدا نہ کرے۔۔۔" میں نے ننھے کو کلیجے سے لگالیا۔

"ٹھائیں۔۔۔" ننھے نے موقعہ پاکر بندوق چلائی۔

"ہائیں۔۔۔ پاجی۔۔۔ ابا کو مارتا ہے۔۔۔" میں نے بندوق چھین لی اور پھر آنکھوں میں وہی شرارت تڑپی۔۔۔ پھر۔۔۔ بلا کی گہری ہوگئیں۔۔۔ کچھ پاگل۔۔۔ عجیب سی۔۔۔ ٹٹولنے کے باوجود اس بھول بھلیاں میں راستہ نہ ملا۔

(۱۰) بہو بیٹیاں

یہ میری سب سے بڑی بھابی ہیں۔ میرے سب سے بڑے بھائی کی سب سے بڑی بیوی۔ اس سے میرا مطلب ہرگز یہ نہیں ہے کہ میرے بھائی کی خدانہ کرے بہت سی بیویاں ہیں۔ ویسے اگر آپ اس طرح سے ابھر کر سوال کریں تو میرے بھائی کی کوئی بیوی نہیں، وہ اب تک کنوارا ہے۔ اس کی روح کنواری ہے۔

ویسے دنیا کی نظروں میں وہ بڑی بھابی کا خدائے مجازی ہے اور پون درجن بچوں کا باپ ہے۔ اس کی شادی ہوئی، دولھا بنا، گھوڑے پر چڑھا، دلھن کو گھر لا کر پلنگ پر بٹھایا پھر پاس ہی خود بھی بیٹھ گیا۔ اور جب سے برابر بیٹھ رہا ہے۔ لیکن تصوف کی باتیں سمجھنے والوں ہی کو معلوم ہے کہ وہ کنوارا ہے اور سدا کنوارا رہے گا۔

اس کا دل نہ بیاہ سکا اور نہ کبھی بیاہ سکے گا، وہ نہ کبھی دولھا بنا، نہ گھوڑے پر چڑھا، نہ دلہن کو لایا نہ اس کے سنگ اٹھا بیٹھا۔ وہ تو اس کا باپ تھا جس نے اس کا بیاہ طے کیا، ایرے غیرے نتھو خیرے کی رائے سے۔ وہ بغاوت کے بخار میں جھلستا رہا مگر چوں نہ کر سکا۔ کیوں کہ وہ جانتا تھا، اس کے باپ کے ہاتھ بڑے تگڑے ہیں اور جوتے اس سے بھی تگڑے۔ اس لیے اس نے بہتر سمجھا کہ وہ شہید تو ہو ہی رہا ہے جوتے سے شہید نہ ہو۔ تب بھی کوئی فرق نہیں پڑتا۔ لہٰذا وہ دولھا بنا اور سہرے کے پیچھے تاڑنے والوں نے تاڑ لیا کہ ایک اور سہرا بندھا ہے جو اس کے ارمانوں کے خون میں ڈوبے ہوئے آنسوؤں سے گوندھا گیا ہے، جس میں اس کی نہ سنائی دینے والی سسکیاں پوری ہوئی ہیں۔ جس میں اس

کے مسلے ہوئے جذبات اور کچلی ہوئی مسرتیں بندھی ہوئی ہیں۔ وہ گھوڑے پر نہیں چڑھا۔ اس کی میت ماں باپ کی ہٹ دھرمی کے گھوڑے پر لٹکادی گئی۔ وہ اپنی دلھن نہیں لایا بلکہ وہ ماں باپ کی دلھن تھی۔ ان ہی کی بیاہتا تھی۔

مگر ایک مجبور بیٹے کی طرح بنا آہ وزاری کے وہ دلھن کے پاس بھی گیا۔ اس کا گھونگھٹ بھی ہٹایا مگر وہ یہی ارادہ کر چکا تھا کہ وہ خود وہاں نہیں، یہ اس کا باپ ہے جو اس دلھن کا دولھا ہے. مگر چونکہ میری بھابی اس وقت بڑی نہ تھی۔ میرا مطلب ہے جسمانی طور پر وہ دبلی پتلی اور نازک سی چھوکری تھی، اس لیے ایک لمحہ کو میرے بڑے بھائی کا جسم اس سے بیاہ گیا لیکن بہت جلد ہی وہ دبلی پتلی عورت بڑھنا شروع ہوئی اور چند سال ہی میں وہ پھول پھال کر بے تکے گوشت کا ڈھیر بن گئی۔ میرے بھائی نے اس کے اوپر چڑھتے ہوئے گوشت کو نہ روکا۔ اس کی جوتی روکتی۔ وہ اس کی تھی کون؟

لیکن وہ بچے۔۔۔ اس کے ماں باپ کے بچے جنھیں وہ کبھی بھولے بھی نہ چھوتا ،تعداد میں بڑھتے رہے۔ ناکیں سر سڑاتے، میلی ٹانگیں اچھالتے ،واویلا مچاتے۔ مگر میرے بھائی کے دل کے دروازے ویسے ہی بند رہے، وہ ویسا ہی کنوارا اور بانجھ رہا۔ میری بھابی کچھ ایسی ان مرحلوں میں پھنسی کہ اس نے پلٹ کر بھی بھیا کی طرف نہ دیکھا۔ جیسے کہتی ہوں، میں تو پہلے ساس سسر کی بہو ہوں، نند کی بھاوج ہوں، بچوں کی اماں ہوں، نوکروں کی مالک ہوں، محلے ٹولے کی بہو بیٹی ہوں پھر اگر وقت ملا تو تمہاری بیوی بھی بن جاؤں گی۔

بھیا کو اس طرح ساجے کی ہانڈی بڑی پھیکی سیٹی اور بے مزہ لگی اور اس نے اپنا دل سنبھال کر اٹھایا۔ بکھرے ریزے سمیٹے اور تلاش میں نکل کھڑا ہوا۔ اس نے کتنے ہی آستانوں پر اس چکنا چور شیشے کے ٹکڑے کو جا کر رکھا، مگر کوئی مرہم کوئی دوا ایسی نہ ملی جو

ان ریزروں کو جوڑ دیتی اس لیے وہ اب بھی اپنا کنوارا دل لیے پھر رہا ہے کسی دل والی کی تلاش میں۔

اس نے دل والیوں کو رنڈیوں کے کوٹھے پر ڈھونڈا۔ گندی گلیوں میں گھومنے والی ٹکھائیوں میں تلاش کیا۔ ریڈیو اسیشنودں پر گانے والی حسیناؤں اور آرٹسٹوں میں ٹٹولا۔ ہسپتالوں کی نرسوں میں بھی جستجو کی۔ فلمی پریوں کی گپھاؤں میں بھی بھٹکا اور اکسٹرا لڑکیوں کے جھرمٹ میں بھی جھانکا۔ جاہل گاؤں کی گنواریوں، سڑک کی کوٹنے والیوں، مچھیرنوں اور بھٹیاریوں کے آگے بھی ہاتھ پھیلایا۔ ڈارئنگ روم میں اگنے والی اور باتھ روم میں تھرکنے والی شریف زادیوں سے بھی بھیک مانگی مگر اسے دل والی کہیں نہ ملی۔ لاکھوں ہی گھونگھٹ پلٹ ڈالے مگر وہی عورت، وہی ساس سسر کی بہو، وہی ان کے ہی بال بچوں کی ماں دکھائی دی۔

میری بھابی سب سے بڑی سہی مگر زیادہ عقلمند ہرگز نہیں۔ اس نے میاں کو جھوٹے بہلاوے کبھی نہ دیے۔ جیسے پہلی ہی رات کو وہ سمجھ گئی کہ اپنی جان گھسانا حماقت ہے، ان تلوں سے تیل نہ نکلے گا۔ اور دنیا سے جی کڑوا کر کے کالے کلوٹے، ٹیڑھے بھینگے بچے تو خود بخود اس کے پیٹ میں تعمیر ہوتے رہے۔ وہ تو ابکائیاں لینے اور بدوضع بننے کے سوا کچھ بھی نہ کرتی رہی۔ اور یہ بچے میرے بھیا سے انتقام لینے کا مفید آلہ ثابت ہوئے۔ جب ناک چاٹتے، نگ دھڑنگ بسورتے ہوئے کینچوے کسی محفل یا پارٹی میں میرے بھیا کو چھو دیتے ہیں تو وہ ایسے اچھل پڑتے ہیں جیسے بچھو نے چٹک لیا ہو۔ اور رجب کبھی بھولے سے کوئی احمق مہمان گھر میں گھر جاتا تو یہی تہذیب اور نفاست کے قاتل ادب اور سلیقہ کے دشمن اس کی چھاتی پر کودوں دل کر اس کو ڈوب مرنے کی ترغیبیں دیا کرتے ہیں۔

ان کے علاوہ گھر کے میلے بچھونے، میلے فرش اور چھچلاندے برتن ایک نفیس دماغ

روح کو ابدی مرگھٹ میں سلانے کے لیے کافی نہ پاکر میری بھابی نے جملہ ترکیبوں اور خوش گفتاریوں کے زریں نسخے استعمال کر کے آنے جانے یا مستقل رہنے کے شوقین رشتہ داروں کا سلسلہ بھی منقطع کر دیا ہے۔

اسی لیے تو بیچارہ دل والی کی تلاش میں زر زمین لٹاتا پھرتا ہے۔ کبھی کبھی کوئی محبوبہ دلنواز موقع پاکر اس کا فرنیچر فروخت کر کے، مکان پگڑی پر اٹھا کر حتی کہ اس کے کپڑے بھی اپنے نئے عاشق کے لیے لے کر بھاگ جاتی ہے اور وہ پھر ویسا ہی لنڈورا اور یتیم رہ جاتا ہے۔

ویسے بھی اسے عشق راس نہیں آتا جہاں کے لوگ آوارگی کرتے ہیں پر گھنٹیاں کسی کے گلے میں نہیں لٹک جاتیں۔ وہ تو اگر بھولے سے کسی کی طرف مسکرا کر بھی دیکھ لیا تو وہ عورت فوراً حاملہ ہو جاتی ہے۔ اور اس کی جان پر ایک عدد تحفہ نازل کر دیتی ہے جسے وہ بلی کے گو کی طرح چھپاتا پھرتا ہے۔ وہ اپنے جائز بچوں سے ذرا نہیں شرماتا مگر اس کی علتوں سے اس کی عزت پر حرف آنے کا خوف ہے، وہ بڑا باعزت ہے نا۔

وہ اپنی اس مصیبت کو دنیا کی سب سے بڑی آفت سمجھتا ہے۔ جب اس کے دل کی دنیا اجاڑ پڑی ہے تو لوگوں کو بھوک، مہنگائی اور بے کاری جیسی بے مصرف چیزوں کے بارے میں کچھ سوچنے کا کیا حق ہے۔ دل ہے تو سب کچھ ہے۔

آپ سمجھیں گے کہ وہ کوئی جنسی مریض ہے۔ عورت کا بھوکا ہے۔ جی نہیں، اس ظالم عورت کی وجہ سے تو اسے بارہا شدید قسم کی بدہضمی بھی ہو چکی ہے۔ تو بات دراصل یہ ہے کہ وہ ایسے ماحول کی پیدائش ہے، جہاں غم دنیا کو غم عقبیٰ کی آڑ میں چھپانا سکھایا جاتا ہے۔ جہاں ہر جسمانی محرومی کا الزام نصیب کے سر اور روحانی تشنگی کا ٹھیکہ معشوق کے ذمے۔ وہ قسمت کے پیچھے ڈنڈا لے کر پڑا ہوا ہے۔ ایک دن اسے نصیب کہیں دبکا ہوا مل

جائے گا اور وہ اس کا سر پاش پاش کر دے گا۔ پھر وہ ہو گا اور اس کی محبوبہ۔ لیکن اسے اتنا بھی نہیں معلوم کہ اس کا نصیب اس کی پیٹھ پر بیٹھا ہے اور اس کی چربی چڑھی آنکھوں کو کبھی نظر نہ آئے گا۔

اور ان کڑوے کسیلے ماں باپ اور فرسودہ نظام کے سایے میں پون درجن بچے پروان چڑھ رہے ہیں۔ آنے والی پود اگ رہی ہے اور زندگیاں سانچوں میں ڈھل رہی ہیں۔ نامعلوم منزل تک گھسٹنے کے لیے، دنیا میں تلخی اور افلاس کی پال پوس کرنے کے لیے۔

یہ میری دوسری بھابی ہے۔ میرے بھائی کی انمول دلھن۔ اس کی قسمت کا چمکتا دمکتا سورج اس کی مشعل راہ۔ میرا بھائی بڑا ہی تقدیر والا ہے۔ اس نے ایک غریب گھر میں جنم لیا، سردیوں کی ادھ مری روشنی میں پڑھ پڑھ کر ایک دن جب روشن ستارے کی طرح جگمگایا تو ایک بڑی سی مچھلی آئی اور اسے ثابت نگل گئی۔

جوں ہی اس نے اول نمبروں سے بی۔ اے۔ پاس کیا نواب گھمن کی نظر التفات اس پر پڑ گئی۔ نہ جانے کدھر کے رشتے ناطے جوڑ توڑ کر پروفیسروں کے ذریعے کانٹا مارا اور دیکھتے ہی ایک چھوڑ ہزار جان سے اس پر فریفتہ ہو گیے۔ پھر اسے اپنی سب سے چہیتی باندی کی سب سے لاڈلی بیٹی کو بخش دیا۔ بادا بہتیرا اچھد کے مگر ایک طرف تو تھی نواب زادی اور انگلینڈ جانے کا خرچہ اور دوسری طرف کھوسٹ باپ اور اپاہج ماں اور بن بیاہی بہنوں کی پلٹن کی پلٹن۔ اور ادھ پڑھے بھائیوں کی فوج۔ ظاہر ہے کہ بازی بڑے حلق والی مچھلی کے ہاتھ رہی اور بقیہ جونکیں منہ دیکھتی رہ گئیں۔ چٹ منگنی پٹ بیاہ۔ اماں کو سمدھن بننے کا شوق، بہنوں کی نیگ اڑانے کی تمنا دل کی دل ہی میں رہ گئی اور پوت پتنگا بن کر سات سمندر پار اڑ گیا۔

اماں نے جی پر پتھر رکھ لیا تھا کہ بلا سے ہڈی نیچی ہے تو جہیز ہی سے آنسو بجھ جائیں

گے۔ ماشاء اللہ اتنے سامان سے پلٹن کے دو چار سپاہی تو لیس ہو جائیں گے۔ دولھا کی سلامی سے ہی دو تین بھائیوں کی ناؤ پار اتر جائے گی۔ مگر سارے ارمان، سارے حوصلے پھر سے اڑ گیے۔ جب نواب کی ایک کوٹھی دلہن کا مائکا اور دوسری سسرال بنی اور بہو ایک کوٹھی سے دوسری کوٹھی کو بیاہ دی گئی۔

انگلینڈ سے لوٹ کر دولھا بیاہ کر سسرال چلا گیا اور اماں باوا نئے سرے سے دوسرا پودا سینچے پر جٹ گیے۔ پھر کسی دن اس پودے کے چکنے چکنے پات کسی باغبان کو نظر آ گیے تو وہ اسے بھی اس گھورے سے سمیٹ کر اپنے "سرہاؤس" میں لے جا کر رکھ دے گا اور اماں باوا ایڑیاں رگڑتے آخری منزل کو جا کر پکڑ لیں گے۔

اب یہ پہلا پودا اپنے سسر کی ریاست میں کسی مفت خوروں والے عہدے پر فائز ہے۔ علاوہ تنخواہ کے موٹر، گھوڑا گاڑی، کوٹھی، بنگلہ، نوکر چاکر اور ایک عدد نواب زادی اسے ملی ہوئی ہے۔ صبح اٹھ کر دربار میں تین سلام جھاڑ چکنے کے بعد وہ دن بھر پڑا کوٹھی میں اینڈتا ہے۔ کبھی کبھی اسے ایسا معلوم ہوتا ہے جیسے اس کی حیثیت افزائش نسل کے لیے استعمال کیے جانے والے سانڈ سے زیادہ نہیں جو تھان پر بندھا اگلی ہوئی قے کی جگالی کیے جا رہا ہے۔

اس کی بیوی یعنی نواب زادی کبھی اس کے غلیظ گھر نہ آتی مگر جب بوڑھے باپ نے دنیا کی جنگ سے عاجز آ کر ہتھیار ڈال دیے تو وہ مع اپنے پورے تام جھام کے دو گھڑی کو آئی۔ اس وقت بیچارے نوابی داماد کی شرم کے مارے بری حالت ہو گئی جیسے گورنر وائسرائے کی سواری آ رہی ہو تو ایک صاف سی سڑک چن کر جھنڈیاں لگا دی جاتی ہیں تا کہ وائسرائے سمجھے کہ سارا ملک ایسا ہی صاف اور جھنڈیوں سے سجا ہوا ہے۔

اس طرح گھر کا سارا کوڑا کرکٹ نظروں سے اوجھل رکھ دیا گیا۔ میت اٹھنے سے

پہلے ہی نواب زادی اٹھ کر چل دیں اور ساتھ ساتھ وہ داماد بھی۔ مگر بڑے حساس دل کا مالک ہے۔ وہ سب کچھ سمجھتا ہے اور اس کے دل پر برف کے گھونسے ہر دم لگا کرتے ہیں۔ اس لیے وہ جلد از جلد اس ماحول میں سمونے کی کوشش کرتا رہتا ہے اور خود فراموشی کے لیے شراب پیتا ہے۔ تب وہ سب کچھ بھول جاتا ہے۔ یہ بھی بھول جاتا ہے کہ سہانے موسم آگئے ہیں اور آس پاس کی ریاستوں کے رنگین مزاج سیر و شکار کو آجا رہے ہیں۔ اس کی بیوی دوسری نواب زادیوں کی طرح ہرنی بن کر چوکڑیاں بھر رہی ہے۔ وہ خود تین سلام جھاڑ رہا ہے۔ آرام دہ کمرے میں سر و پیر سے بے خبر پڑا ہے۔ اب تو اسے اپنی رفیق زندگی کی آنکھوں میں سے گذرتے ہوئے سوال بھی نہیں جگا سکتے۔ وہ یہی تو کہتی ہے کہ "تمھارا مصرف کیا ہے؟ میرے باپ کی جلد بازی نے تمھیں اس جنت ارضی میں لا ڈالا ہے اسے غنیمت جانو۔ جو یہ نہ ہوتا تو جوتیاں چٹخاتے پھرتے۔" ایسے موقع پر اس کا جی چاہتا ہے کہ وہ دنیا کو دونوں ہاتھوں سے اٹھا کر دے پٹخے اور۔۔۔

مگر وہ اس خیال کو اپنے دماغ میں جڑ پکڑنے سے پہلے ہی اکھاڑ پھینکتا ہے۔ دنیا جانتی ہے کہ وہ انگلینڈ سے کوئی ڈگری یا ڈپلوما تو لا نہ سکا۔ اس کے جاتے ہی صاحبزادی صاحبہ کو دل کے دورے پڑنے لگے اور انھوں نے رو رو کر اسے واپس بلوا لیا، اس لیے بیچارے کی حالت ایسی نیم پخت روٹی جیسی ہے جو قبل از وقت توے سے پھسل کر گھی میں آن گری ہو، اوپر سے کاہلی اور بے کاری کی پھپھوند نے اسے اور بھی بے مصرف بنا دیا۔ وہ ایر کنڈیشن کمروں میں سو سو کر اپنی پرانی کچی کھپریل سے کانپنے لگا ہے۔ فلش کا عادی ہو کر اسے غلیظ کچے سنڈاس کے خیال سے بخار چڑھتا ہے۔ اس کی قسمت کا ستارہ بلندیوں پر ٹمٹماتا ہے۔ جسے پکڑنے کے لیے وہ آوارہ بگولے کی طرح سرگرداں ہے اور جب وہ بہت تھک جاتا ہے تو غصے میں آکر وہسکی کی مقدار پیگ میں دوگنی کر کے پرسکون جمائیاں لینے

لگتا ہے۔ یہی اس کی کش مکش ہے اور یہی زندگی کی جدوجہد۔ نمک کی کان میں جاکر وہ بھی تو نمک کا کھمبا بن چکا ہے۔

جب ان نمک کی کانوں پر پھاوڑوں کی چوٹ پڑے گی اور ان کے پرنچے اڑ کر روٹیوں میں گوندھ ڈالے جائیں گے تو اس خالص نمک کے تودے کی روٹی نمکین نہیں بلکہ کرکری ہوگی، پھر اس کی کرکری روٹی کا نوالہ بھی تھوک دیا جائے گا۔

میری ایک بھابی اور بھی ہے۔ یہ تعلیم یافتہ کہلاتی ہے، اسے ایک کامیاب بیوی بننے کی مکمل تعلیم ملی ہے۔ وہ ستار بجا سکتی ہے۔ پینٹنگ کرسکتی ہے۔ ٹینس کھیلنے، موٹر چلانے اور گھوڑے کی سواری میں مشاق ہے۔ بچوں کی پرورش آیا سے بخیر وخوبی کرواسکتی ہے۔ بہ یک وقت سوڈیڑھ سو مہمانوں کی آؤ بھگت کرسکتی ہے۔ میرا مطلب ہے بیرا لوگ کو اپنی نگرانی میں لے کر۔ بڑے لاڈپیار سے اس کی کانوینٹ میں تربیت ہوئی اور جب خدا رکھے سن بلوغ کو پہونچی تو اس کے روشن خیال والدین نے اس کے حضور میں ہونہار امیدواروں کی ایک رجمنٹ کو پیش ہونے کی اجازت دے دی۔ ان میں آئی۔ سی۔ ایس بھی تھے اور پی۔ سی۔ ایس بھی تھے۔ حسین اور تعلیم یافتہ بھی تھے، بدصورت اور دودھاری گائیں بھی، اشرفیوں کے تھیلوں کے ساتھ ساتھ منہ کا مزہ بدلنے کو کچھ ادیب بھی اور شاعر بھی اور پھر اس سے کہہ دیا کہ بیٹی تیرے آنکھیں بھی ہیں اور ناک بھی، خوب ٹھوک بجاکر ایک بکرا چھانٹ لے۔

سو اس نے خوب جانچ پڑتال کر ایک اپنے ہی پلے کا بھاری بھرکم چن لیا اور اس پر عاشق ہوگئی جس کی داد اس کے والدین نے عظیم الشان جہیز کی صورت میں دی۔

لوگ اس ہنس ہنسنی کے جوڑے کو رشک کی نگاہوں سے دیکھتے ہیں اور وہ بھی شدت الفت میں بیتاب ہوکر ایک دوسرے کو "ڈارلنگ" کہتے ہیں۔

دونوں میاں بیوی ایک ہی فرمے کے بنے ہوئے ہیں۔ ان کے مزاج یکساں، پسند اور ناپسند یکساں، غرض ہر بات یکساں ہے۔ دونوں ایک ہی کلب کے ممبر ہیں، دونوں ایک ہی سوسائٹی کے چہیتے فرد۔۔۔ ایک ہی تھالی کے چٹے بٹے۔ یہی وجہ ہے کہ انھیں ایک دوسرے سے اتنی شدید قسم کی نفرت ہے، وہ مہینوں ایک دوسرے کی صورت نہیں دیکھتے۔ فرصت ہی نہیں ملتی۔

میاں کا ایک دوسرے اعلی افسر کی بیوی سے مشہور و معروف قسم کا عشق چل رہا ہے اور بیوی اس کے ایک ہم عصر سے مانوس ہے، جس کی بیوی اپنی سہیلی کے میاں سے اٹکی ہوئی ہے یہ سہیلی ایک سارجنٹ کے دام الفت میں گرفتار ہے جس کی اپنی بیوی ایک بوجھل سے سیٹھ کے پاس رہتی ہے، جس کی پرانی چیچک رو بیوی منیجر سے الجھی ہوئی ہے جو اینگلو انڈین لڑکیوں کے چکر میں پڑا ہوا ہے۔ جو ملٹری کے نوعمر۔۔۔ انھیں چھوڑیے بھی، کیا فائدہ دخل در معقولات سے۔ میرے بال نائی کے پاس، نائی کا استرہ میرے پاس۔ میرا استرہ گھسیارے کے پاس۔ اس طرح یہ زنجیر ایک حلقہ کے منہ میں دوسرے کی دم لیے دنیا کے گرد چکر کاٹ رہی ہے۔ میری بھابی بھی اس زنجیر کا ایک حلقہ ہے اور وہاں جب تک لٹکی رہے گی جب تک زنجیر کرۂ ارض کو جکڑے رہے گی۔

اور میری تیسری بھابی تو جگ کی دلھن ہے۔ وہ اس سڑک کے مانند ہے جس پر سب چلتے ہیں۔ اس چھاؤں کی طرح ہے جو ہر تھکے ماندے کو اپنی آغوش میں تھپکیاں دے کر خود فراموشی کے اسباب مہیا کرتی ہے۔ وہ ساجھے کی ہانڈی ہے جو آخر میں چوراہے پر پھوٹے گی، وہ جنھیں منہ کا مزا بدلنے کے لیے نعمت خانہ میں مال مصالحہ رکھنے کی توفیق نہیں وہ اس صلائے عام سے فائدہ اٹھاتے ہیں۔

وہ روز شام کو نئے دولھا کی دلھن بنتی ہے اور صبح کو بیوا ہو جاتی ہے۔ وہ اپنی ان بہنوں

سے خوش نصیب ہے جو اللہ کی دین سے ایک شب میں دس بارہ بار دلھن بنتی ہیں۔ دس براتیں چڑھتی ہیں اور دس بار رانڈ ہوتی ہیں۔ بعض لوگ نک چڑھی پڑوسنوں کی طرح اس پر ٹیڑھی ٹیڑھی نظریں ڈالتے ہیں، ان کا خیال ہے کہ وہ کچھ نیچ ہے۔ کوئی گناہ کر رہی ہے۔

مگر خود اس کی سمجھ میں نہیں آتا کہ وہ کون سا پاپ کر رہی ہے۔ دنیا میں کیا نہیں بکتا اور کیا نہیں خریدا جاتا۔ جو لوگ اسے جسم بیچتا دیکھ کر اتنا بلبلا اٹھتے ہیں کیا لوگ پیسے کے عوض اپنے دماغ نہیں بیچتے۔ اپنے تخیلات کا سودا نہیں کرتے۔ اپنا ضمیر نہیں بیچتے۔ معصوموں کا خون بھی تو آٹے میں گندھ کر بکتا ہے۔ کاری گر کا گاڑھا پسینہ بھی تو کپڑے کے تھان رنگ کر فروخت کیا جاتا ہے۔ ایک کلرک کی پوری زندگی چالیس روپیہ مہینے پر بک جاتی ہے۔ ایک ٹیچر کی پوری عمر کا سودا اتنے ہی داموں پر ہو جاتا ہے۔ تو پھر اس جسم خاکی کے لیے کیوں اتنی لے دے۔

اور اس کا باپ کالے بازار کا معزز ستون تھا۔ اس کا بھائی ناجائز ذرائع سے ناجائز لوگوں تک پہنچتا تھا۔ اس کا دوسرا بھائی پولیس کا ذمہ دار فرد ہوتے ہوئے بھی غیر ذمہ دارانہ حرکتیں کیا کرتا تھا۔ اور دنیا ان سب کو جانتے ہوئے بھی انھیں گلے سے لگائے بیٹھی ہے۔ وہ بھی تو آخر انھیں میں سے ایک ہے جہاں آوے کا آوا ٹیڑھا ہے وہاں اس کی بھی کھپت ہونی چاہیے۔

ویسے وہ کوئی پشت ہا پشت کی رنڈی نہیں۔ اس میں اس کا کیا قصور، وہ آرٹ کی خدمت کرنے فلم لائن میں گئی اور وہاں سے لوگ نہ جانے کب اور کیسے اسے دھیرے دھیرے اس کونے میں کھینچ لائے۔ اس نے یہی تو کیا فلم اسٹار بننے کی خاطر ہر آستانے پر سر ٹکایا۔ فنانسر سے لے کر ایکٹر تک کے گھر کی خاک چھانتے چھانتے وہ خود چھلنی بن

گئی۔ اس گڑبڑ میں وہ نہ جانے کون سا ریہرسل غلط کر گئی جو بجائے آسمان فلم کا درخشاں ستارہ بننے کے وہ یہاں سڑک کے کنارے ٹمٹمانے لگی۔

یہی نہیں کہ اس نے شادی نہ کی ہو، اس نے اس کوچے کی بھی دشت پیمائی کر کے دیکھ لی، مگر شادی کے چند ہی مہینے بعد اس کا میاں، حسب معمول ادھر ادھر جانے لگا۔ وہ شاید تنگی ترشی میں بھی گزر کر لیتی، مگر وہ تو جتنے پیر سکوڑتی گئی اتنی ہی وہ چادر کترتا گیا۔

سوائے بیوی بننے کے اسے اور کوئی ہنر نہ آتا تھا، وہ چاہتی تو تیس پنتیس کی استانی گری کر لیتی مگر اتنے روپے سے تو اسے شمپو کا خرچ چلانے کی بھی عادت نہ تھی، یا ہسپتال میں نرس بننے کی کوشش کرتی، اور ساٹھ روپے کے عوض خون، پیپ، کھانسی، بخار، قے، دست میں قلابازیاں کھاتی، لیکن وہ اچھی طرح جانتی تھی کہ اس قسم کی حماقتوں میں جان کھپانے کا شوق اس کے خمیر میں حلول نہیں۔ مجبوراً اسے فلم کے دروازے پر دستک دینی پڑی۔

رنگین فلم ہندوستان میں بنتی تو شاید اس کا میدا شہاب رنگ کچھ برق پاشیاں کر سکتا۔ لیکن ان کالی سفید فلموں میں اس کی چوڑی چکلی ناک اور چندھی آنکھوں نے اس کی لٹیا ڈبو دی۔ دو چار تھکی ہاری فلمیں بنا کر وہ فنائنسر کی آغوش سے گر کر ڈائرکٹر کے پاس آئی۔ وہاں سے پھسلی تو ہیرو اور سائڈ ہیرو کے ہتھے چڑھی۔ اس کے بعد ایک کیمرہ مین لپکا۔۔۔ وہاں سے جو ٹپکی تو قعر گمنامی میں کھسک گئی اور جب آنکھ کھلی تو اس نے خود کو اس بازار حسن میں معلق پایا مگر وہ اب بڑی سمجھدا ہو گئی ہے۔ اپنے گاہکوں کو بڑی ہوشیاری سے ناپتی تولتی۔ اگر کسی دن کوئی موٹی مرغی، بدصورت بیوی اور غلیظ بچوں کی ہنکالی ہاتھ آ گئی تو وہ اسے اپنا مستقل گاہک بنا ڈالے گی اور سرکار سے اس استقلال کا سارٹیفکٹ حاصل کر کے کالے بازار کے آئندہ ستون تعمیر کرنا شروع کر دے گی۔

یہ ہیں آدم و حوا کے جانشین۔ تخلیق کے علم بردار اور دنیا کی گاڑی کو چلانے والے جو بجائے چلانے کے اسے لات گھونسے سے آگے پیچھے ڈھکیل رہے ہیں۔

مگر ٹھہریے میری ایک اور بھابی ہے۔ پر وہ نہ جانے کہاں ہے۔ میں نے ایک آدھ بار صرف اس کی جھلک دیکھی ہے۔ کبھی اس کے ماتھے پر ڈھلکے ہوئے زرتار آنچل کو دیکھا ہے۔ مگر اسے پرچم بنتے نہیں دیکھا۔ ان کی دودھ ایسی پیشانی پر محنت کی افشاں چنی دیکھی ہے۔ مگر اس افشاں میں اودا، پیلے، نیلے سب رنگ ہیں اور سہاگ کی سرخی کی جھلک نظر نہیں آتی۔ میں نے اس کی حسین انگلیاں تو دیکھی ہیں مگر انھیں الجھے بالوں کا پیچ و خم سلجھاتے نہیں دیکھا۔ اس کی سانولی شام کو شرمانے والی زلفوں کی گھٹائیں دیکھی ہیں مگر انھیں کسی کے تھکے ہوئے شانوں پر پریشان ہوتے نہیں دیکھا۔ مں نے اس کا چکنا میدے کی لوئی جیسا پیٹ تو دیکھا ہے مگر اس میں ابھی نئی امید کے پودے کو پروان چڑھتے نہیں دیکھا۔ میں نے اس کی چتونیں دیکھی ہیں مگر انھیں شمشیر بنتے نہیں دیکھا۔

سنتے ہیں سنہرے دیسوں میں وہ آن بسی ہے اور ماتھے کی افشاں امر سہاگ کا سیندور بن چکی ہے۔۔۔ اس کی مہکتی زلفیں چوڑے چکلے شانوں پر بکھر رہی ہیں۔۔۔ اس کی پتلی پتلی انگلیاں الجھے بال ہی نہیں سلجھا رہی ہیں بلکہ بندوقوں میں کارتوس بھر رہی ہیں اور تلواروں کی دھار پر اپنی تیکھی چتونوں سے سان رکھ رہی ہیں۔

دور جانے کی ضرورت نہیں۔ یہیں بہت قریب میرے پڑوس میں تلنگانہ کی البیلیاں جی وار جوانوں کی آرتیاں اتار رہی ہیں۔ اور ان کے ہتھیاروں پر عقیدت کے پھول چڑھا کر سیندور کے ٹیکے لگا ہی ہیں۔

میرا ارادہ ہے کہ ایک دن میں بھی اس سرزمین پر جاؤں گی اور ان سہاگنوں کے ماتھے کا تھوڑا سا سیندور مانگ لاؤں گی۔۔۔ اور اسے اپنی مانگ میں رچاؤں گی۔

اور پھر وہ میری چہیتی بھابی میرے دیس کے کونے کونے میں آن بسے گی۔ اگر ان ساس نندوں کے ڈر سے میری بھابی بن کر نہ آسکی تو میں دعوے سے کہتی ہوں، کہ وہ میری بہو بن کر تو ضرور آئے گی۔

(۱۱) اپنا خون

سمجھ میں نہیں آتا، اس کہانی کو کہاں سے شروع کروں؟

وہاں سے جب چھمی بھولے سے اپنی کنواری ماں کے پیٹ میں پلی آئی تھی اور چار چوٹ کی مار کھانے کے بعد بھی ڈھٹائی سے اپنے آسن پر جمی رہی تھی اور اس کی میانے اسے اس دنیا میں لانے کے بعد اپلوں کے تلے دباتے دباتے ممتا کی ان جانی سی کیل کلیجے میں چبھنے پر چھاتی سے لگالیا تھا۔

یا وہاں سے جب چھمی کی ماں کو جمن مردار خود از راہ کرم بیاہ کرلے گیا تھا۔ کیوں کہ تلے اوپر اس کی تین چار بیویاں ٹھکانے لگ چکی تھیں اور اس کی اندھی ماں کی دیکھ بھال کے لیے اس کے تینوں لڑکے بہت چھوٹے تھے اور اس وقت چھمی بھی اپنی حرافہ ماں کے ساتھ ٹین کی صندوقچی اور مرمروں کی پوٹلی کے ساتھ بیل گاڑی میں دھری جمن کے گاؤں پہنچ گئی تھی۔۔۔ بالکل اسی طرح جیسے وہ ایک دن اپنی الہڑ ماں کی کوکھ میں پہنچ گئی تھی۔

یوں تو کہانی وہاں سے بھی شروع کی جا سکتی ہے جہاں لگان نہ دینے کی وجہ سے نایب کے جوتوں کی تڑاتڑ سے جمن کا جوار باجرے سے بنا ہوا اودا اودا خون ناک سے راستے نکل رہا تھا۔ اور کوئی راستہ نہ پا کر اس نے تیرہ برس کی چھمی کو اس کی ماں کا لہنگا پہنا کر سولہ برس کی عورت بنانے میں کامیابی حاصل کرلی تھی اور پھر نایب کے جوتے تڑتڑانا بند ہوگئے تھے اور چھمی محل کے زنانہ شاگرد پیشے میں یوں پہنچ گئی تھی جیسے وہ ہمیشہ وہاں پہنچنے کی عادی تھی۔

نہیں، شاگرد پیشے میں تو کہانی بالکل اتھل پتھل ہونے گی تھی۔ دوسری باندیوں نے اس کا لہنگا اٹھا اٹھا کر اس کا خوب کھیل بنایا تھا۔ جیسے پنجرے میں نئی چڑیا ڈال دی جائے تو ساری چڑیاں اس پر ٹوٹ پڑتی ہیں، اسی طرح چھمی پر ٹھونگوں کی بوچھار ہونے لگی۔۔۔ مگر چھمی پھولوں کی سیج پر تو پلی نہ تھی جو چٹکیوں طمانچوں کو خاطر میں لاتی۔ اور نہ لہنگا اٹھ جانے سے اس کی شان میں کوئی بٹہ لگ جانے کا خطرہ تھا۔ لہنگے سے اسے یوں بھی کوئی خاص دلچسپی نہ تھی۔ ابھی چند سال پہلے تک وہ صرف میلے ٹھیلے کے موقع پر گھگریا پہنتی تھی، جو لوٹتے وقت فوراً اتروالی جاتی تھی کہ کہیں کیچڑ دھول میں ستیاناس نہ لگ جائے اس کا روزانہ کا لباس چند چیتھڑے تھے جنہیں وہ لنگوٹ کی طرح کس کے باندھ لیا کرتی تھی۔ ماں کے گھیر دار لہنگے سے اسے قطعی دلچسپی نہ تھی۔ پھر نیفے میں بسی جوئیں الگ کھسوٹ رہی تھیں۔ جب لونڈیا ہنستے ہنستے تھک گئیں تو نئی شرارتیں ایجاد کرنے لگیں۔

"اری نامراد تو نے خانم صاحب کو مجرا کیا کہ نہیں؟" گل بدن بولی۔

"سلام کیا تھا۔ یہ مزرا کیا؟"

نوبہار تو زمین پر لوٹن کبوتر بن گئی۔۔۔ "اری سلام نہیں مجرا۔ ابھی تک نہیں کیا تو بس سمجھ لے تیری خیر نہیں۔ دیکھ پہلے خانم صاحب کے سامنے جاکے تین بار خوب جھک کر سلام کر۔۔۔ ایسے شبو نے سلام کر کے بتایا۔ "سمجھی؟"

چھمی کے من بھر کی منڈیا ہلادی۔

"ہاں، اور دیکھ پھر نہایت ادب سے لہنگا اٹھا دینا۔۔۔ "صنوبر کھکھلانے لگی۔

"چپ رہو گدھیو! ہنسنے کی کیا بات ہے جی!"

"اور دیکھ، مروے شونی ہنسنا نہیں، ورنہ یہ سمجھ لے کھود کے وہیں چوکی تلے گاڑ دیں گی۔"

چھمی سمجھ گئی۔

زمردی خانم، لونڈیوں کی دروغن، عصر کی نماز سے فارغ ہو کر مصلے پر بیٹھی ہزار دانہ پھیر رہی تھیں۔ حور و قصور دماغ میں رچا ہوا تھا۔ نگاہوں میں تقدس اور چہرے پر دھڑیوں نور برس رہا تھا۔ ان کا سن بھی چھمی کا سا تھا۔ یوں گوشت کا پہاڑ تھوڑا ہی تھیں۔ چھمی نے سلام کیا تو وہ عالم بالا کے تصور ہی میں کھوئی ہوئی تھیں مگر جب لہنگا اٹھا تو چودہ طبق روشن ہو گئے۔ ایک دھماکے کے ساتھ وہ بنجر زمین پر آ رہیں۔

کہانی یہاں بالکل دوسرا ہی پلٹا کھا سکتی تھی۔ شاید چھمی پھر جمن کے سر پر پٹخ دی جاتی، جہاں پھر جوتے منڈلانے لگتے اور اودا خون بہنے لگتا۔

مگر ایسا ہوا نہیں کہ کیچڑ میں سچا موتی رل رہا ہو تو جوہری کی آنکھ دھوکا نہیں کھاتی۔ چھمی کی میل جمی ٹانگوں پر سنہرے رونگٹے دیکھ کر زمردی خانم نے فوراً بھانپ لیا کہ موتی کیچڑ میں سنا ہوا ہے۔ انہوں نے اشارے سے چھمی کو پاس بلایا۔

لونڈیوں باندیوں کی گھگی بندھ گئی۔۔۔ اب خانم جھک کر سلیم شاہی جوتی اٹھائیں گی اور پھٹکی پھٹکی کر کے چھمی کا بھیجا دالان در دالان چھٹک جائے گا۔ نہیں۔۔۔ شاید بیٹھے بیٹھے اس کے پیٹ میں لات ماریں گی۔ خانم کی لات میں عربی گھوڑی جیسا زناٹا تھا۔ لطیفہ کے پیڑو پر یہی گھوڑی کی لات پڑی تھی جو خون کے اتنے دست آئے کہ وہ چل دی اللہ میاں کے ہاں۔

مگر خانم صاحب نے نہ عربی گھوڑی والی دولتی جھاڑی، نہ زرکار سلیم شاہی سنبھالی۔ وہ کالی ٹانگوں پر سونے کے تاروں کی نقاشی دیکھ دیکھ کر مسکرا رہی تھیں۔ پھر انہوں نے اسے سب جگہ سے ناپا ٹٹولا۔ سب کچھ جمع جوڑ کر تیرویں سال کی رقم سے تقسیم کیا۔ جواب؟ لاجواب۔

خانم کے ہاتھوں سے نہ جانے کتنی باندیاں کاٹ چھانٹ کے بعد حسن و جوانی کے مرقع بن کر نواب صاحب کی سیج کو گرما چکی تھیں۔ کیا معرکے کی نگاہ پائی تھی، پیٹ کی لونڈیا کو بھی ناپ تول کر چٹکی بجاتے میں بھانپ لیتی تھیں کہ کوکھ میں پدمنی براج رہی ہے یا کوئی چڑیل پیر پسار رہی ہے۔ ناپ تول سے یہ تو عورت بنتی ہے۔ کولہے، کمر، سینہ، بازو، پنڈلیاں، رانیں، گردن۔

حسن کے مقابلوں میں جیسے پور پور ناپی جاتی ہے، بالکل اسی طرح خانم کی نگاہوں کا فیتہ کام کرتا تھا۔

ہاں، اب یہاں سے اصل کہانی شروع ہوئی۔ خانم صاحب نے نورن وائی کو طلب فرمایا۔ اسے لیبارٹری یعنی حمام تیار کرنے کا حکم دیا۔ پہلا ہنگامہ تو چھمی کے جوؤں بھرے سر نے کھڑا کر دیا۔ اس کا علاج فوراً قینچی سے کر دیا گیا۔ خشخاشی بال کرنے کے بعد بھی تالو سے چمٹی ہوئی جوئیں بالکل چھمی کی طرح سخت جان ثابت ہوئیں۔ دھو پھٹک کر چھمی چٹائی پر پھیلا دی گئی۔ آنکھیں اور ناک کے نتھنے چھوڑ کر اس کے بدن پر کوئی کتھئی رنگ کا لعاب دار مسالہ تھوپ دیا گیا۔ پھر اسے کھولتے ہوئے پانی سے دھویا گیا۔ اس کے بعد کوئی دوسرا لیپ چڑھایا گیا۔

چھمی چپ چاپ سسکیاں لیتی رہی۔۔۔ خانم صاحب اس کے کوفتے پکا رہی ہیں، مسالہ لگا کر چھوڑیں گی، پھر اسے سیخوں پر چڑھا کر انگیٹھی پر سینکا جائے گا پھر کتوں کو کھلایا جائے گا۔ ہفتہ بھر چھمی دھلتی رہی چھنتی رہی۔ اس کی نس نس پھوڑے کی طرح ٹپکتی رہی۔ دو دن بخار بھی چڑھا۔ پھر لیپ ختم ہو کر مرہم چپڑے جانے لگے اور چھمی کی ٹیسیں کم ہوئیں۔

ہفتہ بھر گزرنے کے بعد وہ بالکل پانی میں پھوٹی ہوئی کنول کی کوپل کی طرح نکل آئی۔ اس عرصے میں اسے دودھ اور شہد کے سوا کچھ کھانے پینے کو نہ ملا۔ بھوک کے مارے وہ بلبلاتی رہتی مگر کوئی شنوائی نہ ہوتی۔ موٹی بیجھڑ کی روٹی اور چٹنی کھانے والی کانینیوں اور شوربوں سے کیا بھلا ہوتا۔ دس بارہ خربوزے ایک سانس میں صاف کرجانے والی سردے کی ایک قاش سے کیا۔ ایک دن وہ چپکے سے شاہی مطبخ میں پہنچ گئی اور اتنا ہبڑ ہبڑ کر کے کھایا کہ تین دن تک دستوں کے مارے ہلکان ہوا کی۔ پھر اسے مسہل دیے گئے، جوشاندے اور معجونیں چٹائی گئیں اور پھلوں کے رس حلق میں ٹپکائے گئے۔

چھ مہینے بعد خانم صاحب نے اسے اپنی تجربہ گاہ سے جب نکالا تو وہ چودہ سال کی ہو چکی تھی۔ اس کا رنگ کافور کی طرح سفید ہو گیا تھا۔ بال کندھوں کو چھو لیتے، اگر خم دار نہ ہوتے۔

اب انہوں نے اسے زیتون کے تیل میں ڈبو کر جڑی بوٹیوں میں بسائے ہوئے پانی سے بار بار دھویا۔ صابن کے بغیر صرف پانی کی دھار سے تیل کی چکنائی چھڑانے میں جو محنت اور وقت صرف ہو، اس کا تو کچھ حساب ہی نہیں۔ پھر گھسا ہوا صندل اس کے انگ انگ پر مل کر پپڑیاں چھٹائی گئیں۔ زائد بال موچنے سے اکھاڑے گئے۔ پھر اسے پنڈلیوں پر چپکا ہوا کورے دھلے نین سکھ کا آڑا پاجامہ اور شبنم کا زرکار کرتا پہنایا گیا۔ اس کے بالوں کے چھلے سنوار کر کارچوبی ٹوپی لگائی گئی۔ موتی جڑی چوڑے گریبان کی صدری اور تلے کی موجڑی پہنائی گئی۔

جب چھمی پھولوں کے گجرے لے نواب بیگم کی خواب گاہ میں پہنچی تو وہ نہ ہلیں نہ جلیں، بس گم صم مخملیں تکیے پر کہنی ٹکائے اسے دیکھتی رہیں۔

"غضنفر نواب،" بڑی شکل سے ان کے ہونٹ سسکی میں ہلے۔

مجرے کے بعد چھمی نے دوزانو ہو کر گجروں کا تھال ادب سے پیش کیا۔

کانپتے ہوئے سہمے سہمے ہاتھ سے انہوں نے سونے کے چھلوں کو چھوا۔ کنپٹی پر سنہرا غبار سا لرز رہا تھا۔ کلمے کی انگلی بہکتی ہوئی رخسار کے بھورے تل کو چومتی ہونٹوں پر کانپنے لگی۔ چرکا سا لگا اور انہوں نے کہنی میں منہ چھپا کر ایک آہ بھری۔

"غارت ہو،" انہوں نے آواز گھونٹ لی۔

چھمی کے ہاتھ سے پھولوں بھرا تھال چھوٹ پڑا۔ خانم صاحب نے جھک کر اسے ٹھوکا دیا اور وہ بھد سے بیٹھ گئی۔ انگلی کے اشارے سے انہوں نے اسے دفعان کیا اور پھول اٹھانے لگیں۔

"حضور! خانم صاحب نے نواب بیگم کی پیشانی سے لٹ ہٹائی۔"

"غارت ہو،" نواب بیگم چھلک پڑیں۔ مگر خانم صاحب غارت نہیں ہوئیں، وہیں پٹی پر ٹک گئیں۔ اور ہولے ہولے بیگم کی پنڈلیاں سوتنے لگیں۔ نواب بیگم سسکتی رہیں۔ انہوں نے پاؤں جھٹک دیے۔ خانم صاحب نے زندگی بھونچال کے جھٹکے سہہ کر گزاری تھی۔ وہ جمی رہیں۔

"لونڈی سے خطا ہوئی تو اسی دم غلاموں باندیوں کو حکم دیجیے کہ محل سرائے کے ستون سے باندھ کر سرکاری کتے چھوڑ دیے جائیں۔ یا حکم فرمائیں تو باندی کے صندوقچے میں سم قاتل کی کمی نہیں، ایک بوند اس زمین کے بوجھ کو دوزخ میں جھونکنے کے لیے کافی ہوگی۔"

بیگم نواب سسکتی رہیں۔ پاؤں نہ جھٹکے۔

"مجھے شبہ ہوا تھا نواب بیگم، اگر جان کی امان پاؤں تو عرض کروں؟"

بیگم نواب کی سسکیاں طول پکڑنے لگیں۔

پندرہ برس پہلے۔۔۔ نواب حضور کی بھولی بات بنی وہ سانسیں گن رہی تھیں۔ محل سرا کی سنگین دیواریں تھیں اور نواب بیگم کی دھڑکتی ہوئی نبضیں محلوں کے سارے شعبدے پھیکے پڑ چکے تھے۔ نواب بہادر انہیں چکھ کر اور کہیں منہ مار لیتے۔ الابلا سب ہڑپ کر جاتے۔ نئی تھالی سامنے چنی جاتی، دوچار مہینے میں اس سے پیٹ میں اپھارا پیدا ہونے لگتا۔۔۔ کھٹی ڈکاریں آنے لگتیں، فوراً دوسری ڈش کا انتظام ہو جاتا۔ نواب بیگم کو اس بات کی کوئی شکایت بھی نہ تھی، کیوں کہ نوابوں کا یہی دستور ہوا کرتا تھا۔ خود ان کے والد بزرگوار کے توشہ دان میں تو ولایت تک کے مرغن ترمال آتے جاتے رہتے تھے۔ رجواڑوں میں ان کے ٹیسٹ اور پہنچ کی دھاک بیٹھی ہوئی تھی۔ ویسے ان کی منہ چڑھی حبشی حلواسوہن کی ٹکیا مبروکہ کو جو درجہ میسر ہوا کسی کو نہ ہو سکا۔

مگر نواب بہادر تو گندگی کی پوٹ تھے۔ ان کے حیوانات کی حدوں کو پار کرتے ہوئے پیار پر بیگم کا خون کھول پڑا۔ نواب بہادر اڑ گئے۔ وہ بھی اڑ گئیں۔ بیگم تیر، تلوار پر اتر آئیں اور ان سے پردہ کر لیا۔۔۔ اب وہ ان کی خواب گاہ کی طرف نہیں پھٹک سکتے تھے، ویسے جشن جلوس کے موقعوں پر وہ پیش پیش رہتیں سجے ہوئے ہاتھی گھوڑوں کی طرح۔

نواب بہادر کی جوتی سے۔ وہ اڑ گئیں تو چولہے بھاڑ میں جائیں۔ انہوں نے اور نکاح کر لیے۔ جب تک بیوی ہضم ہوتی عیش باغ میں رہتی۔ جہاں باسی ہوئی اور جی سے اتری، محل سرا پر پہنچادی جاتی۔ تھوڑے دن پھنکارتی، بل کھاتی، پھر پھن پٹخ کر چپ ہو جاتی۔ بیگم کا رتبہ اپنی جگہ۔ وہ اتری کمان کی فہرست میں داخل ہو کر محل کے ایک کونے میں اپنی ایک چھوٹی سی دنیا بسا لیتی۔ پھر کسی دوسرے کے دن پورے ہو جاتے اور وہ بھی آجاتی۔ اس کے بعد اسے باہر نکلنے کی اجازت نہیں تھی۔ ویسے تو نواب بہادر کی جھوٹن پر ساری رعایا پلتی تھی، مگر ان کی جھٹالی عورت فوراسات تالوں میں قید کر دی جاتی تھی۔

رشتے دار ملنے آسکتے تھے، کھانے پینے کی افراط کپڑے زیور کے انبار، لیکن مرد کی بو باس سے محروم۔

کبھی کبھی پرانی بیوی کی کوئی بات یاد آجاتی، نواب بہادر اسے فوراً طلب کر لیتے۔ نگوڑی کے خوشی سے ہاتھ پیر پھول جاتے۔ باقی بدنصیب اسے بن ٹھن کر پیا کی باہوں میں جانے کی تیاریاں کرتے دیکھتیں تو انہیں ہسٹریا کے دورے پڑ جاتے، اور خانم صاحب اپنا طلسمی صندوقچہ لے کر مدد کو دوڑتی۔

بارہا نواب بہادر نے بڑی بیگم کو بھی دعوت نامہ بھیجا۔ کچھ عرصہ سے اپنے پیر صاحب کے حکم پر وہ بڑی پابندی سے باری باری سب بیویوں کو ان کا حق دینے کو تیار تھے، مگر بڑی بیگم نے بڑی گستاخی سے اپنا حق ٹھکرا دیا۔ انیس برس کی مجروح، سسکتی جوانی کا پہاڑ اٹھائے دندناتی چلی جا رہی تھیں کہ خلیرے بھائی غضنفر علی خاں ولایت جانے سے پہلے شکار وکار کی دھن میں ریاست میں آنکلے۔ رشتہ کے بھائی تھے۔ تین سال چھوٹے تھے۔ ہٹھ چھٹ واقع ہوئے تھے۔ نواب بیگم کے چھکے چھڑا دئے۔

کیا لہلہاتے، مسکراتے دن تھے وہ بھی، دھما چوکڑی ہو رہی ہے، سوانگ بھرے جا رہے ہیں۔ آپا دھاپی، مار کٹائی سے بھی عار نہیں۔ ہنسی ہے کہ آبشار بن کر ٹوٹی پڑتی ہے۔ بواب بیگم کی ساری بے رخی بھولا ہوا خواب ہو گئی، بچپن لوٹ کر ہمکنے لگا۔ بھونڈے بھونڈے تماشے ہوتے۔ چار لونڈیوں کو حکم دیا جاتا، کر دو ایک دوسری کو ننگا۔ جو جیتے گی سونے کا کڑا یا جڑاؤ ہیکل انعام میں پائے گی۔ اور پل پڑتیں نامرادیں، ایک دوسرے پر وہ گھمسان مچتی کہ ہنستے ہنستے آنسو نکلنے لگتے۔ کپڑوں کی دھجیاں اڑنے لگتیں۔ لہولہان ہو جاتی۔ انجام کار جسم پر بس پاجامے کا نیفہ اور پانچوں کی موریوں کے چھلّے پڑے رہ جاتے۔ پھر ہار جیت الگ رکھ کر سب کو انعام ملتا۔

جب غضنفر میاں ہنسنے پر آتے تو انہیں دین دنیا کا ہوش نہ رہتا، گر گر پڑتے۔ بہت زیادہ ہنسنے پر بیگم نواب کے اوپر آگرتے کبھی بالکل ہی کڈمڈ ہو جاتے۔ بڑی مشکل سے بیگم ان کے پرت اتار کر ہٹاتیں۔ شوخی، شرارت تو ان کی عادت تھی۔ بچہ ہی تو تھے۔ ذرا ذرا سی مونچھیں پھوٹی ہیں۔۔۔ وہ بھی شاید بار بار مونڈنے سے۔ سر پر تاج تو اللہ کا رکھا ہوا تھا۔ بالکل مہروں کا کچا سونا سر پر ڈھیر تھا۔ دانت کچکچا کر نواب بیگم سنہرے گچھے پکڑ کر ہلا ڈالتیں کچھ لحاظ ہی نہیں سور کو! ہاتھ ہیں کہ بالکل دیوانے! یہ کھیل صاحب زادے نے آنکھ کھول کر سب ہی کو کھیلتے دیکھا تھا۔ باندیاں آپس میں نوچتیں، کھسوٹتیں باہر نوکر چاکر کھلی کھلی باتیں کرتے۔ آتی جاتی کا بکٹا بھر لیا، کلہ نوچ لیا، کمر کھسوٹ لی۔ صاحب زادیاں تو الگ تھلگ سینت کر پالی جاتیں، ہاں لونڈیاں گودہی میں ہتھکنڈے سکھا دیتیں۔

وہاں دیکھنے ٹوکنے والا کون تھا۔ غضنفر علی کوئی گستاخی کر بیٹھتے تو لونڈیاں ٹھٹھے لگانے لگتیں۔ نواب بیگم کا دم لبوں پر آجاتا۔ کبھی گھڑک دیتیں، کبھی جان بوجھ کر انجان بن جاتیں۔ مگر چھینا جھپٹی سے بات آگے بڑھنے لگتی تو وہ فوراً بندھ باندھ کر سمٹ جاتیں۔ اور باادب باملاحظہ ہو جاتیں۔ انہیں بے قاعدگی سے سخت نفرت تھی۔ چوٹی گوندھنے میں اگر مانگ میں ایک بال بھی ادھر کا ادھر ہو جاتا تو بے کل ہو جاتیں اور ساری رات تکیے پر سر پٹختیں۔ ان سے کبھی کوئی لغزش نہیں ہوئی۔ سلگنے کی عادی تھیں، بڑھکنے کی شرط نہیں تھی۔ مگر غضنفر میاں ٹھہرے کل کے لونڈے۔ ڈھڑ ڈھڑ جلنے لگے۔ بھوک لگے کھالو، پیاس لگے پی لو، نیند آئے سو جاؤ۔ انہوں نے یہی سیکھا تھا۔ بیگم کی حدبندیوں پر الف ہو گئے۔ نگاہیں کھینچیں تو اگاڑی پچھاڑی تڑانے لگے۔ چند مصاحبین کی رائے سے ادھر ادھر شکار کے لیے چل دیے۔ بیگم کی دنیا اجڑ گئی۔ محل سرا میں موت سی ہو گئی۔ جاسوسوں نے خبر دی کہ صاحب زادے چوروں چماروں پر موتی رول رہے ہیں۔ ایک

عدد موتی چھمی کی صورت میں الھڑ کمہارن کی کوکھ میں جلوہ افروز ہو گیا۔ ولایت جانے کا وقت آگیا اور وہ رخصت ہوئے لیکن ہوائی جہاز کے حادثے میں ختم ہو گئے۔ بیگم نے برسوں چپکے چپکے ماتم کیا۔ اگر اس دن انہوں نے غضنفر میاں کو دھتکارا نہ ہوتا تو شاید یہ موتی ان کی پیاسی کوکھ کو سیراب کر دیتا۔ یہ تو ان کی امانت تھی جس میں اب خیانت ہو گئی۔۔۔ تو کیا چھمی ان کی کوئی نہیں؟ کوئی رشتہ نہیں؟ کیا کسی کی مرغی جا کر دوسرے کے ڈربے میں انڈا دے آئے تو مرغی کے مالک کا اس پر حق نہیں رہتا؟ جینے کے لیے انسان کیسے کیسے ہتھکنڈے چلاتا ہے۔ محرومیوں اور تنہائیوں سے اکتا کر تخیل کی دنیا بسا لی۔ زخمی دل نے مرہم چاہا اور پا لیا۔۔۔ جیسے سیپی اپنے زخم کو موتی بنا کر سینے میں چھپا لیتی ہے۔

"لونڈی نے سوچا، آخر اپنا خون ہے۔ شاگرد پیشے میں پنچ کمینی عورتیں اسے کسی کرم کا نہیں رکھیں گی۔"

"ہاں اپنا خون ہے!" نواب بیگم کو یہ بات بڑی پیاری لگی۔ اوپر سے برسوں کی دبی دبائی ممتا پھٹ پڑی۔ انہوں نے چھمی کو اٹھا کر کلیجے سے لگا لیا۔

بیگم بادشاہ زادی کی طرح چھمی کے بھاگ جاگ اٹھے۔۔۔ چھمی سے اسے شگفتہ بانو بنا دیا گیا۔ وہی باندیاں جو لہنگا اٹھا اٹھا کر اس کی گت بنایا کرتی تھیں، آفتابہ، سلفچی سنبھالے اس کی خدمت گزاریاں کرنے لگیں اسے نہلاتیں دھلاتیں، کنگھی چوٹی کرتی، نواب بیگم کی رائے سے اسے گڑیا کی طرح سجاتیں۔ اور اس کی قسمت پر رشک کرتیں کہ کاش صاحب زادے ان کی ماؤں پر مہربان ہوئے ہوتے۔

شگفتہ بانو کی اعلیٰ پیمانے پر تعلیم اور تربیت ہونے لگی۔ سلیقہ سکھایا جاتا۔ وہ بڑی مستعدی سے ہر کام پہ جٹ جاتی۔۔۔ اسی طرح جیسے گاؤں میں خوشی خوشی اپلے تھاپا کرتی تھی۔

بنائی، کڑھائی سیکھتی۔ تیج تہوار پر محل سرا سجا کر دلہن بنائی جاتی۔ وہ باندیوں کے غول میں مل کر محل سر اسر پر اٹھا لیتیں۔ ساون میں جھولے پڑتے۔ دیوالی پر چراغاں ہوتا۔ محرم پر تعزیے رکھے جاتے، مجلس ہوتیں۔ رعیت میں اکثریت ہندوؤں کی تھی، مگر سب ہی تہوار دھوم دھام سے منائے جاتے۔ نواب صاحب ہر تہوار کے جشن میں لازماً شریک ہوتے تھے۔

نواب صاحب کے حرم میں لونڈیوں باندیوں کے علاوہ سترہ اٹھارہ بیویاں بھی تھیں جو کبھی ان کے نکاح میں رہ چکی تھیں۔ شرع کی رو سے چار شادیوں سے زیادہ نہیں کر سکتے تھے، جن میں سے نواب بیگم کو وہ طلاق نہیں دے سکتے تھے، کیوں کہ ان کے بھائی بہت با رسوخ اور طبیعت کے ٹیڑھے تھے، اس لیے ان کے علاوہ تین اور نکاح میں رہتیں۔ جب کوئی نئی دل میں بس جاتی تو تین میں سے جو سب سے زیادہ پرانی گھسی ہوتی اسے طلاق دے دیتے اور وہ روتی پیٹتی محل سرا میں پہنچا دی جاتی۔ اسے باہر جانے یا دوسری شادی کرنے کی اجازت نہیں تھی۔ ہزار پابندیوں کے باوجود ادھر ادھر ٹھگی لگانے میں بھی کامیاب ہو جاتی تھیں۔ نواب صاحب کے پیر و مرشد کے حکم کے مطابق وہ سب بیویوں کے حق زوجیت باری باری سے بخشتے تھے۔ روز شام کو ایک بیوی کا بلاوہ آ جاتا تھا۔ اس میں سے بڑے جوڑ توڑ چلا کرتے۔ بالا بالا رشوتیں چلتی تھیں۔ جو بیوی ذرا کنجوسی کرتی، اہل کار اس کی باری گڈ مڈ کر دیتے۔ نواب صاحب بے چارے کو تو ٹھیک طرح یاد بھی نہیں تھا کہ کون سی نکاح میں ہے۔

کسی بات پر اچانک کسی پچھلی بیوی کی ہڑک اٹھنے لگتی تو نواب صاحب بے قرار ہو جاتے۔

"ارے بھئی آج نوری کو حاضر کیا جائے۔"

"عالی جاہ، ان کو تو طلاق فرما چکے۔"

"اماں نہیں۔۔۔ کب؟"

"سرکار، وہ تیسری بٹیا کے بعد جب فروزاں نواب سے عقد فرمایا تھا۔"

"اچھا اچھا۔" نواب صاحب کو یاد آجاتا، "کوئی مضائقہ نہیں، نمک خوار تو ہے۔"

اور نمک خوار خوش خوش سولہ سنگھار کرکے آجاتی، اور ایسی پٹی پڑھاتی کہ احمق نواب بہادر نمبر ۲ کو طلاق دے کر اس سے دوبارہ نکاح فرمالیتے۔ زیادہ تر نکاحوں کی وجہ یہ تھی کہ سب کم بخت نواب صاحب کو چڑانے کے لیے لڑکیاں ہی پیدا کرتی تھیں۔ تین چار لڑکے ہوئے بھی مگر جاتے رہے۔

محل سرا میں جب یہ جشن ہوتے تو نواب صاحب تشریف لاتے۔ دربار لگتا۔ انعامات تقسیم کیے جاتے۔ خلعتیں بٹتیں۔ اس دن ایک سے ایک بڑھ چڑھ کر سنگھار کرتی، بڑی بیگم حضور اعلیٰ حضرت کے دائیں طرف جلوہ افروز ہوتیں، باقی تین میں سے سب سے چہیتی بائیں طرف، اس کے بعد سب درجہ بہ درجہ بیٹھتیں، جشن سے پہلے بڑے دنگے فساد ہوتے۔ بیویاں آنے والے دن کی تیاریوں میں اپنے مرتبے کا بہت خیال رکھتیں۔ چھپی ڈھکی نوک جھونک چلتی۔ کبھی ان موقعوں پر کوئی پرانی بیوی ایک دم سے نئی لگنے لگتی اور اس کا نام پھر چار بیویوں کی فہرست میں آجاتا۔ باری مقرر کرنے کا کام مشیر قانونی کے ہاتھ میں تھا۔۔۔ کچھ خانم صاحب پر بھی دارومدار تھا۔ وہ اگر کہہ دیتیں کہ طبیعت کسل مند ہے تو بے چاری کی باری غائب ہو جاتی۔ ان کے بھی مسکہ مارنے کی ضرورت ہوا کرتی تھی۔

میرے خیال میں چھمی کی کہانی دراصل ہولی کے تہوار سے شروع ہوئی یہ ہولی تھی بھی پچھلے سارے تہواروں سے زیادہ شان دار۔ اس دھوم دھام کی وجہ یہ تھی کہ ریاست میں کانگریس کا اثر 1935ء کے بعد سے بہت بڑھ گیا تھا۔۔۔ کانگریس جو بدیسی راج کا ناک

میں دم کیے ہوئے تھی اور برٹش راج کے فرزندانِ دل بند میں سے نواب صاحب بھی تھے۔ کوئی بیٹا نہیں تھا۔ اس وجہ سے بھی کچھ خائف رہتے تھے۔ اسی کی خاطر شادیوں پر شادیاں کر رہے تھے، اور ابھی ناامید ہونے کی نوبت نہیں آئی تھی۔ کانگریس کے زور کو کچلنے کے لیے ریاست میں ہندو مسلم کشیدگی کا بیج بویا گیا، جو فوراً جڑ پکڑ گیا، لیکن خود نواب صاحب پر بھی فرقہ پرستی کی شہ پڑنے لگی۔

خود نواب صاحب قطعی فرقہ پرست نہیں تھے، انہیں خود پرستی سے ہی چھٹی نہیں ملتی تھی جو فرقہ پرستی کے جھنجھٹ میں پڑتے۔ ناچ رنگ اور شکار سے اگر کبھی مہلت مل جاتی تو برٹش راج کی سلامتی کی فکر کر ڈالتے۔ انہیں ہر فرقے کے لوگوں سے بے انتہا پیار تھا، اور ہر فرقہ ان کی ریاست میں اطمینان سے اپنے دھرم کا پالن کر سکتا تھا۔ مسلمان اور ہندو میں وہ کوئی فرق روا نہیں رکھتے تھے۔ دونوں ہی انکے راج میں قلاش تھے، بلکہ مارواڑیوں نے تو کچھ فیکٹریاں بنا بھی لی تھیں، مسلمان بے انتہا جاہل اور مفلس تھے۔ عہدہ داروں میں وہ انگریز کے بعد ہر اس شخص سے مرعوب تھے جو سرکاری قبیلے کا تھا اور پنشن کے بعد ان کی ریاست کی قسمت جگانے آ جاتا تھا۔ محبت کے معاملے میں وہ انتہائی غیر جانبدار تھے۔ بیویوں میں نہایت اطمینان بخش طریقے سے انہوں نے بغیر کسی تفریق کے سب کو نوازا تھا۔

کچھ پروپیگنڈے کی کاٹ منظور تھی، کچھ پرانا دستور تھا، ٹیسو کے پھول دیگوں میں ابال کر رنگ تیار ہوا۔ ابرق ملا، عنبر اور گلال بڑے بڑے پیتل کے تھالوں میں بھر کر چبوتروں پر سجا دیا گیا تھا۔ رنگوں کی بھری نادیں اور پچکاریاں افراط سے موجود تھیں۔ کڑھاؤ چڑھے ہوئے تھے۔ حلوائی پکوان تل رہے تھے اور کہار ڈولیوں میں رکھ رکھ کر محل سرا میں پہنچا رہے تھے۔ ساری خلقت رنگ کھیلنے اور انعام لینے کے لیے ٹوٹی پڑتی تھی۔ کمینوں کی

ٹولیاں سوانگ بھرے ناچتی گاتی چلی آرہی تھیں۔ محل سرا کے لق ودق صحن میں ریاست کے اعلیٰ افسروں کی عورتیں، شاہی خاندان کی بہو بیٹیاں ہولی کھیلنے اور ترمال اڑانے میں مشغول تھیں نواب بہادر بھی محفل کی رونق بڑھانے کی خاطر تھوڑی دیر کو جلوہ افروز ہو جاتے۔ رعیت کے مائی باپ تھے، ان سے کوئی پردہ نہیں کرتا تھا، سب کو ہاتھ جوڑ جوڑ کو نمسکار کرتے، رنگ ڈلواتے، اور آنکھیں بھی سینکنے سے باز نہ آتے۔۔۔

ان موقعوں پر لونڈیوں باندیوں کی خرمستیاں قابل دید ہوا کرتی تھیں۔ خوب ناچ، گانے، سوانگ اور کشتم پچھاڑ ہوتی۔ مقصد نواب بہادر کی توجہ پانا ہوتا۔ ایسے ہی موقعوں پر تو لونڈیوں کو بیگمیں بننے کے موقعے ملا کرتے تھے۔

روک ٹوک کے باوجود چھمی عرف شگفتہ بانو اس طوفانِ رنگیں میں بجلی بنی چمک رہی تھی۔ سڑاندی کیچڑ اور گوبر سے کھیلنے والی چھمی کی یہ پہلی رنگ برنگی مہکتی ہولی تھی۔ پندرہواں سال لگا ہی تھی، مگر جسم کی اٹھان ماہ وسال کا جھنجھٹ نہیں پالتی۔ رنگوں سے بھیگے کپڑے جسم سے چمٹ کر رہ گئے تھے۔ قوس و قزح بنی ادھر ادھر قلانچیں لگا رہی تھی۔ نواب بہادر کے نتھنے پھڑکے "مانس گند، مانس گند۔"

نواب بیگم نے ان بڑی بڑی غلافی آنکھوں کی نیت پہچان لی۔۔۔ نواب بہادر کی ننگی آنکھوں کی گالی پر وہ تلملا اٹھیں۔ انہوں نے جھک کر خانم صاحب کے کان میں کچھ کہا۔

ادھر نواب بہادر نے جھک کر خواجہ سرا کے کان میں کچھ کہا اور اٹھ گئے۔

عیش باغ کے مرمریں حوض میں لال مچھی طرارے بھر رہی تھی۔ اس کے آس پاس کے پانی شعلے بھڑک رہے تھے۔ نواب بہادر کی بھاری بھاری آنکھیں رس گھول رہی تھیں۔ چھمی عرف شگفتہ بانو نے عیش باغ کی اونگھتی اکتائی فضا کو ایک دم جھنجوڑ کر جگاڈالا۔ نواب بہادر کی تھکی تھکائی آنکھیں ایک دم چونک کر ٹھٹھے مارنے لگیں۔ یہ چٹپٹی تتیا مرچ کس

مرتبان میں سینتی پڑی تھی؟ ان کا کام و دھن تو اکتاہٹ کے پھپوند سے اٹھ رہا تھا۔ ایسی بے عذر، بے تکلف شے ان کے شاہی دستر خوان پر آج تک نہیں اتری تھی۔ سب ہی کٹی پسی کپڑ چھن کی ہوئی معجون مرکب بنی ان کے حضور تک پہنچی تھیں۔

نواب بہادر ہنستے ہنستے لوٹن کبوتر ہو گئے جب گریبان میں ہاتھ ڈالنے پر اس نے چٹ سے ہاتھ پر تھپڑ ٹکایا اور پھنکارنے لگی۔

"واہ!" بے اختیار ان کے منہ سے نکلا۔ "ارے بھئی ادھر آؤ،" انہوں نے مصاحبین کو دعوت دی۔ "ذرا اسے تو دیکھو،" انہوں نے پھر وہی حرکت کی، اور شگفتہ بانو نے اب کے پیر کی جوتی نکال کے ہاتھ پر رسید کی۔ "بدمعاش!" ساتھ ہی خطاب بھی عطا فرما دیا۔ یہ حرکت اب تک اس سے کسی مرد نے نہیں کی تھی۔

مصاحبین کے دلوں کی حرکت بند ہوتے ہوتے بچی۔ مگر نواب صاحب بہادر نے سر پیچھے جھٹک کر فرمائشی قہقہہ لگایا اور مصاحبین معاملے کی اہمیت کو سمجھ گئے۔ نواب بہادر اتنا ہنسے کہ من من بھر کی آنکھیں سوائی ہو گئیں۔ پھر چاروں طرف سے ہاتھ چلنے لگے اور جوتی چو مکھی مدافعت کرنے لگی۔ اس کی اجڈ قسم کی گالیوں کو سنوں میں بھی بلا کی حلاوت تھی۔

پھر وہ تنتنا کے کھڑی ہو گئی۔ "ہم جاتے ہیں ہاں،" اس نے غرور سے اعلان کیا۔

"اچھا بیٹھو بیٹھو۔ اب نہیں چھیڑیں گے،" نواب بہادر نے پچکارا۔ "شہزادیوں جیسے دماغ ہیں،" دل میں سوچا۔

نواب بیگم غیض و غضب کی دیوار بنی پوری محل سرا پر برس رہی تھیں تین بار دورہ پڑ چکا تھا کلیجے میں جوالا مکھی دہک رہا تھا۔۔۔ لونڈیاں باندیاں سوکھے پتوں کی طرح لرز رہی تھیں۔ خانم صاحب دست بستہ مجرموں کی طرح قدموں میں سر رکھے دے رہی تھیں۔

"کیسے لے گئے؟" انہوں نے خانم صاحب کی چوٹی مروڑ ڈالی۔

"کیا عرض کروں، ایک جھلک تو میں نے دیکھی، پھر جیسے بجلی سی کوندی، جیسے زمین پھٹی اور وہ سما گئی۔ یا آسمان سے غیبی ہاتھ اترا اور اڑا لے گیا۔ کسی نے جان بوجھ کر میری آنکھوں میں عبیر جھونکا تھا، ورنہ بندی یوں حواس باختہ نہ ہو جاتی۔ اور جب میں نے آنکھیں مسل کر کھولیں تو وہاں کچھ بھی نہ تھا۔۔۔ ڈیوڑھی پر کسی نے دھیان بھی نہ دیا ہوگا، نہ چیخی نہ چلائی۔"

"اب کیا ہوگا خانم؟" نواب بیگم ایک دم بہہ نکلیں۔

"باقر ابھی خبر لے کر آیا ہے، چہلیں ہو رہی ہیں۔ لیکن میری سرکار بکرے کی ماں کب تک خیر منائے گی۔ ایک دن تو یہ ہونا ہی تھا۔"

"یہ کسی دن بھی نہیں ہونا ہے؟" بیگم تمتما اٹھیں۔

سونے کا ڈلہ بنی چھمی مینا کی طرح چہک رہی تھی۔ اس نے حاضرین کی تمام انگوٹھیاں جیت کر پور پور پر ٹکالی تھیں۔ اب اشرفی کا کھیل ہو رہا تھا کھلاڑیوں میں سے ایک اسے اشرفی چٹکی میں پکڑ کر دکھاتا اور جب وہ اشرفی لینے لپکتی تو چٹکی کھل کر اشرفی کھلاڑی کی گود میں ڈوب جاتی۔ چھمی اشرفی کی کھوج میں ہاتھ مارتی اور مغلظات میں لتھڑے ہوئے قہقہے گونجنے لگتے۔ وہ بڑی بڑی حیران آنکھیں کھول کر ہنسنے والوں کو دیکھتی۔ مہذب قسم کے اونچے مذاق اس کی سمجھ سے اوپر نکل جاتے، یہ ناسمجھی ہی تو سارا لطف پیدا کر رہی تھی۔ جب کوئی انتقام لینے کا قصد کرتا تو وہ جوتی سنبھال لیتی، اور محفل لوٹ پوٹ ہو جاتی۔

نواب بہادر تو روز ہی رت جگا کرتے تھے۔ جب پو پھوٹنے لگتی تو ہینگن بائی بھیرویں کے مقدس سروں میں کوئی غزل یا ٹھمری چھیڑ دیتیں اور سرکار کی رگوں میں نیند اتر آتی۔ جگانے کا راگ ان کے کانوں میں لوری بن جاتا۔ مگر آج چھمی کی شوخیوں نے محفل جمنے ہی نہ دی، دن بھر کی جھنجوڑی ہوئی تو تھی، سرچوکی کے پائے لگا تو پٹ سے سو گئی۔

ایک دم محفل پر سناٹا چھا گیا۔ بارہ دری میں ایک ایک کر کے سب شمعیں گل ہو گئیں۔ شبنمی پردے چھوٹ گئے۔ بظاہر تخلیہ ہو گیا۔ چھمی نے ڈھیلی انگوٹھیوں کو گرنے سے روکنے کے لیے مٹھیاں باندھ کر تھوڑی کے نیچے رکھ لی تھیں۔ نواب بہادر نے اپنا بھاری پیر اس کی چھاتی پر دھر کے جگانا چاہا، مگر وہ مردے کی طرح بے ہوش پڑی رہی۔ انہیں اس کی یہ گستاخی بڑی پسند آئی۔ جیسے بھوکے کو ہبڑ ہبڑ کھاتے دیکھ کر بھوک لگنے لگتی ہے، اسی طرح چھمی کی الھڑ نیند کا جادو ان پر بھی چلنے لگا۔ برسوں بعد وہ سحر سے کئی گھنٹے پہلے وہیں مسند پر ڈھیر ہو کر سوئے۔

دستور کے مطابق اعلیٰ حضرت کے بیدار ہونے سے پہلے ہی بارہ دری کی صورت بدل گئی۔ رات کے مسلے ہوئے پھول مع چھمی کے جھاڑ دیے گئے، دبیز پردے چھوڑ کر بالکل بند کمرہ بنا دیا گیا۔

جب چھمی سر سے پاؤں تک سونے اور جواہرات میں ڈوبی، آنچل میں اشرفیوں کے توڑے اور پور پور انگوٹھیاں پروئے نواب بیگم کے حضور میں پیش کی گئی تو وہ آنکھوں پر کہنی کا تکون کھڑا کیے بے کل سی پڑی تھیں۔ چھمی نے چھنکتا ہوا مجرا کیا تو آنکھیں کھول کر دیکھا اور تڑپ کر اٹھ بیٹھیں۔ چھمی ان کے لاڈ پیار کی ایسی عادی ہو چکی تھی کہ اس نے ان کے تیور نہ دیکھے۔ اپنی دھن میں رات کے طوفانوں کی تفصیل بیان کرتے ہوئے وہ وہیں ان کے قدموں کے پاس بیٹھ گئی۔

بیگم نواب نے چوٹی پکڑ کر اس کا سر اونچا کیا، پھر ان کے ہاتھ کانٹوں کی طرح اس کے وجود کو کھرچنے لگے۔ ایک ایک زیور انہوں نے پیروں تلے مسل ڈالا۔ کپڑے تار تار کر دیے اور پھر اتنے طمانچے لگائے کہ ان کے ہاتھوں میں خون چھلک آیا۔ پھر لات مار کر انہوں نے اسے دور گرایا اور ان پر ہسٹریا کا شدید دورہ پڑ گیا۔

جب خانم صاحب نے آکر اطلاع دی کہ شگفتہ بانو ویسی ہی ثابت لوٹ آئی ہے جیسی گئی تھی تو وہ دوبارہ زندہ ہو گئیں۔ انہوں نے اسے بلا کر اس کے سوجے ہوئے مکھڑے پر اپنے نرم ریشم جیسے ہاتھ پھیرے۔ صندوقچہ منگا کر ان سے دوگنی دے دیں۔ اپنا ڈھیروں زیور اپنے ہاتھوں سے پہنایا، اور ڈھیٹ چھمی کھی کھی ہنسنے لگی۔

بڑی دیر تک خانم صاحب سے سر جوڑ کر مسکوٹ ہوتی رہی کہ اگر شام کو سرکار نے اسے پھر یاد کیا تو کیا بہانہ بنایا جائے۔ نسوانی مجبوری کا بہانہ چند روز چل جائے گا۔ پھر کیا ہو گا۔۔۔ دیکھا جائے گا۔

شام ہوئی اور سرکاری موٹر آ دھمکی۔ بیگم نے فروزاں کو جو انہیں بے حد پیاری تھی، بنا سنوار کر روانہ کر دیا۔ اسے ہر طرح کی تاکیدیں کر دی گئیں مگر فروزاں الٹے پیروں روتی پیٹتی آ گئی۔

نواب بہادر کسی جھانسے میں آنے کو تیار نہیں تھے۔

اسی دم اعلان جنگ ہو گیا۔ نواب بیگم نے کھلی بغاوت پر کمر باندھ لی۔ چاہے حشر ہو جائے، مگر وہ اپنے اعلیٰ خاندان کے مقدس خون کو موری میں لنڈھانے کو تیار نہیں۔ پہلے تو سوال و جواب دونوں طرف سے اہل کاروں کے ذریعہ چلتے رہے۔ نواب بہادر، بیگم نواب کو سمجھا سمجھا کر ہار گئے مگر وہ اپنی ہٹ پر قائم رہیں۔ نواب بہادر نے ان کے خون کی عزت افزائی کی غرض سے نکاح کے قصد کا بھی ذکر فرمایا۔ مگر نواب بیگم ٹس سے مس نہ ہوئیں۔۔۔ مصاحبین نہ جانے کیا کیا جتن کر کے سرکار کو بہلائے ہوئے ہوتے، مگر چھمی کے بغیر شام ان پر بڑی بھاری گزر رہی تھی۔ عشا کی نماز کے بعد تو نواب بہادر بالکل ہی بکھر گئے۔ نواب بیگم کے زیادہ تر جواب ان کے کانوں تک پہنچے ہی نہیں تھے۔ بس طرح

طرح کے بہانے بنائے جارہے تھے۔ کسی میں اس گستاخی کی ہمت نہ تھی۔ بدکے ہوئے گھوڑے کو طرح طرح بہلایا جارہا تھا۔

وہ تو خیریت یہ ہوئی تھی کہ نواب بہادر کو چھمی کا نام نہیں یاد رہا تھا۔ وہ بس تڑپ تڑپ اس اس کی تفصیل بتاتے تھے، "حرام زادو! وہ جو ننھی سے جوتی دکھا رہی تھی، جس نے تھوک دیا تھا۔۔ وہی۔" وہ احمقوں کی طرح بتاتے اور مصاحبین نہایت مستعدی سے فوراً تعمیلِ حکم کے لیے دوڑتے اور جوتی والی کی جائے کسی اور آفت کی پرکالا کو پکڑ کر حاضر خدمت کر دیتے۔ نواب بہادر چمچماتی ہوئی بوجھل آنکھوں سے اسے دیکھتے اور پھر دہاڑنے لگتے۔

عیش باغ میں ایک قیامت برپا تھی۔ سب کے سروں پر موت منڈلا رہی تھی۔ طرح طرح کے جھنجھنے بجائے گئے۔ بندر نچائے گئے مگر اعلی حضرت کسی گھسے میں آنے کو تیار نہ تھے۔ نام انہیں کبھی کسی عورت کا یاد ہی نہیں رہتا تھا۔ اس کے جسم کے ٹکڑے یاد رہ جاتے تھے۔ لوگوں نے انہیں بے وقوف بنانے کی بھی کوشش کی۔

"اے قربانت شوم حضور والا، کل تو طرفہ ہی حاضر خدمت ہوئی تھی۔"

"طرفہ کو حاضر کیا جائے،" وہ دہاڑتے۔ مگر جب اینڈتی بل کھاتی طرفہ ان کی آغوش میں انڈیلی گئی تو وہ بے حساب دولتیاں جھاڑنے لگے۔ طرفہ اور اس کے لواحقین کی خوب جوتے کاری ہوئی۔ اور پھر وہ چھمی کے لیے ایڑیاں رگڑنے لگے۔

جب سب کی جان سولی پر ٹنگ گئی تو انجام کار اس کے سوا اور کوئی چارہ نہ رہا کہ اصل صورتِ حال سے نواب بہادر کو آگاہ کیا جائے۔ جب حضور والا کو معلوم ہوا کہ وہ فتنہ روز گارِ علیا حضرت نواب بیگم کی نہایت چہیتی منہ بولی بیٹی ہے اور شاہی خاندان سے ہے تو وہ تھوڑی دیر کے لیے لچک کر رہ گئے۔ نواب بیگم کے مائیکے سے وہ کنی کاٹتے تھے۔ ان کے

دونوں سالے انتہائی خوں خوار قسم کے تھے۔ مگر پھر خودداری اڈنے لگی۔ اچھا تو نواب بیگم سے ٹکر ہے۔ دماغ پر بہت زور ڈالا بیگم کی کوئی واضح صورت یاد نہ آئی۔۔۔ برسوں کی بات تھی بیگم، نہ جانے کتنے سال سے ان پر بھرپور نظر ڈالنا ہی چھوڑ دی تھی۔ جشن جلوس کے موقع پر وہ پتھر بنی ان کے پہلو میں بیٹھی رہتیں، اور نواب بہادر کی نظریں بادہ پیمائی میں مصروف رہتیں۔

جب نواب بہادر کی سواری پہنچی تو بیگم نواب کا دل بری طرح بھڑک رہا تھا۔ نواب دولہا بارات لے کر آئے تھے تب بھی اس طرح دل نہیں دھڑکا تھا۔ یوں بھی بڑا فاصلہ تھا ان دو دھڑکوں میں۔ بارات کے وقت ارمانوں اور امنگوں کی شہنائیاں بھی تو ہم آہنگ تھیں۔ آج صرف نفرت اور حقارت کا طوفان کھول رہا تھا۔

"جان من، ایک فضول اور بے بنیاد قسم کے وہم کی بنا پر آپ ہماری دل شکنی پر تلی ہوئی ہیں۔ یہ بھی کوئی بات ہوئی کہ جتنے کالے میرے باپ کے سالے۔ ریاست کے سارے حرامی پلوں سے آپ کا خون کا رشتہ جوڑنے پر ادھار کھائے بیٹھی ہیں تو اتنا سمجھ لیجے کہ ہم بھی اپنی ضد کے پکے ہیں۔ بات اتنی بڑھ گئی ہے کہ آپ کی ہٹ دھرمی ہماری سبکی کا باعث ہو رہی ہے۔"

"حضور یقین فرمایئے۔ میں مجبور ہوں۔ میرے ہاتھ بندھے ہوئے ہیں۔ بیگم نے ادب سے سر جھکا کر کہا۔" یہ لونڈی کا وہم نہیں حقیقت ہے ولایت سدھارنے سے پہلے غضنفر میاں نے التجا کی تھی۔۔۔ خدا انہیں کروٹ کروٹ جنت نصیب کرے،" یہ نکتہ بڑے سوچ بچار کے بعد خانم صاحب نے انہیں سمجھایا تھا۔

"واللہ، مذاق فرما رہی ہیں بیگم۔ ارے وہ کم سن نازک اندام چھوکرا۔ ہٹایئے بھی وہ تو خود ہی معشوق تھا۔"

"قطع کلامی ہوتی ہے سرکار، مگر مرحوم کی شان میں ایسے کلمے آپ جیسے باوقار حاکم کو زیب نہیں دیتے۔" بیگم کی آنکھوں میں لاوا کھدبدانے لگا۔

"ہمارا مطلب ہے، وہ تو خود ہی بچہ تھے، میس بھی تو نہ بھیگی ہوں گی۔۔۔ یہ ہوائی جہازوں کا سفر، توبہ توبہ!" نواب صاحب فوراً ڈھیلے پڑ گئے۔ "خیر بیگم ضد چھوڑیے اور۔۔۔"

"قبلہ عالم، یہ مرنے والے کی آخری وصیت کا سوال ہے۔ ان کی روح کو چین نصیب نہ ہو گا۔ میں حشر میں انہیں کیا منہ دکھاؤں گی۔"

"ہم جانتے ہیں کہ یہ سب ہمیں زک پہچانے کے لیے شوشے چھوڑے جا رہے ہیں۔" نواب صاحب جھلا اٹھے۔ "اور پھر ہم اسے باندی نہیں بنا رہے ہیں۔ ہم اسے نکاح میں لائیں گے۔" نواب صاحب ہونٹوں پر زبان پھیرنے لگے۔

"نکاح؟ میں نے اسے بیٹی کہا ہے اور وہ میری بیٹی ہے۔ آپ کی بھی بیٹی ہوئی، یہ گناہ عظیم!" بیگم کی آنکھوں میں شرارے لپکنے لگے۔ "نکاح جائز نہ ہو گا۔"

"لاحول ولا قوہ! یہ کس مردود کا فتویٰ ہے؟ کیوں ستا رہی ہیں بیگم؟ آپ نے بیٹی کہا تو وہ ہم پر حرام ہو گئی؟ کون سی شریعت کے حکم سے؟"

"میری زبان کے قول کا پاس آپ پر بھی اتنا ہی واجب ہے جتنا مجھ پر۔" لاوا کھدبدانے لگا۔ "اس سے نکاح فرمانے کے لیے مجھے طلاق دینا ہو گی۔"

"آپ جانتی ہیں بیگم ہم ایسا نہیں کر سکتے۔ آپ کے برادر عزیز ہمارے خون کے پیاسے ہو جائیں گے۔ سچی بات کہیے بیگم، اس بڑھاپے میں بھی سوتیاڈاہ۔۔۔"

"توبہ کیجیے حضور۔ اگر گلی پچھلی سوتوں کا ڈاہ کرتی تو بندی کبھی کی ختم ہو چکی ہوتی۔ یہ نہ ہو گا۔"

"یہی ہو گا،" نواب بہادر اپنے پورے جلال سے کھڑے ہو گئے۔ "آج شام کو بعدِ نمازِ مغرب۔"

"عالی جاہ، ایسا ظلم نہ کیجیے۔ آپ کو کیا کمی ہے؟میری سونی گود کا مان کیجیے۔"

"بیگم ہمیں اتنا ذلیل نہ کیجیے، ایک چھوٹے سے وہم کی خاطر ہمارا دل چکنا چور کیے دیتی ہیں۔ ہم مانتے ہیں اس کی رگوں میں آپ کا خون ہے۔ ہم اس کا مان کر رہے ہیں۔ ہم نکاح کریں گے۔ اور اگر خدائے برتر کی عنایت و مہربانی سے اس کے بطن سے نر بچہ پیدا ہوا تو ہماری دیرینہ مراد بر آئے گی اور ہمارا ولی عہد ہو گا۔"

"کمال فرماتے ہیں عالی جاہ، کل تو وہ مصاحبوں اور پاپوش برداروں کے لاشے جگا رہی تھی۔ چوبدار اس کی بوٹیاں مسل رہے تھے تیری میری گود میں ہمک رہی تھی آج اسے نکاح کا مرتبہ عطا فرما رہے ہیں!" بیگم باز نہ آئیں۔

کل کی رنگ برنگی یاد قہقہہ بن کر نواب بہادر کے حلق سے چھلک گئی۔ "قہر ہے بیگم! ایک قیامت ہے! ظالم نے ہمیں کہیں کا نہ رکھا۔۔۔ کہاں ہے؟ ذری بلوائیے تو اپنی لاڈلی کو۔ اچھا رہنے دیجیے۔۔۔ یہ ہجر کے لمحے بھی بڑے مزہ دار ہیں۔ کیا ہم ایک نظر دیکھ بھی نہیں سکتے؟ اللہ قسم دور سے، بس، ہاتھ نہ لگائیں گے۔" مگر بیگم کی آنکھوں میں ابلتے ہوئے طوفان نے ان کی زندہ دلی پر اوس ڈال دی۔

"یہ عمر، اس پر چونچلے۔" مگر نواب بہادر سنی کو ٹال کر رخصت ہو گئے۔

اگر خانم صاحب نہ سمیٹ لیتیں تو بیگم نواب ریزہ ریزہ ہو جاتیں۔ انہیں سر پیر کا ہوش نہ رہا۔ کلیجہ تھام کر وہیں ڈھیر ہو گئیں اور کٹی مرغی کی طرح فرش پر لوٹنے لگیں۔

"یہ نہیں ہو گا۔ ہرگز نہیں ہو گا، میرے جیتے جی نہیں ہو گا۔"

"نہیں ہوگا، قربان جاؤں میری شہزادی، نہیں ہوگا،" خانم صاحب کی آنکھوں میں سورج جگمگا اٹھے۔

دالان در دالان میں زرنگار جوڑوں اور زیورات کے تھال یہاں سے وہاں تک چنے ہوئے تھے۔ باندیاں چھمی عرف شگوفہ بانو کو دھو پھٹک کر عطر کے پانی میں بسا رہی تھیں۔ مہندی رچے لال لال تلوے اور ہتھیلیاں دیکھ دیکھ کر چھمی کلکاریاں مار رہی تھیں۔ اس کا بیاہ ہو رہا ہے۔ جب دلہن سج دھج کر تیار ہو گی تو چھم چھم کرتی نواب بیگم کی قدم بوسی کو حاضر ہوئی۔ انہوں نے بڑی حسرت سے اسے سر سے پیر تک نہارا۔ ایک ترشول سا کلیجے میں اترتا چلا گیا۔ غضنفر علی خاں کے عکس پر ایک اور ننھی سی تصویر سپر امپوز ہو گئی۔

ایک نہ سہی دو گھاؤ سہی۔ جب دل ہی قیمہ ہو چکا ہو تو نئے اور پرانے سب ہی زخم ایک ہو جاتے ہیں۔ پاس بٹھا کر نواب بیگم نے اسے بڑے پیار سے چھوا۔ دماغ میں طوفان کھولنے لگا۔ خانم صاحب نے مٹھائی کی طشتری پیش کی، انہوں نے بچی کا منہ میٹھا کرایا، بدنصیب سسرال جانے کے لیے بے قرار تھی۔

جب چھمی دلہناپے کے نشے میں جھومتی چلی تو اس کے پاؤں بہکے بہکے پڑ رہے تھے۔ گنگا جمنی جھما جھم کرتی پالکی میں جب وہ سوار ہوئی اور سرخ شبنمی پردے چھوڑ دیے گئے تو ساری محل سرا کی لونڈیوں کے کلیجوں پر سانپ لوٹ گئے۔ بیگم نے اپنی کہنی کا تکون بنا کر آنکھوں پر کھڑا کر لیا اور سسکنے لگیں۔

بڑی دھوم دھام سے دلہن کی سواری دولہا کی چوکھٹ پر پہنچی۔۔۔ پالکی بیچ بارہ دری میں رکھ دی گئی۔ نواب صاحب کا دل مست ہرن کی طرح قلانچیں بھر رہا تھا۔ کم سن دولہاؤں کی طرح ٹھنڈے پسینے چھوٹ رہے تھے۔ بس اب کوئی دم میں شبنمی بادلوں کے درمیان سے بجلی تڑپ کر نکلے گی اور خرمن ہستی کو پھونک دے گی۔

مہریوں نے پردے اٹھائے۔۔۔نہ بجلی تڑپی، نہ شعلہ لپکا۔
ڈھیلی انگوٹھیوں کو اترنے سے روکنے کے لیے اس نے کس کے مٹھیاں بھینچ لی تھیں سکڑی سمٹی پالکی کے کونے میں دبکی بیٹھی تھی، جیسے اچانک پل بھر کے لیے اونگھ گئی ہو، اور ابھی جاگ پڑے گی۔

(۱۲) ننھی سی جان

"تو آپا پھر اب کیا ہو گا؟"

"اللہ جانے کیا ہو گا۔ مجھے تو صبح سے ڈر لگ رہا ہے۔"، نزہت نے کنگھی میں سے الجھے ہوئے بال نکال کر انگلی پر لپیٹنا شروع کیے۔ ذہنی انتشار سے اس کے ہاتھ کمزور ہو کر لرز رہے تھے اور بالوں کا گچھا پھسل جاتا تھا۔

"ابا سنیں گے تو بس اندھیر ہو جائے گا۔ خدا کرے انہیں معلوم نہ ہو۔ مجھے ان کے غصہ سے تو ڈر ہی لگتا ہے۔"

"تم سمجھتی ہو، یہ بات چھپی رہے گی۔ امی کو تو کل ہی شبہ ہوا تھا کہ کچھ دال میں کالا ہے۔ مگر وہ سودے کے دام دینے میں لگ گئیں اور شاید پھر بھول گئیں۔ اور آج تو۔۔۔"

"ہاں آپا۔ چھپنے والی تو بات نہیں۔ میں تو یہ کہتی ہوں جب رسولن کے ابا کو خبر ہو گی۔ تب کیا ہو گا؟ خدا قسم بھوت ہے وہ تو۔۔۔ مار ہی ڈالے گا اس کو۔۔۔ ہمیشہ ایسے ہی مارتا ہے کہ۔۔۔"

"اور اس نے کسی کو بتایا بھی تو نہیں۔ کیسی پکی ہے! پچھلی دفعہ جب دین محمد کا قصہ ہوا تو جب بھی چپکے سے خالہ کے ہاں بھاگ گئی۔۔۔ بھائی جان دونوں کو نکالنے کو کہتے تھے۔۔۔" بال جمانے کے لیے وہ اوپر سے مہین دانے کی کنگھی پھیرنے لگی۔

"ہاں اور اس بیچارے کی اتنی سی تو تنخواہ ہے۔ بھیا جان پولیس میں دینے کو کہتے تھے اور دیکھ لینا اب کے وہ چھوڑنے والے نہیں۔ بہن حد ہو گئی، معلوم ہے ابا جان کا غصہ؟"

"تو آپا وہ پولیس میں دے دیں گے؟" سلمہ کی آواز بے قابو ہو گئی۔

"اور نہیں تو پھر کیا؟"

"ڈرنے کی بات ہی کیا ہے۔۔۔ پولیس کسی کو نہیں چھوڑتی۔۔۔ وہ تمہیں یاد ہے نھو کی بہو نے ہنسلی چرائی تھی۔ تو دونوں گئے تھے جیل خانے۔"

"ہتھکڑیاں ڈال کر لے جاتے ہیں۔۔۔ کیوں آپا؟"

"ہتھکڑیاں اور بیڑیاں۔"

"لوہے کی ہوتی ہیں نا۔"

"ہاں پکے فولادی لوہے کی۔"

"پھر کیسے اترتی ہوں گی۔ مر جاتے ہوں گے۔ تب ہی اترتی ہوں گی، کیا کرے گی بچاری رسولن۔"

"اور کیا بچاری۔۔۔ بھئی مذاق تھوڑی ہے۔۔۔ اور تم نے دیکھا اس نے گاڑا کس صفائی سے بچارے کو۔ ہمت تو دیکھو ہمیں بھی نہ بتایا۔ ارے اس نے تو کسی کو بتایا ہی نہیں۔"

"کیسی بے رحم ہے۔۔۔ ہا۔۔۔ بچارا بچہ۔۔۔ اس کا جی بھی نہ دکھا۔۔۔ ننھی سی جان۔"

"کیا مشکل سے جان نکلی ہو گی۔"

"مشکل سے کیا نکلی ہو گی۔ ایک انگلی کے اشارے سے بچارا ختم ہو گیا ہو گا۔"

"ذرا چلو اس سے پوچھیں کیسے مارا اس نے۔"

دونوں ڈری سہمی آنکھ بچاتی تلوؤں سے جوتیاں چپکائے گودام کی طرف چلیں۔ جہاں اناج کی گول کے پاس ٹاٹ پر رسولن پڑی ہوئی تھی۔ پاس ہی دو تین ننھی ننھی چوہیاں گرا پڑا اناج اور مرچ کے دانے لینے ڈری ڈری گھوم رہی تھیں۔ دونوں کو دیکھ کر ایسے بھاگیں جیسے وہ مار ہی تو دیتیں۔ حالانکہ آنے والیوں کے دل چوہیوں سے بھی زیادہ بودے تھے۔ تھوڑی دیر تک وہ رسولن کے زرد چہرے اور پپڑائے ہوئے ہونٹوں کو دیکھتی رہیں۔

رسولن نوکرانی تھی پر وہ بچپن سے دوست ہی رہیں۔ اور ویسے تھوڑی بہت رسولن ہی مزے میں تھی، وہ پردہ نہیں کرتی تھی اور مزے سے دوپٹہ پھینک کر آم کے پیڑ تلے کودا کرتی۔ یہ دونوں جب سے ان کے ماموں رامپور سے آئے تھے پردہ میں رہتی تھیں اور گلاب ساگر والی نانی نے آکر سب کو موٹی کلف دار ململ کی اوڑھنیاں بنا دی تھیں۔ اور باہر قدم رکھنا جرم تھا۔ یہ رسولن ہی تھی جو ان پر رحم کھا کر دوچار کویل ماری امیاں انھیں بھی کھڑکی سے دے دیتی تھی۔ جہاں وہ پر کٹے طوطوں کی طرح ٹکر ٹکر دیکھا کرتی تھیں اور ماموں کی مونچھ کی نوک بھی دکھ جائے تو وہ غڑاپ سے پیچھے کو دپڑتی تھیں اور اب یہ رسولن پر پیتا پڑی تھی۔

"رسولن۔۔۔ اے رسولن۔۔۔ کیا ہے جی؟"

"جی!" رسولن نے جیسے آہ کھینچ کر کہا، "اچھی ہی ہو نزہت بی۔"

"کیا بخار تیز ہے۔۔۔ اور درد اب بھی ہے یا گیا۔"

"ہاں نزہت بی۔ سلمہ بی۔۔۔"

"ارے بھئی پھر کچھ کرنا۔ کہہ دے ماں سے کہ حکیم صاحب کے یہاں سے لا دے کوئی دوا۔۔۔"

"نہیں بی بی۔۔۔ مار ڈالے گی ماں تو۔۔۔ ویسے ہی غصہ رہتی ہے۔۔۔ اور اب تو اور بھی۔"

"ہا! غریب لڑکی۔۔۔ مرتی ہو تو کوئی دوا لاکر نہ دے۔۔۔ حد ہے ظلم کی!" سلمہ کی آنکھیں بھر آئیں۔

"مگر کب تک چھپائے گی۔۔۔ مٹی بھی تو ٹھیک سے نہیں ڈالی تونے۔"

"کیا؟ تو کیا سب کو معلوم ہو گیا تھا!" رسولن اور بھی زرد پڑ گئی۔ اس کے سرمئی گال مٹی کے رنگ کے ہو گئے۔

"اب بس ہم سے مت بنو۔ ہمیں سب معلوم ہے۔ ہمیں کیا سب کو ہی معلوم ہے۔"

"ہیں؟۔۔۔ آپ کو۔۔۔ نزہت بی، آپ نے کہاں دیکھا"، وہ لرز کر اٹھنے لگی۔

"اور کیا ہمیں کل ہی معلوم ہو گیا تھا اور ہم پچھواڑے جاکر دیکھ آئے، میں اور سلمہ گئے تھے۔۔۔"

"ہاں۔۔۔ ہم نے دیکھ لیا۔۔۔" سلمہ جلدی سے بولی کہ کہیں وہ پیچھے نہ رہ جائے اور رسولن سمجھے سب کچھ بس آپا ہی دیکھ سکتی ہیں۔

"شی اتنی زور سے نہ بولو۔۔۔" دونوں خود ہی ڈر کر سمٹنے لگیں۔

"ہم اور آپا کل گئے تھے شام کو۔ پھر ہم نے ڈھونڈا تو مہندی کے قریب ہمیں شبہ ہوا۔ پھر قمیص کا کونہ دکھائی دیا۔۔۔ جس کے چیتھڑوں میں لپیٹا ہے تو نے۔"

"ہاں دین محمد کی پھٹی ہوئی قمیص۔۔۔ اوہ میرے تو رونگٹے کھڑے ہو گئے۔۔۔ بچارے کی گردن یوں۔۔۔ ٹیڑھی ہو گئی تھی۔۔۔" نزہت نے ذبح کی ہوئی مرغی کی طرح گردن اکڑائی۔

"پھر۔۔۔ پھر سلمہ بی۔۔۔ پھر آپ نے کہہ دیا ہو گا سب سے۔۔۔ ہائے میرے مالک! میری ماں۔۔۔"

"ہم ایسے چھچھورے نہیں ہیں رسولن۔۔۔ تیری شکایت کیسے کر دیتے۔۔۔ اور پھر جب کہ ہمیں معلوم ہے کہ تو اکیلی ہی قصوروار نہیں۔۔۔ یہ دین محمد۔۔۔"

"اس بدذات کا میرے سامنے نام نہ لیجیے۔۔۔ بیوی۔۔۔"

"ہم تو کتنی دفعہ کہہ چکے تھے اس کتے سے نہ بولا کر ہمیشہ تجھے ذلیل کراتا ہے۔۔۔ مگر۔۔۔"

"اچھی بیوی اب مردوے سے بولوں تو رسولن نہیں، بھنگن کی جنی بس۔۔۔ تو اب آپ کہہ دیں گی سب سے اور جو سرکار کو معلوم ہو گیا تو خیر نہیں۔ ہائے میرے اللہ۔۔۔ میں تو مر ہی جاؤں۔۔۔"

ایک تو اندھیرا اوپر سے نڈر چوہیاں پھر رسولن مرنے کی دھمکی دے۔ نزہت کی انگلیوں کے پورے ٹھنڈے پڑ گئے اور سلمہ کی آنکھوں میں مرچیں مچنے لگیں۔

"کیسی باتیں کرتی ہے رسولن!" سلمہ کی ناک بھی جل اٹھی۔

"کیا کروں بیوی، جی کرتا ہے اپنا گلا گھونٹ لوں۔" اور وہ جی چھوڑ کر سبکیاں لینے لگی۔

"ہیں، ہیں رسولن! کیا باتیں منہ سے نکالتی ہو، خدا سب کا مددگار ہے وہ ہی سب کی مصیبت دور کرتا ہے، مجھے تو اس نامراد دین محمد پر غصہ آرہا ہے جیسے اس کا تو کچھ قصور نہیں۔۔۔" نزہت نے کہا۔

"ہاں بھئی لڑکوں کو کون کچھ کہتا ہے۔ دین محمد کچھ بھی کر دے، بھائی جان حمایتی، ابا جان طرفدار، اور بچاری رسولن! خیال سے ہی میرا کلیجہ کٹا جاتا ہے۔ یاد ہے آپا پچھلی دفعہ کیسا غدر مچا تھا اور رسولن کی ماں بھی غریب کیا کرے۔ سچ کہتی ہیں امی لڑکیاں جنم سے کھوٹا نصیبا لے کر آتی ہیں۔"

سلمہ کے گالوں پر سچ مچ آنسوؤں کی لکیریں بہنے لگیں۔ تینوں کے گلے بھر آئے اور نزہت کی ناک میں چیونٹیاں سی رینگنے لگیں، جانو کسی نے پانی چڑھا دیا ہو۔ تینوں چوہیاں بھی شاید بھول سے مرچ کا دانہ چبا گئیں، آنسو بھری غمگین آنکھوں سے، دور بیٹھی سبکیاں بھرا کیں۔ آنکھیں بھوری مونچھیں شدتِ اضطراب میں بھٹے کی بالوں کی طرح کانپ رہی تھیں۔

"میری نزہت بی بتایئے اب میں کیا کروں۔ مجھے تو دادی بی کی پٹاری میں سے افیون لا دیجیے۔ سچ مچ کھا کر ہی سو رہوں"، رسولن نچلا ہونٹ کاٹنے لگی۔

"ہیں رسولن خودکشی حرام ہے۔ اب تو بات معلوم ہوتا ہے دب دبا گئی اور کسی کو پتہ بھی نہ چلے گا اور تو اچھی ہو جائے گی"، سلمہ بولی۔

"کیا کروں گی اچھی ہو کر۔ اس رات دن کی جوتیوں سے تو موت اچھی!"

"مگر میں پوچھتی ہوں۔۔۔ یہ تو نے کیسے مارا۔۔۔ اے ہے ذرا سا تھا۔۔۔"نزہت کا آخر کو جی نہ مانا۔

"میں نے؟ بی بی آپ۔۔۔ ہو ہو۔۔۔ ہو۔۔۔ ہو۔۔۔" رسولن بیمار کتیا کی طرح رونے لگی۔

"چپ رہو آپا تم اور غریب کا دل دکھا رہی ہو، چپ مت رو رسولن۔۔۔" سلمہ آگے کھسک آئی۔

"چلو امی آ رہی ہیں۔۔۔"نزہت اور سلمہ دروازے ے پیچھے دبک گئیں۔ امی لوٹا لیے نکلی چلی گئیں۔

"ٹھہرو بیوی کہو گی تو نہیں کسی سے۔۔۔" رسولن نے گڑگڑا کر سلمہ کے پائنچے کی گوٹ پکڑی۔

"نہیں۔۔۔ ارے چھوڑ۔۔۔ ارے۔۔۔" دونوں سکتہ میں رہ گئیں چوہیاں پپیوں کے پیچھے بھاگ گئیں۔

"ہوں۔۔۔ تو یہ معاملہ ہے! اچھا کہوں گی امی سے۔۔۔ بھائی جان اسٹک میں کڑوا تیل لگانے گودام میں آئے تھے۔

"بھائی جان! انہوں نے ساری باتیں سن لیں۔ چپ رسولن۔ آپا چلو۔" دونوں دبک کر نکلنے لگیں، ایک نفرت سے بھائی جان کی ہاکی اسٹک کی گھورتی پرانے پلنگ کے بانوں میں بھاگ گئی۔

"کیا آپ۔۔۔ اچھا تو یہ کہیے سازشیں ہو رہی ہیں۔۔۔ مگر میں نے سب سن لیا ہے۔ وہ دین محمد کی قمیض۔۔۔ مہندی کے نیچے۔۔۔" بھائی جان تیل کی تلاش میں پیپے ٹٹولنے لگے۔

"تو۔۔۔ آپ تو۔۔۔ دیر سے کھڑے تھے۔۔۔؟" سلمہ نے چاہا اس کے چہرے کی سفیدی آنچل میں جذب ہو سکے تو کیا کہنے۔

"اور کیا۔۔۔ برآمدے میں تھا میں۔۔۔ اب تم پکڑی گئیں۔۔۔ بتاؤ کیا سازش تھی؟"

"بھائی جان۔۔۔"

"کچھ نہیں سچ بتاؤ ورنہ ابھی امی سے جا کر کہتا ہوں۔۔۔ بولو کیا بات ہے۔۔۔"

"اچھے بھائی جان۔۔۔ دیکھیے غریب رسولن۔۔۔ ہائے اللہ۔۔۔" نزہت کا جی چاہا زور سے چنے کی گولی سے ماتھا پھوڑ ڈالے۔

"یہ رسولن۔۔۔ سورنی ہے میرے سارے جوتے پلنگ کے نیچے بھر دیتی ہے، اس چڑیل کو تو کھال کھچوا دوں گا۔ ٹھہر جا۔۔۔ کیا گاڑ کر آئی ہے۔۔۔ شرطیکہ۔۔۔"

"نہیں بھائی جان۔۔۔ اچھا آپ قسم کھائیے کہ کہیں گے نہیں کسی سے۔۔۔" سلمہ نے بڑھ کر پیار سے بھائی جان کے گلے میں باہیں ڈال دیں۔

"ہٹو۔۔۔ نہیں کھاتے ہم قسم۔۔۔ مت بتاؤ ہمیں ہم خود جانتے ہیں آج سے نہیں کئی دن سے۔۔۔"

"ہائے۔۔۔ میرے مولیٰ۔۔۔" رسولن اوندھی پڑ کر پھوٹ پھوٹ کر رونے لگی۔

"اچھے آپ ہمارا ہی مرا منہ دیکھیں جو کسی سے کہیں۔۔۔ سنیے ہم سب بتا دیں گے۔۔۔" دوسری طرف سے نزہت نے گلا دابا۔

"بات یہ ہے۔۔۔" اور کان میں سلمہ نے کھسر پسر کچھ بتانا شروع کیا۔

بولے۔ "ارے۔۔۔ کب۔۔۔" بھائی جان کی ناک پھڑکی اور بھویں ٹیڑھی میڑھی لہریں لینے لگیں۔

"کل شام کو۔۔۔" نزہت نے ہولے سے بتایا۔

"ابا جان کلب گئے تھے اور امی سو رہی تھیں۔۔۔" سلمہ کے گلے میں سوکھا آٹا پھنسنے لگا۔

"ہوں۔۔۔ پھر۔۔۔ اب کیا انہیں پتہ نہیں چل جائے گا۔۔۔" بھائی جان دونوں کو جھٹک کر بولے۔

"مگر آپ۔۔۔ آپ نہ کہیے گا۔۔۔ آپ کو رضیہ آپا کی قسم۔۔۔" سلمہ نے کہا۔

"رضیہ۔۔۔ رضیہ۔۔۔ ہیں! ہشت ہٹو۔۔۔ ہم کسی کی قسمیں نہیں کھایا کرتے۔۔۔" اور وہ ہاتھ جھٹکتے چلے۔۔۔ "ہم ضرور کہیں گے۔۔۔ واہ ہٹو ہم جا رہے ہیں۔۔۔"

"آپا تم بھی کیا ہو۔۔۔ اتنی زور زور سے بولتی ہو کہ سب انہوں نے سن لیا۔۔۔" بھائی جان کے جانے کے بعد تو سلمہ کی آنکھیں آنسوؤں میں غرق ہو گئیں۔ "یہ بھائی کسی کے نہیں ہوتے۔ سوئٹر بنوائیں، بٹن ٹکوائیں، وقت بے وقت انڈے تلوائیں، روپیہ ادھار لے جائیں اور کبھی بھول کر بھی واپس نہ کریں۔ کیا مسکین صورت بنا لیتے ہیں۔ جانو بڑی مصیبت پڑی ہے۔"

"نزہت گڑیا ذرا ایک روپیہ ادھار دے دو، سچ کہتا ہوں کل ایک کے بدلے دو دِے دوں گا۔۔۔ ہونھ، اور دگنے تو دگنے زرِ اصل ہی دے دیں تو بہت جانو۔۔۔" نزہت بالکل ہی بغاوت پر تل گئی۔

رسولن کی ماں روٹیوں کے لیے خشکی لینے آئی ہے۔ غریب کے سارے منہ پر جھریاں پڑی ہوئی تھیں اور چہرے پر نفرت و غصہ برس رہا تھا۔

"ارے رسولن کی ماں اس کا بخار نہیں اترتا۔ تم کچھ کرتی بھی نہیں۔۔۔" نزہت نے ڈانٹا۔

"ارے بیٹا کیا کروں۔۔۔ حرام خور نے مجھے تو کہیں کا نہ رکھا۔ جہاں نوکری کی اسی کے گنوں سے نکالی گئی۔۔۔ گھڑی بھر کو چین نہیں۔"

"مگر رسولن کی ماں تم چاہو کہ وہ مر جائے تو دیکھ لینا تم بھی نہیں چھوٹو گی ہاں اور کیا۔۔۔"

"مر جائے تو پاپ ہی نہ کٹ جائے، کلموہی نے مجھے منہ دکھانے کا نہ رکھا۔۔۔ تھانے دارنی تو اب بھی مجھے رکھنے کو کہتی ہیں۔ پر اس کمینے کے مارے کہیں نہیں جاتی۔۔۔ جب دیکھو مجھے تو نصیبوں کا رونا ہے۔۔۔ جوان بیٹا چل دیا اور یہ ماری گئی رہ گئی میرے کلیجے پر مونگ دلنے کو۔۔۔"

"تو زہر دے دے نا مجھے۔۔۔ ہو۔۔۔ ہو۔۔۔ ہو۔۔۔" رسولن نے بے بسی سے رو کر کہا۔

"ارے میں کیا دوں گی زہر، ان کرتوتوں سے دیکھ لیجیو جیل جائے گی اور وہیں سڑ سڑ کے مرے گی۔ لو اندھیر خدا کا مجھ سے کہا تک نہ اس نے۔ ہٹو بی مجھے آٹا لینے دو۔"

"یہ کیا ہو رہا ہے یہاں۔۔۔ سلمہ۔۔۔ نزہت! ہوں کتنی دفعہ کہا کہ شریف بیٹیاں رذالوں کے پاس نہیں اٹھتیں بیٹھتیں مگر نہیں سنتیں۔ جب دیکھو سر جوڑے باتیں ہو رہی ہیں۔ جب دیکھو دکھڑے روئے جا رہے ہیں۔۔۔ چلو یہاں سے نکلو۔۔۔ اوئی اسے ہوا کیا جو لاش بنی پڑی ہیں بنو!"

"جی۔۔۔ جی۔۔۔ بیوی جی بخار ہے کمبخت کو۔۔۔" رسولن کی ماں جلدی جلدی آٹا چھاننے لگی۔

"بخار تو نہیں معلوم ہوتا خاصہ طباق سا چہرہ رکھا ہے۔ یہ کیوں نہیں کہتیں کہ بنو۔۔۔"

"بیوی جی۔۔۔ یہ دیکھیے یہ۔۔۔" دین محمد بیچ میں چلایا۔۔۔

"آپا۔۔۔ وہ۔۔۔ وہ لے آیا۔۔۔" سلمہ نے جیسے قبر سے اکھیڑی لاش کو دیکھ کر بزدلی سے گھگیانا شروع کر دیا اور نزہت سے لپٹ گئی۔

"ارے کیا ہے؟"

"یہ۔۔۔ دیکھیے پچھواڑے مہندی کے تلے۔"

"ہے ہے۔۔۔ کمبخت۔۔۔ اوئی۔۔۔" اماں جان کے ہاتھ سے لوٹا چھوٹ پڑا، وہ مری ہوئی چوہیا تو دیکھ نہ سکتی تھیں۔۔۔"

"یہ۔۔۔ یہ اس نے رسولن نے بیوی جی۔۔۔ مہندی کے تلے گاڑا۔۔۔ دیکھیے۔۔۔"

رسولن کا جی چاہا وہ بھی ننھی سی چوہیا ہوتی اور سٹ سے مٹکوں کے نیچے خلا میں جا چھپتی۔

"چلے جھوٹے۔۔۔ کیسا بن رہا ہے۔۔۔ جیسے خود بڑا معصوم ہے۔۔۔" نزہت چلائی۔

"تو کیا میں نے مارا ہے واہ صاحب واہ۔۔۔ واہ نزہت بی، اور پھر اپنی ہی قمیص میں لپیٹ دیتا کہ جھٹ پکڑا جاؤں۔۔۔ بیوی جی یہ رسولن نے گاڑا۔"

"چل نامراد تجھے کیسے معلوم میری بچی نے گاڑا ہے، تیری ماں بھینا نے گاڑا ہو گا لو! اور میری لونڈیا کے سر تھوپ رہا ہے، اس کا جی پرسوں سے اچھا نہیں ہے الگ پڑی ہے کوٹھری میں۔" رسولن کی ماں دھاڑی اور زور زور سے چلنی سے آٹا اڑانے لگی، تاکہ سب کے دم گھٹ جائیں اور بھاگ کھڑے ہوں۔ وہ اپنی پیٹھ سے رسولن کو چھپائے رہی۔ کہتے ہیں دائی نے اس کے گلے میں بانس گھنگول دیا تھا۔ جبھی تو ایسا چیختی تھی۔ محلہ کی زیادہ تر لڑائیاں وہ صرف اپنے گلے کے زور سے جیت جایا کرتی تھی۔

"سرکار میں شرط بدتا ہوں۔ اسی کا کام ہے یہ۔۔۔ یہ دیکھیے میری قمیض بھی چرا کر پھاڑ ڈالی، جانے دوسری آستین کہاں گئی"، دین محمد بولا۔

"حرام خور اسی کا نام لیے جاتا ہے، کہہ دیا پرسوں سے تو وہ پڑی مر رہی ہے۔ مرغیاں بھی میں نے بند کیں اور اپنے ہاتھ سے گودام کی جھاڑو نکالی۔ موا کام ہے کہ دم کو لگا ہے۔۔۔"

رسولن۔۔۔یاں جھوٹ سچ اڑانے لگیں۔

"اسی لیے تو مکر کیے پڑی ہے ڈر کے مارے، ورنہ ہمیں کیا معلوم نہیں۔۔۔ اس کا مرض، چپکے سے گاڑ آئی کہ سرکار کو معلوم ہو گیا تو جان کی خیر نہیں۔" بیوی جی جوتیوں سے پانی ٹپکانے لگیں۔ "اس چڑیل سے تو میں تنگ آگئی ہوں۔ رسولن کی ماں یہ کیڑوں بھرا کباب میں گھڑی بھر نہیں رکھنے کی۔ لو بھلا غضب خدا کا ہے کہ نہیں۔"

"سور کہیں کا۔۔۔ یہ دین محمد۔۔۔" سلمہ بڑبڑائی۔

سلمہ نہ جانے کیا بڑبڑائی کہ اماں جان نے ڈانٹ بتائی۔

"بس بی بس، تم نہ بولو کہہ دیا کنواریاں ہر بات میں ٹانگ نہیں اڑایا کرتیں۔۔۔ چلو یہاں سے تمہارا کچھ بیچ نہیں۔۔۔ رسولن کی ماں بس آج ہی اسے اس کی خالہ کے یہاں پہنچا، کتنا کہا، حرامخور کا بیاہ کر دے کہ پاپ کٹے"، بیوی جی بری طرح طعنے دینے لگیں۔

"کہاں کر دوں بیوی جی، آپ تو کہتی ہیں کہ چھوٹی ہے، سرکار کہتے ہیں ابھی نہ کر جیل ہو جائے گی اور میں تو موئی کی کر دوں کوئی قبولے بھی، مجھے تو اس نے کہیں منہ دکھانے کا نہیں رکھا"، رسولن کی ماں رو رو کر چھلنی جھاڑنے لگی۔

"اری اور یہ مرا کیسے۔ رسولن ذرا سی جان کو تو نے مسل کر رکھ دیا اور تیرا کلیجہ نہ دکھا۔"

"اونھ اونھ اونھ۔۔۔" بچاری رسولن کچھ بھی نہ بتا سکی۔

"بن رہی ہے بیوی۔۔۔ بڑی ننھی سی ہے نا۔۔۔" دین محمد پھر ٹپکا۔

"اوں اوں اللہ قسم بیوی جی۔۔۔ یہ۔۔۔ یہ دین محمد۔"

"لگا دے میرے سر۔۔۔ اللہ قسم بیوی جی یہ اسی کی حرکت ہے۔۔۔ جھوٹی۔۔۔"

"خدا کی مار تجھ پر، جھاڑو پیٹے ایک سال، میری لونڈیا کا نام لیے جاتا ہے۔ بڑا ساہوکار کا جنا آیا وہاں سے، ہر وقت میری لونڈیا کے پیچھے پڑا رہتا ہے۔۔۔" رسولن کی ماں اپنی مخصوص چنگھاڑ میں پھٹ پڑی۔

"بس بس جب تک بولتی نہیں بڑھتی ہی چلی جاتی ہیں۔۔۔ تمہاری لونڈیا ہے بھی بڑی سیدانی۔۔۔"

"دیکھو دین محمد کی ماں، تمہارا کوئی پیچ میں نہیں۔ زمانہ بھر کا لچا موا۔۔۔"

"پیچ کیسے نہیں اور تمہاری لونڈیا۔۔۔ ابھی جو دھر کے سارے پول کھول دوں تو بغلیں جھانکتی پھرو، کہو کہ نوکر ہو کر نوکر کو اگاڑتی ہیں۔۔۔" رسولن کی ماں چنگھاڑ سکتی تھی تو دین محمد کی ماں کی نحیف مگر ایک لے کی آواز کانوں میں مسلسل پانی کی دھار کی طرح گر کر پتھر تک کو گھس ڈالتی تھی۔ چیں چیں چیں جب شروع ہوتی تھی تو معلوم ہوتا تھا، دنیا ایک پرانہ چرخہ بن گئی ہے۔ جس میں کبھی تیل نہیں دیا جاتا۔

"آیا نگوڑا مارا کہیں سے۔۔۔" رسولن کی ماں دب نہیں رہی تھی۔ ذرا یونہی کچھ سوچ رہی تھی۔ "اور کیا ننھی بن کر میرے لونڈے کا نام لے رہی ہے جیسے ہم سے کچھ چھپا ہے۔ پچھلے جاڑوں میں بھی اسی نے ایسے ہی جھٹ پٹ کر دیا اور کانوں کان خبر نہ ہوئی اور تم خود چھپا گئیں۔ میر الڑکا موی پر تھوکتا بھی نہیں۔"

"دیکھیے بیوی جی اب یہ بڑھتی ہی چلی جارہی ہیں۔ موئی قصائن کہیں کی مارا چلو، اچھے چٹ پٹ کیا کوئی تمہارے خصم کا تھا۔۔۔"

"میرے تو نہیں ہاں تمہارے خصم کا تھا جو پوٹلی باندھ اندھ کوئیں میں جھونک آئیں اور لونڈیا کو جھٹ سے خالہ کے ہاں بھیج دیا۔ ذرا سی فتنی اور گن تو دیکھو۔۔۔" دین محمد کی ماں کی آواز لہرائی۔

"بس جی بس یہ کنجر خانہ نہیں۔۔۔ نہ تمہارا خصم کا، نہ ان کے خصم کا، چلو اپنا اپنا کام کرو۔۔۔ بھلا بتلاؤ سرکار کو پتا چلا تو۔۔۔ اللہ جانتا ہے، قیامت رکھی سمجھو۔۔۔ ٹانگ برابر کی چھوکری کیا مزے سے مار مور ٹھکانے لگا دیا اور تھوپ بھی آئی۔۔۔ اندھیر ہے کہ نہیں۔۔۔ اے ہے چل ہٹ ادھر۔۔۔" بیوی جی جلدی سے لپکیں۔

"کچھ نہیں ابا میاں یہ رسولن۔۔۔" بھائی جان ہاکی اسٹک پر اب تک تیل مل رہے تھے۔

"اے چپ بھی رہ لڑکے، کچہری سے چلے آتے ہیں آتے ہی جھلا جائیں گے۔"

"یہ دیکھیے سرکار۔۔۔ یہ مار کر پچھواڑے گاڑ آئی۔۔۔ میں نے آج دیکھا۔۔۔"

"ارے۔۔۔ ادھر لانا۔۔۔ افوہ۔۔۔ یہ کس نے۔۔۔ مارا۔"

"سرکار رسولن نے۔۔۔ وہ اندر بنی ہوئی پڑی ہے۔"

"او مردے کیوں جھوٹے بہتان جوڑتا ہے، بجلی گرے تیری جان پر۔۔۔" رسولن کی ماں دانت پیستی جھپٹی۔

"مردی ہو گی تیری چہیتی جس کے یہ کرتوت ہیں۔۔۔ لاڈو کے گن تو دیکھو۔۔۔"

"چپ رہو کیا بھٹیاریوں کی طرح چیخ رہی ہو۔۔۔" سرکار رعب سے غرائے اور سارے میں سناٹا چھا گیا۔۔۔ "ابھی پتہ چلا جاتا ہے۔ بلاؤ رسولن کو۔"

"سرکار۔۔۔ حضور۔۔۔" رسولن کی ماں لرزنے لگی۔

"بلاؤ۔۔۔ باہر نکالو سب معلوم ہو جائے گا۔"

"سرکار، جی اچھا نہیں نگوری کا۔۔۔" بیوی جی اٹھیں حمایت کرنے۔

"جی وی سب اچھا ہے۔۔۔ بلاؤ اسے۔۔۔"

"رسولن، او رسولن۔۔۔ چل باہر سرکار بلاتے ہیں"، دین محمد داروغہ کی طرح چلایا۔

رسولن گھٹی گھٹی آہیں بھرنے لگی۔ چیخیں روکنے میں اس کے ہونٹ پڑپڑ بولنے لگے مگر حکمِ حاکم مرگِ مفاجات، کراہتی سسکتی لڑکھڑاتی جیسے اب گر کر جان دی۔ نزہت نے لپک کر سہارا دیا۔۔۔ بخار سے پنڈا تپ رہا تھا اور منہ پر نام کو خون نہیں۔

"بن رہی ہے سرکار۔۔۔" دین محمد اب بھی نہ پسیجا۔

"ارے ادھر آ۔۔۔ ادھر، ہاں بتا۔۔۔ صاف صاف بتادے ورنہ بس۔۔۔"

"پولیس میں دے دیں گے سرکار۔۔۔" دین محمد ٹپکا۔۔۔ اور رسولن کی ماں نے ایک دو ہتڑ اس کی جھکی ہوئی کمر پر لگایا کہ اوندھے منہ گرا سرکار کے پاس۔

"جوانا مرگ تجھے ہیضہ سمیٹے۔۔۔" رسولن کی ٹانگیں لرز رہی تھیں۔۔۔ اور منہ سے بات نہیں نکلتی تھی۔

"ہاں صاف بتادے ورنہ سچ کہتے ہیں ہم پولیس میں دے دیں گے۔۔۔" سرکار بولے۔

"ہچکیوں کی وجہ سے رسولن بول بھی نہ سکی۔۔۔" رسولن کی ہچکی بندھ گئی۔

"بیگم اسے پانی دو۔۔۔ ہاں اب بتا۔۔۔ کیسے مارا۔۔۔"

"پانی پی کر جی تھما ذرا"، بڑی دیر تک پانی چڑھاتی رہی کہ جواب سے بچی رہے۔

"ہاں بتا۔۔۔ جلدی بتا۔۔۔" سب نے کہا۔

"سرکار۔۔۔"

"ہاں بتا۔۔۔"

"سرکار۔۔۔ اینھ۔۔۔ اینھ۔۔۔ ہو ہو۔۔۔ میں۔۔۔ میں میری سرکار میں ڈربہ۔۔۔ فر۔۔۔ڈربہ بند کررہی تھی۔۔۔تو کالی مرغی بھاگی۔ میں نے جلدی سے دروازہ بھیڑا۔۔۔ تو۔۔۔ تو یہ پچ گیا۔۔۔ اوہ اوہ۔"

"سرکار بالکل جھوٹ یہ ایسی بری طرح مرغیوں کو ہکاتی ہے کہ کیا بتائے۔" دین محمد کہاں مانتا تھا۔ "منع کرتا ہوں کہ ہولے ہولے۔"

"چہ چہ چہ، کیا خوبصورت بچہ تھا۔ منار کہ کا تھا۔ ابھی آپ نے کانپور سے منگوایا تھا۔۔۔ ہاک۔ آج اسے رسولن کو کھانا مت دینا۔ یہی سزا ہے اس چڑیل کی۔۔۔ اور دین محمد، آج سے مرغیاں تو بند کیا کر، سنا۔"

"واہ واہ واہ نگوڑی میری لونڈیا کو ہلکان کر دیا۔ صدقے کیا تھا نگوڑا بوٹی کا تکہ، ذرا سا مرغی کا بچہ اور اتنا شور، چل رہی چل۔ آج ہی مردار کو خالہ کے گھر پٹکوں، ایسی جگہ جھونکوں (دھپ! میں، رسولن کی آواز) کہ یاد ہی کرے، اجیرن کر دی میری زندگی۔۔۔ منہ کالا کروادیا۔۔۔"

رسولن کی سسکیاں اور ماں کے کوسنے عرصہ دراز تک ہواہیں رقصاں رہے۔

(۱۳) یہ بچے

ایک زمانہ تھا جب میرا خیال تھا کہ دنیا میں بچے کے سب سے بڑے دشمن اس کے ماں باپ اور بھائی بند ہوتے ہیں۔ وہ اس کے دل کی بات سمجھنے کی کوشش نہیں کرتے۔ بیجا زبردستیوں سے اس کی ابھرتی ہوئی طاقتوں کو کچل دیتے ہیں۔ یہی وجہ ہے کہ جب بڑے ہو جاتے ہیں تو بجائے مکمل انسان بننے کے چور، ڈاکو اور اچکے بن جاتے ہیں۔ جبھی تو ہمارا دیش ترقی نہیں کر پاتا۔

لیکن خود ماں بننے کے بعد میرے خیالات نے ایک دم سے پلٹا کھایا اور یقین ہو گیا کہ آج کل کے بچے ہی کچھ ضرورت سے زیادہ ہٹیلے، بے چین اور منہ زور پیدا ہو رہے ہیں۔ ان کی تعمیر میں ہی کوئی خرابی پیدا ہو جاتی ہے جو انھیں جنگلی بنا دیتی ہے۔ اگر سلیقے سے بچے پیدا کیے جائیں تو ہمارے دیش کے دلدّر دور ہو جائیں گے۔

اسی سلسلے میں میں نے سائیکلوجی سے مدد لینی چاہی اور جی بھر کر تحلیل نفسی کر ڈالی۔ مگر بے کار کیونکہ مجھے جلد ہی معلوم ہو گیا کہ یہ جس پگڈنڈی پر میں بہک کر چلی آئی ہوں "یہ کچھ بھی نہیں" کی دنیا کے بیچوں بیچ ختم ہو جاتی ہے۔ میرے دونوں خیال غلط تھے، نہ ماؤں کا قصور ہے نہ بیچارے بچوں کا۔ قصور سارا ہے اس طریقہ زندگی کا جو ایک مخصوص نظام نے ہمارے جانوں پر لاگو کر رکھا ہے جس نے ماں اور بچے کا رشتہ بھی توڑ مروڑ کر ایک کاروباری شے بنا دیا ہے۔ اول تو بچے کے خیال ہی سے ایک ماں لرز اٹھتی ہے۔ جسمانی کوفت کے ڈر سے نہیں، اس ڈر سے کہ گھر میں ایک اور کھانے والا منہ بڑھا۔

ایک اور جسم ڈھانکنے کی فکر بڑھی۔ پھر اگر لڑکا ہے تو خیر خدانہ کرے لڑکی ہے تو ایک اور تاوان بھگتنے کو تیار ہو جائیے۔ اس کی شادی بیاہ کی فکر۔

لوگ کہتے ہیں کہ ادیبوں کو ادب سے سروکار رکھنا چاہیے اور خواہ مخواہ سرکار سے نہ الجھنا چاہیے، تو بھئی یہاں کسے سرکار سے دست و گریباں ہونے کا شوق ہے۔ اب اس میں ہمارا کیا قصور کہ زندگی کے ہر موڑ پر سرکار سے مڈبھیڑ ہو جاتی ہے۔ کتنا ہی دل کو سمجھائیں، اب یقین نہیں آتا کہ ہماری مصیبتوں کے بڑھانے میں دیوی دیوتا یا تقدیر کا ہاتھ ہے۔ ہم اب پہچان چکے ہیں کہ کس کا ہاتھ ہے جس نے اپنے بھیانک شکنجہ میں ہماری زندگی کی ضروریات کو دبوچ رکھا ہے وہ منافع خوروں۔۔۔ چور بازاریوں کا ہاتھ جو ہماری سرکار کی لگامیں تھامے ہے اور جس کے اشاروں پر ہمارے اوپر فیل مست حملے کرتا ہے اور ہم یہ سب کچھ اس لیے سمجھ گئے ہیں کہ ہمارے سامنے روس کی شاندار مثال ہے۔ جہاں کا نظام مزدوروں اور کسانوں کا ہے جو انھوں نے برسوں کی محنتوں اور قربانیوں کے بعد خود اپنے لیے تعمیر کیا ہے۔ روس میں بچہ جنجال نہیں۔ ملک کا ایک طاقتور بازو ہے، ملک کی دولت ہے، جہاں پیدائش سے پہلے ہی ماں کی تخلیقی عظمتوں کو مرحبا کہہ کر آنے والے مہمان کی آؤ بھگت شروع ہو جاتی ہے۔ اس سے باربرداری کے کام نہیں لیے جاتے بلکہ اس کی صحت کو اور بڑھانے کے لیے ہلکے ہلکے دلچسپ کام لیے جاتے ہیں۔ اس کے لیے باقاعدہ خاص خوراک کا راشن مقرر ہو جاتا ہے جہاں وہ بڑے سکون و آرام سے جنم دیتی ہے۔ غلام ملکوں میں زچائیں فوراً ہی محنت مزدوری پر مجبور ہو جاتی ہیں۔ جس کی وجہ سے اپنی رہی سہی طاقت کھو بیٹھتی ہیں۔

مگر روس میں جب تک زچہ کو ڈاکٹر اس قابل نہیں سمجھتے نرسنگ ہوم میں ہی رہتی ہیں۔ جب مکمل طور پر چاق و چوبند ہو جاتی ہیں تب وہ کام پر لوٹتی ہے۔ یہاں وہ بچہ کو کمر پر

لاد کر نہیں لاتی جیسے ہماری محنت کش عورتوں کو کرنا پڑتا ہے کہ دودھ پیتے بچے کو سڑک کے کنارے ریت۔۔۔ دھول میں ڈال کر خود کام پر جٹ جاتی ہیں۔ روس کے سنہرے دیش میں بچوں کے گھر میں جہاں محبت کرنے والی نرسیں اور مشاق ڈاکٹر ان کی دیکھ بھال کرتے ہیں۔ دن بھر بچے وہاں بڑے آرام سے رہتے ہیں، شام کو مائیں انھیں اپنے گھر لے آتی ہیں۔ ہمارے یہاں دوسرے سے تیسرے بچے کے آنے کی خبر سے ہی ماں باپ کے ہوش اڑ جاتے ہیں۔ پہلے تو محلہ ٹولے ہی کی فن کارروائیاں اس کو الٹی میٹم دینے کی کوشش کرتی ہیں جس کی وجہ سے ملک میں ہزاروں عورتیں موت کے گھاٹ اتر جاتی ہیں، یا سدا کی روگی بن جاتی ہیں۔ مگر روس میں زرخیز ہونے کو جرم یا گناہ نہیں سمجھا جاتا، بلکہ جیسے اچھے پھل پھول پیدا کرنے پر کاشتکار کی شہرت ہوتی ہے، اسی طرح زیادہ بچوں والی ماں کو تمغہ یا انعام ملتے ہیں۔ وہاں یہ سارے بچے ماں کی چھاتی پر مونگ دلنے کو پلے نہیں رہتے نہ محلے ٹولے کا ناقہ بند کرنے کو اچکوں کے گروہ مضبوط کرتے ہیں بلکہ ان کے لیے بھی گھر ہوتے ہیں۔ جہاں ان کی تعلیم و تربیت کا پورا خیال رکھا جاتا ہے۔ یوں تو امریکہ اور انگلستان میں بھی ایسے بورڈنگ موجود ہیں جہاں بچوں کو رکھا جاتا ہے۔ مگر ہم دیکھتے ہیں کہ ان ملکوں کے بچے چھوٹی سی عمر میں ہی نہایت گندی عادتوں کے شکار ہو جاتے ہیں۔ امریکہ کے مفکر بڑی فکر میں ہیں کہ یہ بچے اتنے گمراہ کیوں پیدا ہو رہے ہیں اور وہ بیٹھ بیٹھ کر نفسیاتی توجیہیں ڈھونڈ رہے ہیں حالانکہ بات سیدھی سادی ہے۔ امریکہ کے بچے وہاں کے سامراجی نظام کی پیداوار ہیں۔ جو والدین تجارتی منڈیوں اور سیاسی اسٹیج پر کر رہے ہیں، بچے وہی اسکولوں اور کالجوں میں کر رہے ہیں، وہی لوٹ مار، وہی منہ زوری اور غنڈہ گردی۔۔۔ آج وہ غنڈوں کے سردار ہیں۔ کل انھیں فرموں اور ملوں کا مالک بن کر اسی کھیل کو حقیقت بنانا ہے، وہی رنگ و نسل کی تفریق، ایٹم بم کی دھمکیاں ان کھیلوں میں

رچی نظر آتی ہیں۔ ان ملکوں کو تو فخر کرنا چاہیے کہ ان کی آئندہ نسلیں اتنی ہونہار پیدا ہو رہی ہیں تو پھر یہ حیرت اور تاسف کیسا؟ اس فضا میں پلنے والے بچوں پر کوئی تعلیم کوئی تربیت اثر نہ ڈال سکے گی۔ سب سے بڑی تربیت عمل ہے اور روس کی گورنمنٹ کا عمل وہاں کے عوام میں جھلکتا ہے۔ ہر روسی بچہ اس عمل کا عکس لے کر زندگی میں قدم رکھتا ہے۔ اس کے علاوہ بچوں کے لیے وہاں علیحدہ سنیما گھر تھیئٹر اور لائبریریاں ہیں۔ جہاں انھیں کھیل ہی کھیل میں محنت کش اور مفید انسان بننے کی تعلیم دی جاتی ہے۔ طبیعت کے رجحان کو دیکھ کر اس کا آیندہ فرضِ زندگی مقرر کیا جاتا ہے۔ وہاں انھیں بتایا جاتا ہے کہ ایک محنت کش ایک فنکار وہ خواہ کسی ملک اور کسی رنگ اور نسل کا ہو ساری دنیا کی دولت ہے۔ اور اس کی اپنی دولت ہے اور اپنے ملک کے لیے دولت خرید کر نہیں خود اپنے قوت و بازو سے پیدا کی جاتی ہے۔ بچوں کو ملوں میں بھاری کام نہیں دیے جاتے تاکہ ان کی بڑھوار نہ ماری جائے۔

وہ مائیں جن کے بچے دن رات ان گھروں میں رہتے ہیں، اپنے کام سے لوٹ کر وہاں جاتی ہیں اور وہاں اپنے ہی نہیں ہزاروں اور بچوں کو کلیجے سے لگا کر ممتا ٹھنڈی کر سکتی ہیں۔ روس کے دشمن کہتے ہیں کہ اجتماعی زندگی نے گھریلو زندگی کو فنا کر دیا ہے۔ ان احمقوں کو کون سمجھائے کہ روس میں ایک بانجھ کو بھی بچے گود لینے کی ضرورت نہیں، ملک کے سارے بچے ہی اس کے بچے ہیں، سارا ملک ہی ایک خاندان ہے جہاں نہ بچوں کی کمی ہو سکتی ہے نہ ماں باپ کی۔

مگر ہمارے ملک میں ہماری سرکار کی رائے ہے کہ شکر کے دانے گن گن کر مائیں بچوں کو جنم دیں، نہ ضرورت سے زیادہ بچے پیدا ہوں گے نہ شکر کی کمی پڑے گی۔ کیونکہ اب یہ ڈر ہو گیا ہے کہ کمیونسٹ ماں کے پیٹ ہی میں بچے کے کان میں سرکار کے خلاف

بھڑکانے والی باتیں پھونک دیتے ہیں۔ جبھی تو آج کل کے بچے جنم سے شکر و دودھ کے لیے منہ پھاڑے پیدا ہوتے ہیں۔

اسی لیے ہماری مہربان سرکار نے "اناج اگاؤ" کی اسکیم سے زیادہ زور و شور سے "بچہ نہ اگاؤ" کی اسکیم چالو کرنے کی ٹھان لی ہے۔ ایسے ملک میں اگر کوئی ڈھیٹ بچہ آن ہی ٹپکتا ہے تو وہ ایک مصیبت سمجھا جاتا ہے۔ لوگ کہتے ہیں بچے آنکھ کا نور دل کا سرور ہوتے ہیں۔ ہوتے ہوں گے، مگر ہماری آنکھیں تو آنکھوں کے اس نور کو ناکافی اور غلط خوراک کی وجہ سے بجھتے دیے کی طرح کانپتا دیکھتی ہیں جس بچے کو دیکھتے دنیا بھر کے روگ جان کو چمٹے نظر آتے ہیں۔ خون کی کمی کی شکایت تو عام ہوتی ہے جس کی وجہ سے آئے دن بیماریوں کا شکار ہوتے رہتے ہیں۔ اسپتالوں میں ننھے ننھے مرجھائے ہوئے پھول ہزاروں کی تعداد میں کیوں کھڑے رہتے ہیں؟ سڑکوں پر لاکھوں معصوم ہاتھ ہماری طرف بھیک کے لیے پھیلے نظر آتے ہیں، اور ہمارا ضمیر اس طمانچہ سے تلملا کر رہ جاتا ہے۔ جس عمر میں روس کے بچے کھیل کود کر صحت بناتے ہیں ہمارے بچے روزی کی فکر میں پریشان فٹ پاتھ پر پاٹیہ لیے بیٹھنے میں گزار دیتے ہیں، روس میں چودہ پندرہ برس کی لڑکیاں یونیورسٹی کی ڈگری کی تیاری کرتی ہیں۔ ہمارے ملک کی اس عمر کی زیادہ تر لڑکیاں فلمی گیت گنگنا کر ساجن کو پکارنے میں گزار دیتی ہیں۔

روس میں ہر بچے کو مفت تعلیم دی جاتی ہے بلکہ جبریہ تعلیم دی جاتی ہے، اور ہمارے ملک کے طالب علم الٹی جبریہ تعلیم حاصل کرنا چاہتے ہیں تو ان پر لاٹھی چارج ہوتے ہیں، گولیاں چلتی ہیں اور انھیں سزائیں دی جاتی ہیں، اسکول میں داخل ہی نہیں کیا جاتا۔ اب تو نام نہاد تعلیم کے دروازے بھی بند ہوتے جارہے ہیں۔ ہماری گورنمنٹ علم کو حماقت سمجھ کر فیس بڑھاتی جارہی ہے۔ ظاہر ہے جہاں پیٹ کی آگ بجھانے ہی سے فرصت نہیں ملتی

وہاں تعلیم کے لیے خرچہ کہاں سے آئے؟ دوسرے ہمارے نیتاؤں کا خیال ہے کہ تعلیم حاصل کرنے کے بعد لوگ محنت سے جی چرانے لگتے ہیں مگر ہم جانتے ہیں کہ ہمارے نیتا تعلیم سے کیوں ڈرتے ہیں کیونکہ وہ جانتے ہیں کہ باشعور انسان کا خون آسانی سے نہیں چوسا جاسکتا۔ پڑھ لکھ کر وہ اگر امریکی بلاک کی تعلیم کے دائرے تک محدود رہے تب تو خیریت ہے مگر مشکل یہ ہے کہ وہ روس کی تعلیم پر بھی نظر ڈالنے لگتے ہیں جو اسے مشین میں پسنے، ہلوں میں جوتے جانے اور کارخانوں میں ناکافی معاوضے پر جٹے رہنے کے خلاف بغاوت پر ابھارتی ہے۔ ہندوستان کی مائیں جب روسی بچوں کی طرف دیکھتی ہیں تو وہ اپنے لعلوں کے لیے بھی وہی سہولتیں مانگنے لگتی ہیں جو انھیں میسر نہیں۔

جبھی تو حکومت کے دشمنوں کے کیمپ میں جا شامل ہو جاتی ہیں۔ مگر ہماری مامتا محدود نہیں۔ ہمیں روس کے بچوں سے پیار ہے، وہاں کی خوش نصیب ماؤں سے پیار ہے، وہ خواہ کسی ملک رنگ اور نسل کے بچے ہوں۔ دنیا کے بچے، دنیا کی ماؤں کے بچے ہیں۔ وہ ہمارے بچے ہیں۔ ان پر یہ منڈلاتے ہوئے گدھ چھاپہ نہ مار پائیں گے۔ ہم دنیا کے بچوں کے لیے، انسانیت کے مستقبل کے لیے ہر مکروہ طاقت سے مقابلہ کریں گے۔ ہم نے جو کچھ اپنی زندگی میں کھویا اپنے بچوں کی زندگی میں پانے کی کوشش کریں گے۔ ہم ان کے لیے ان کا مستقبل پر امن اور روشن بنانے کے لیے اپنی جان کی بازی بھی لگا دیں گے۔

مبارک ہے وہ ملک جہاں بچہ سچے معنوں میں آنکھوں کا نور اور دل کا سرور ہے۔ مبارک ہے وہ ملک جو انسانیت کا محافظ ہے۔ جہاں عورت ماں بن کر پچھتاتی نہیں بلکہ نسوانیت کو چار چاند لگاتی ہے اور فخر کے ساتھ اپنی کوکھ کی دولت کو پھلتا پھولتا دیکھتی ہے۔

آج روس کی بتیسویں سال گرہ کے موقع پر ہم عہد کرتے ہیں کہ روس کے عزائم کو مشعلِ راہ بنا کر ہم اپنے بچوں کا مستقبل بھی اتنا ہی روشن اتنا ہی شاندار بنائیں گے جیسا

روسی بچوں کا ہے۔ ہماری یہ جنگ ہمارے بچوں کی خاطر ہے ان کی حفاظت کے لیے ہم تمام فاشست طاقتوں سے لڑیں گے۔

* * *

ممتاز افسانہ نگار کے یادگار افسانے

اولڈ ایج ہوم

مصنف: مرزا ادیب

بین الاقوامی ایڈیشن منظر عام پر آچکا ہے